Lea Melcher

Du, ich hab nachgedacht

LEA MELCHER

DU, ICH HAB NACH-GEDACHT

Roman

Mit Schwarz-Weiß-Abbildungen

PIPER

Mehr über unsere Autorinnen, Autoren und Bücher:
www.piper.de

Wenn Ihnen dieser Roman gefallen hat, schreiben Sie uns unter Nennung des Titels »Du, ich hab nachgedacht« an *empfehlungen@piper.de,* und wir empfehlen Ihnen gerne vergleichbare Bücher.

Von Lea Melcher liegen im Piper Verlag vor:
Aber vielleicht wird auch alles gut
Du, ich hab nachgedacht

Unser Versprechen für mehr Nachhaltigkeit
Klimaneutrales Produkt
FSC®-zertifiziertes Papier
Hergestellt in Europa

FSC
www.fsc.org
MIX
Papier | Fördert gute Waldnutzung
FSC® C083411

ISBN 978-3-492-06298-5

Redaktion: Monika Kempf
Illustrationen: Lea Melcher
Satz: Satz für Satz, Wangen im Allgäu
Gesetzt aus der Perpetua
Druck und Bindung: CPI Books GmbH, Leck
Printed in the EU

INHALTSHINWEIS

Liebe Leser*innen,

dieses Buch enthält potenziell triggernde Inhalte.
Deswegen findet ihr auf S. 313 eine Triggerwarnung.
Diese enthält Spoiler für die gesamte Geschichte.

Wir wünschen euch allen das bestmögliche Leseerlebnis.

Eure Lea und der Piper Verlag

Für meine Freundinnen

JETZT

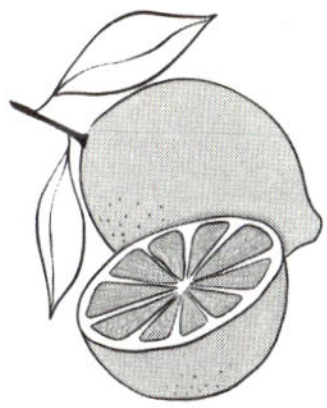

Immer wenn ich jemanden Neues kennenlerne, überlege ich, wie ich mit ihm Schluss machen könnte. Schließlich ist es wichtig, über die verschiedenen Beziehungen in meinem Leben einen Überblick zu behalten und sie nicht wie zu lang im Kühlschrank stehende Milch versauern zu lassen. Beim Schlussmachen kommt es auf verschiedene Aspekte an: das perfekte Timing, ein gewisses Fingerspitzengefühl, das Vermeiden von Floskeln – aber vor allem darauf, dass man es richtig durchzieht. Ein halbes Schlussmachen, ein Zurückrudern, ein Türchen-Offenlassen ist schlimmer, als überhaupt nicht Schluss zu machen. Das habe ich am eigenen Leib erfahren, denn ich war ja nicht immer dermaßen gut im Schlussmachen. Außerdem betrifft das ja nicht nur romantische Beziehungen, sondern zum Beispiel auch eine Freundin, die sich nur meldet, wenn sie mir das Ohr abkauen will, oder meine Yogalehrerin, die immer mehr verschwörungstheoretische Floskeln in ihre Routinen einfließen lässt. Für jeden Menschen gibt es das perfekte Schlussmachen, aber eigentlich geht es vor allem darum, dass man mit sich selbst im Reinen ist und der anderen Person gar nicht genug Raum lässt, um etwas zu erwidern. Ich vertrete außerdem die Ansicht, dass es nicht unbedingt nötig ist, persönlich Schluss zu machen, man muss der anderen Person nur genug stichhaltige Gründe nennen, um nicht allzu lange damit zu hadern. *Ich liebe dich nicht mehr* oder *Ich möchte mein Geld zurück* sind sehr viel stärkere Ansagen als *Es funktioniert einfach nicht* oder eine lang ausgedehnte Diskussion über die Glaubwürdigkeit von Presse und Politik und wie man sich da einig sein müsse. Es gibt nur einen einzigen Menschen in meinem Leben, bei dem ich keinen blassen Schimmer habe, wie ich mit ihm Schluss machen würde.

Adrian blinzelt gegen die untergehende Sonne und grinst zu mir herüber. »Was denkst du?«, fragt er mit seiner warmen Stimme. Das Lenkrad gleitet durch seine Hände, als wir um eine Kurve biegen und zum ersten Mal das Meer sehen. Die scharfkantigen Felsen, die von der Straße aus bis zum Wasser hinab-

fallen, leuchten rötlich orange in der Abendsonne. Der Wind pustet meine roten Locken durch das geöffnete Beifahrerfenster nach draußen. Ich versuche gar nicht erst, sie zu zähmen, sondern lasse sie um meinen Kopf wirbeln und den Stress meines Alltags hinaus in die Dämmerung blasen.

»Was denkst du?«, wiederholt Adrian noch einmal, und ich fürchte, dass er seinen Blick nicht wieder auf die Straße richten wird, bis ich ihm antworte.

Ich lege den Kopf schräg und mustere ihn; von den dunklen Locken über die buschigen Augenbrauen und die sonnengebräunten Unterarme, als hätte er den ganzen Sommer draußen verbracht und nicht in der Küche seines Restaurants.

»Ich denke darüber nach, wie ich mit dir Schluss machen würde«, sage ich wahrheitsgemäß und beobachte jede seiner Regungen. Aber Adrian lässt sich keine Irritation anmerken, die Haut um seine Augen wirft Falten, er legt den Kopf zurück und gluckst.

»Und wie würdest du mit mir Schluss machen?«

Ich knabbere an der Haut um meinen Daumennagel und ziehe die Beine auf den Sitz. »Ich weiß nicht, das ist es ja, was mich so beschäftigt.«

Wieder gluckst Adrian, diesmal wächst dieser Laut aber zu einem richtigen Lachen heran. Auch dieses Geräusch wirbelt der Wind durch den Innenraum des Autos, bis es mich komplett umhüllt und ich nicht anders kann, als mit ihm zu lachen.

»Wie weit ist es noch?«, frage ich.

»Nicht mehr weit.«

»Wenn du mir sagen würdest, wo wir hinfahren, würde ich nicht ständig fragen.«

Wieder blinzelt Adrian mich an, bis ich den Sonnenschutz vor seiner Stirn herunterklappe. »Keine Chance, Romy. Das hier ist immer noch eine Überraschung.«

»Ich hasse Überraschungen«, brumme ich, kann mir aber ein kleines Grinsen nicht verkneifen. »Aber du hast schon recht, es gibt schlimmere Überraschungen, als mit dir nach der Arbeit an die Côte d'Azur zu fahren.«

Adrian beugt sich zu mir herüber und gibt mir einen Kuss. »Na, siehst du.«

»Auch wenn ich es verrückt finde, für ein Wochenende so eine ewig lange Fahrt auf sich zu nehmen.«

»Ich dachte, du magst verrückte Dinge?«

Ich knabbere weiter an meinem Daumen. »Ja, aber du nicht.«

Ich warte gespannt auf seine Reaktion, aber Adrian sieht nicht wieder zu mir herüber. Ich rutsche auf meinem Sitz herum und lehne den Kopf gegen den Rahmen des geöffneten Fensters. Die Sonne bewegt sich mit uns, kriecht immer weiter an den Horizont heran und zieht alles in unserer Umgebung lang wie Kaugummi. Ich habe das Gefühl, dass diese lang gestreckten Schatten, diese verzerrten Momente, eine Art Übergang in eine andere Welt darstellen, ich bin mir nur nicht sicher, in was für eine.

Straßenschilder rasen an uns vorüber. Fünfzig Kilometer bis Cannes, dreißig Kilometer bis Saint-Tropez. In der Ferne schiebt sich ein weißer Leuchtturm zwischen den Felsen hervor. Er sieht aus wie eine Rakete, die drauf und dran ist, ins All zu starten. Ich blinzele, und auf einmal liegt alles in unserem Auto im Schatten, und Adrian biegt von der Küstenstraße ab. Kurz höre ich Kies und Sand zwischen den Rädern. Die Nachtluft ist hier auf einmal kühl, surrend lässt Adrian alle Fenster wieder hinauf, als wollte er die letzten Sonnenstrahlen noch ein bisschen im Wageninneren festhalten. Ich lege meine Hand auf seine, die den Steuerknüppel umfasst hält. Von ihm geht eine Wärme aus, die mich immer beruhigt. Zedernbäume ragen weit in die Fahrbahn hinein und streifen unser Fenster. Ich fühle mich an eine Waschstraße erinnert und denke daran, wie ich früher zusammen mit meinem Bruder auf der Rückbank kauerte, hin- und hergerissen zwischen Angst und Begeisterung. Ich zwinge mich, nicht noch einmal nachzufragen. Bist du sicher, dass wir hier richtig sind? Wo bringst du mich hin? Was ist das für ein seltsamer Wochenendtrip? Ich muss mich daran erinnern, dass ich Adrian vertraue, meinem Adrian. Schließlich vertraut er mir auch, das weiß ich ganz sicher. Also ist es vielleicht an der Zeit, ein bisschen Vertrauen an ihn zurückzugeben.

Ich atme zischend ein, als Adrian scharf abbiegt und durch eine holprige Senke fährt. Für einen Moment schieben sich die Zweige und Büsche und Bäume vor den Mond, und es ist komplett dunkel im Auto, nur die Lichter der Armaturen leuchten rötlich auf. Gebannt verfolge ich die Zweige, wie sie erst gegen die Frontscheibe und dann an mir vorbeistreifen, und verspüre auf einmal das Verlangen, einfach die Scheibe runterzulassen und mein Gesicht nach draußen zu strecken. Das hatte ich mir als Kind in der Waschstraße auch immer gewünscht – und es einmal sogar getan. Das war das letzte Mal, dass mein Vater mich mit in die Waschstraße genommen hatte.

Der Motor seufzt, als Adrian den Wagen wieder aus der Senke lenkt, einen kleinen Hügel hinauf und auf der anderen Seite wieder hinunter. Ich frage mich, ob wir jetzt direkt auf das Meer zufahren, da entdecke ich die schmale blaue Linie weit unter mir, höre das Rauschen der Wellen in den Ohren. Ich kann meine Augen nicht von diesem Anblick lösen, wenn ich sie zukneife, dann sieht es aus, als würden Himmel und Wasser einfach ineinander übergehen, als wäre ich in einer Blase gefangen, die uns komplett umhüllt. Ich bekomme kaum mit, dass der Wagen langsamer wird und schließlich zum Stehen kommt, das Anziehen der Handbremse dringt nur gedämpft zu mir durch.

Adrian berührt sanft meine Schulter. »Schatz, wir sind da.«

Erst das Bellen eines Hundes reißt mich aus meiner Trance. Unser Auto steht vor einem alten französischen Steinhaus mit weißen Sprossenfenstern und blauen Fensterläden, von denen der Lack schon ein bisschen abblättert. Weinreben wachsen an dem Gebäude empor. An einer Seite des Hauses trennt nur eine unregelmäßige Mauer das Grundstück von den Klippen, jedenfalls sieht es von hier so aus. Auf der anderen Seite wachsen knorrige Bäume, die wirken, als hätten sie sich zu oft nach den Bewohnern des Hauses umgedreht und sich dadurch selbst verknotet.

Der Hund schießt hinter dem Haus hervor und springt an meiner Autotür empor. »Kasper? Was machst du denn hier?«, flüstere ich und öffne die Tür. Sofort drückt das Tier seine feuchte Schnauze zwischen meine Knie. Ich kraule seine Ohren, die sich an den Spitzen grau gefärbt haben, ganz anders, als ich sie in Erinnerung habe. Jetzt bemerke ich erst, dass ein zweites Auto in der Einfahrt steht. Im Halbdunkel kann ich gerade noch das Münchner Kennzeichen ausmachen.

»Adrian, was …?«

In diesem Moment öffnet sich die Eingangstür des Hauses, und Olga steht im Türrahmen. Ihre langen dunklen Haare hat sie über eine Schulter geworfen, sie trägt eine Schürze über dem Sommerkleid, ihre Füße sind nackt und ihre Ärmel bis weit über den Ellenbogen hochgekrempelt.

»Überraschung!«, flüstert Adrian, gibt mir einen viel zu lauten Kuss aufs Ohr und steigt aus dem Auto aus.

Kasper jault vor Glück und kann gar nicht genug von meinen Streicheleinheiten bekommen. »Ist ja gut«, murmele ich, »ist ja gut, mein Großer.« Aber eigentlich bin ich froh, dass der Hund mich in Beschlag genommen hat. Übelkeit steigt in meiner Speiseröhre empor, ich schlucke mehrfach, um das flaue Gefühl wieder runterzudrücken, was meinem Magen gar nicht gefällt. Er gibt ein lautes Knurren von sich.

Leichtfüßig springt Olga die wenigen Stufen vor dem Haus herunter und umarmt Adrian fest, schwenkt ihn von der einen Seite zur anderen, eine geradezu vertraute Geste. »Schön, dich endlich kennenzulernen«, sagt Adrian.

»Ach, mich freut es auch, mich freut es auch.«

Adrian tritt zurück und sieht sich nach mir um.

»Kasper!«, ruft Olga, und der Hund gehorcht aufs Wort, rast an ihr vorbei zurück ins Haus.

»Alles in Ordnung, Romy?«, fragt Adrian, aber ich winke ab. »Alles gut, mir ist nur ein bisschen übel von der Fahrt.« Ich klettere aus dem Wagen und schließe die Beifahrertür.

Für einen Moment steht Olga einfach vor mir, die Arme hängen an ihren Seiten herab, ihr langes dunkles Haar weht im

Abendwind. Dann öffnet sie ihre Arme und zieht mich in eine eiserne Umarmung. »Freue mich, dass du kommen konntest«, flüstert mir Olga ins Ohr. Auf meinem ganzen Körper breitet sich eine Gänsehaut aus. Ich zwinge mich zu einem Lächeln, das meine Überrumpelung verdrängen soll.

»Deine Haare sind länger geworden«, bringe ich hervor, als wäre das die einzige Veränderung, die sich bei meiner besten Freundin abgespielt hat. Zumindest war sie meine beste Freundin, als wir uns das letzte Mal gesehen haben. Doch die Erinnerung daran fühlt sich an wie aus einem anderen Leben.

Olga mustert mich mit scharfen Augen. »Du siehst noch genauso aus wie vor fünf Jahren«, sagt sie, und ich weiß nicht, ob ihre Worte eine Beleidigung sein sollen oder nicht.

»Wow, das ist ja eine einzigartige Lage hier!«, ruft Adrian uns zu. Er steht mit beiden Händen in die Hüfte gestemmt im hohen Gras, das sich an die Mauer vor der Steilküste schmiegt. »Ja, oder? Was für ein Glück, dass wir dieses Schätzchen noch bekommen haben.«

»Wann seid ihr angekommen?«, fragt Adrian.

»Gestern schon«, antwortet Olga und tritt neben ihn. »Wir konnten es einfach nicht länger erwarten.« Ich bin mir sicher, dass diese Worte an mich gerichtet sind, aber ich tue so, als wäre ich damit beschäftigt, meine Reisetasche aus dem Kofferraum zu hieven. Trotzdem entgeht mir nicht, wie Olga Adrian die Schulter tätschelt. »Das Essen ist gleich fertig, aber vielleicht magst du noch einen Blick darauf werfen? Ich könnte deinen Rat gebrauchen.«

Adrian lacht. »Wenn du meinst.«

»Aber zuallererst gibt's 'ne kleine Führung.«

Die beiden sind drauf und dran, das Ferienhaus zu betreten, da strecke ich meine Hand nach Adrian aus. »Adrian? Hilfst du mir erst mal kurz mit dem Gepäck?«

»Klar.« Er springt die Stufen vor dem Haus wieder runter und tritt zu mir hinter die Heckklappe. Olga bleibt für einen Moment unschlüssig im Hauseingang stehen und beobachtet uns, dann verschwindet sie im Halbdunkel des Flurs. Adrian legt mir einen Arm um die Hüfte und zieht mich zu sich heran, aber ich winde mich aus seinem Griff. »Was zur Hölle soll das, Adrian?«, zische ich.

Seine Augen werden groß, das Weiß um die dunklen Iriden leuchtet zu mir herüber. »Was meinst du?«, fragt er, offensichtlich völlig aus dem Konzept gebracht. »Ich dachte, du freust dich darüber! Du hast deine Freundinnen so lange nicht gesehen, und endlich lerne ich sie auch mal kennen.«

Ich öffne den Mund, klappe ihn wieder zu und öffne ihn ein weiteres Mal. »Ich dachte, das hier wird ein Heiratsantrag oder so was.«

Adrian legt die Stirn in Falten. »Aber du willst doch gar nicht heiraten.«

»Ich weiß, aber du schon. Ich dachte halt, dass du, ach, ich weiß auch nicht.«

»Freust du dich denn gar nicht?« Die Enttäuschung in seiner Stimme ist deutlich zu hören.

Ich lege ihm eine Hand auf die Wange. »Doch, doch«, sage ich schnell. »Natürlich freu ich mich.«

Adrian hebt das Kinn. »Aber?«

»Nichts *aber.* Das ist schwer zu erklären, eine lange Geschichte.«

»Du steckst voller Überraschungen, Romy Schuster«, sagt er und pfeift durch die Zähne. »Diese Reaktion hatte ich wirklich nicht erwartet.«

Ich verziehe das Gesicht. »Tut mir leid, du hast nichts falsch gemacht. Es ist nur … vielleicht mag ich deswegen keine Überraschungen, weil ich schon genug mit mir selbst zu tun habe.«

Adrians Mundwinkel zucken. »Du bist gar nicht so anstrengend, wie du denkst.«

»Wenn du das wirklich denkst, dann … lass uns wieder fahren.«

Adrian hebt die Augenbrauen. »Wie bitte? Wir sind doch gerade erst angekommen.«

Ich presse die Zähne zusammen. »Ich weiß, ich weiß. Lass uns eine Ferienwohnung oder ein Hotel in der Nähe nehmen, ich zahle auch alles, versprochen.«

»Ist es wirklich so schlimm, ein Wochenende mit deinen alten Freundinnen zu verbringen?«

Ich weiß nicht genau, was ich antworten soll. Ich will ihm nicht zu viel Grund zum Nachfragen geben, er soll nicht merken, dass es da etwas gibt, das ich ihm auf keinen Fall erzählen will. Aber dafür ist es vermutlich schon zu spät.

»Nein, Quatsch. Ich meine nur … ich habe mich so auf ein Wochenende zu zweit gefreut, nur wir beide, verstehst du?«

Adrian zieht mich noch einmal zu sich heran, und diesmal lasse ich es geschehen. »Das wird bestimmt trotzdem ein schönes Wochenende, Romy. Deine Schulfreundinnen sind so ein großer Teil deines Lebens, den ich nicht von dir kenne. Dieses Wochenende wird uns nur noch mehr zusammenschweißen.« Ich kaue auf meiner Unterlippe herum und überlege fieberhaft, was ich noch einwenden könnte. »Außerdem hat uns Olga sogar eingeladen, wir müssen nicht einmal was für das Ferienhaus zahlen.«

»Ach, hat sie das?«, würge ich hervor, an dem dicken Kloß vorbei, der meinen Hals versperrt.

»Was soll denn passieren, Romy?«

Ich seufze. »Ich weiß nicht, ich habe die doch selbst alle so lange nicht gesehen.«

Adrian streicht mir über den Kopf. Das ist sein *Ich weiß doch, was gut für dich ist*-Streicheln – eigentlich kann ich immer darauf vertrauen, dass er damit recht hat. »Lass uns erst mal ankommen und zu Abend essen – und wenn es gar nicht mehr geht, sagst du Bescheid und wir fahren wieder, okay?«

»Ist es dann nicht schon zu spät?«, frage ich leise zurück.

Aber er schüttelt den Kopf. »Vertrau mir, Romy. Das wird ein tolles Wochenende!« Und ich will ihm glauben, ich will ihm wirklich glauben. Also hebe ich meine Reisetasche aus dem Kofferraum und folge ihm zum Haus. Er hat ja keine Ahnung, was er sich damit angetan hat.

***

Das Haus besteht aus zwei Stockwerken. Adrian steigt mir voran die schmale steile Treppe nach oben. Im Hinaufgehen erhasche ich einen kurzen Blick an der Garderobe vorbei und einen mit Terrakotta gefliesten Flur entlang in einen großen Raum. Ein verführerischer Duft nach Zwiebeln und gebackenem Gemüse schwebt mir daraus entgegen. Die weiß gestrichenen Stufen quietschen unter meinen Schuhen. Die Treppe ist so steil, dass ein falscher Schritt mich ganz bestimmt umbringen würde. Überall an den Wänden hängen Kunstwerke in unterschiedlichsten Größen. Aquarelle, Kohlestudien, auch kleinere Ölbilder entdecke ich darunter. Sie alle zeigen Menschen, manche von ihnen vor dem Ferienhaus selbst, andere sitzen auf ebenjenen Treppenstufen, die wir soeben emporgestiegen sind. Die untere rechte Ecke eines jeden Bildes ziert dieselbe Signatur, die ich aber beim besten Willen nicht entziffern kann. Ich suche die Augenpaare auf den Bildern, von Kindern, von Frauen, Männern jeden Alters, als könnten sie mir verraten, was in diesem Haus schon alles vorgefallen ist und ob das, was dieses Wochenende passieren wird, für dieses Haus ein Novum sein wird oder ganz normal. Vielleicht

buchen ja auch andere Menschen ein Haus an der Côte d'Azur, um ihr Leben eigenhändig in Stücke zu hauen.

»Soll ich dir die Tasche abnehmen?«, fragt Adrian, der bereits den Treppenabsatz erreicht hat, aber ich schüttele den Kopf. Auf einmal versperrt wieder dieser dicke Kloß meinen Hals, und ich senke den Kopf, um die letzten Stufen zu erklimmen.

»Olga meinte, unser Zimmer ist das hinten links. Das davor ist Lydias.« Adrian deutet auf die einzige Tür am Ende des Ganges, die offen steht. »Ihr habt wohl wirklich alles besprochen«, murmele ich und quetsche mich an ihm vorbei. Die Tür zu Lydias Zimmer ist verschlossen, ich weiß nicht, ob sie auch schon angekommen ist. Unser Zimmer riecht ein bisschen muffig und nach Lavendel. Ein großes Bett mit geblümter Tagesdecke nimmt den Großteil des Raumes ein. Gegenüber der Tür steht ein wuchtiger, dunkler Eichenholzschrank, daneben ein Stuhl, der so wackelig aussieht, als sollte man sich besser nicht daraufsetzen. Zwei Schemel stehen zu beiden Seiten des Bettes als Nachttischchen, darauf zwei Lampen mit orange getünchten Glasschirmen, direkt aus den Siebzigern in die neuen Zwanziger katapultiert. Ich öffne das bodentiefe Fenster am Fußende des Bettes und strecke den Kopf hinaus auf einen langen, schmalen Balkon, der das Zimmer mit dem auf der gegenüberliegenden Seite des Flurs verbindet. Dann blicke ich mich im Raum um. Auch hier hängen Zeichnungen von Menschen an der Wand, die mit ihren winzigen Kohleaugen jedem meiner

Schritte folgen. Zum Glück ist das Zimmer so klein, dass ich nicht viele gehen kann. Ich stelle meine Tasche vor dem Bett ab und trete hinaus auf den Balkon. Sofort umweht mich eine salzige Brise, auch wenn ich das Meer von hier aus nicht sehen kann. Stattdessen blicke ich in den Garten, der von einer niedrigen unregelmäßigen Mauer umsäumt wird. Unter einem der knorrigen Apfelbäume steht ein Gartentisch mit einer weißen Tischdecke. Gläser und Teller leuchten im Licht der Lampions, die Olga in den Baum gehängt hat. Eine Gestalt steht weiter hinten im Garten neben einem Grill, der gewaltig qualmt und alles bis auf die schemenhaften Umrisse der Person verschleiert. »Wo sind die anderen?«, frage ich und drehe mich zu Adrian um. Der lässt sich mit einem Seufzen aufs Bett fallen. Ich erinnere mich daran, dass auch er eine anstrengende Woche hinter sich hat. Adrian streckt die Arme nach mir aus, und ich werfe mich zu ihm aufs Bett. Es ist unglaublich weich, als könnte man komplett darin versinken, und die Drahtfedern quietschen bei jeder Bewegung. Ich schmiege mich in Adrians feste Umarmung und spüre seinen Herzschlag ganz nah an meinem Ohr. Ich höre, wie er Luft holt, und komme ihm zuvor. »Das wird sicher ein schönes Wochenende«, sage ich leise.

»Glaubst du, ja?«

Ich presse die Augen zusammen. »Ja, ganz bestimmt. Es ist lieb, dass du mir eine solche Überraschung gemacht hast.«

Adrian atmet erleichtert auf. »Ich dachte schon, ich dachte …«

In diesem Moment hören wir Olga durch die Bodendielen unter uns fluchen. »Ich sollte nachsehen, ob ich ihr helfen kann«, seufzt Adrian. Ich höre an seiner Stimme, dass er am liebsten für immer mit mir im Bett liegen geblieben wäre. Er gibt mir einen Kuss und steht ächzend auf. »Ich bin zu alt für so was.«

»Das hättest du dir mal früher überlegen sollen.«

Adrian grinst und verschwindet durch die Zimmertür, kurz darauf höre ich ihn die Stufen der alten Holztreppe nach unten springen, so leichtfüßig, als könnte man sich darauf nicht mit einem kleinen Fehltritt das Genick brechen. Für einen Moment bleibe ich noch auf dem Bett liegen, fahre mit den Augen die Rillen und Risse in der verputzten Zimmerdecke nach. Dann stehe ich abrupt auf, öffne die Reisetasche und ziehe ein ziemlich zerknittertes geblümtes Sommerkleid daraus hervor. Ich hatte eigentlich nicht vorgehabt, meine Jogginghosen heute noch einmal auszuziehen, oder zumindest nicht von eigener Hand. Aber diese unvorhergesehene Situation löst in mir den Drang aus, mir einen Schutzpanzer anzuziehen. Und wie geht das besser als mit einem sehr französischen figurbetonten Sommerkleid und frisch gewaschenen rostbraunen Locken, ein Ausdruck der Gelassenheit. An der Tür zum Badezimmer hängt ein Schild mit einer gezeichneten Löwenfußwanne, aber es gibt stattdessen nur eine klassische Duschkabine in der Ecke. Ich schiebe die Glastüren auf und finde auf der Ablage bereits mehrere Flaschen Duschgel. Ein Shampoo für blondes und eines für dunkles Haar. Und dann eine schwarze Flasche, die mit »männlich-herbem Duft« wirbt. Ich stelle stirnrunzelnd das Wasser an. Drei verschiedene Shampoos lassen auf drei verschiedene Menschen schließen, die bereits hier sind. Wahrscheinlich stammt das blonde Shampoo von Olgas Freundin – aber was hat es dann mit dem Männer-Duschgel auf sich? Vielleicht sollte ich nicht so eingeschränkt denken, das Duschgel könnte sowohl Olga als auch ihrer Freundin gehören. Oder aber Olga hat Jasmin gar nicht mitgebracht, und Lydia ist ebenfalls schon angekommen, mit Partner oder ohne. Warum sind die beiden dann aber nicht aufgetaucht, als Adrian und ich angekommen sind? Schließlich waren auch Lydia und ich einmal enge Freundinnen. Ich muss an die Gestalt denken, die ich vom Balkon aus gesehen habe. In diesem Moment dringt von unten ein helles Gekicher durch das leise Geprassel der Dusche, gefolgt von Adrians kehligem Lachen. Abrupt stelle ich das Wasser ab und bemerke, dass ich mein Handtuch auf dem Zimmer vergessen habe. Ich greife mir das nächstbeste und klettere hastig aus der Dusche. Bin ich wahnsinnig? Ich kann die beiden doch nicht einfach so allein lassen! Was hat Olga Adrian alles schon erzählt, während ich nicht dabei war? Ist das hier ein ausgeklügelter Plan von Olga, um sich für ihre verletzten Gefühle zu rächen? Ich trockne mich notdürftig ab und schlüpfe in das Sommerkleid, dann trage ich ein bisschen Concealer und Rouge aus den Make-up-Täschchen auf, das ich unter dem Waschbecken finde.

Als ich aus dem Halbdunkel des Flurs im Erdgeschoss in die offene Küche trete, stehen Adrian und Olga am Herd und unterhalten sich. Adrian trägt mittlerweile eine Schürze und rührt in einem Topf über der Gasflamme. Olga hat sich an die Kochzeile gelehnt und hört Adrian dabei zu, wie er über die Vorzüge von Thymian spricht. Die Tür zur Terrasse steht offen und saugt die hellblauen Vorhänge nach draußen, in Richtung des gedeckten Gartentischs und der Lampions, die sich mit den Zweigen im Wind wiegen.

Auf der anderen Seite der Küche steht ein langer Tisch, und dahinter breitet sich im Wohnbereich eine Sofalandschaft aus, die aus unterschiedlichsten Möbelstücken zusammengewürfelt ist. Eine abgewetzte Samtcouch und daneben ein geblümter Zweisitzer, ein Ohrensessel und ein Designerstuhl mit durchhängendem Leder, wie Olga ihn bestimmt auch im Wartebereich ihrer Kanzlei in München stehen hat.

»Riecht gut«, sage ich und trete an die Küchenzeile heran. Olga verzieht das Gesicht. »Jetzt schon. Nachdem Adrian mein Backofengemüse in eine Art Eintopf umgewandelt hat.«

Ich sehe, wie Adrian am Haaransatz errötet. »Ich wollte

nicht – ich hoffe, ich bin dir nicht zu nahe getreten.« Aber Olga unterbricht ihn mit einer wegwerfenden Handbewegung. »Ich mach nur Späße.«

Für einen Moment breitet sich Stille aus. Ich suche Adrians Blick, versuche, an ihm abzulesen, ob Olga ihm irgendwas verraten hat, aber er wirkt völlig in den Topf und die darin schwimmenden Gemüsestücke vertieft.

»Ich hab gar nichts Besonderes zum Trinken mitgebracht«, sage ich.

»Keine Sorge, ich hab vorgesorgt.« Olga öffnet den Kühlschrank, der unserer Konversation bis dahin mit einem leisen Surren beigewohnt hatte. Die gesamte Kühlschranktür ist voller verkorkter Flaschen mit verschiedenfarbigen Flüssigkeiten darin.

»Was haben wir denn da?«, frage ich und lasse meinen Blick über die Flaschen gleiten. Die meisten davon haben ein französisches Etikett.

»Ich war heute Morgen extra noch in der Markthalle von Saint-Tropez«, sagt Olga, der Stolz in ihrer Stimme ist nicht zu überhören.

»Du musst ein Vermögen gezahlt haben«, flüstere ich und spüre einen kleinen Stich in der Brust. Früher war ich es immer gewesen, die die exquisiten Getränke direkt von der Arbeit mitgebracht hatte. Teure Weine von der Konkurrenz, die meine Chefin zu Spionagezwecken besorgt hatte, oder Getränkemixturen, die noch gar nicht erhältlich waren. An manchen Sommerabenden haben wir uns durch so viele Sorten Glühwein für das nächste Wintersortiment probiert, bis wir alle nach Zimt und Bratapfel stanken.

»Ehrlich gesagt hat Chris das alles besorgt.«

Ich hebe die Augenbrauen. »Chris? Wer ist Chris? Und was ist mit Jasmin?«

Olga antwortet nicht auf diese Fragen. »Keine Sorge, wir haben dir den Wein fürs Wochenende überlassen und nur etwas für heute Abend gekauft. Ich wusste ja, dass du kommen würdest.« Bei den letzten Wörtern lächelt sie mich an. Ich ziehe neugierig einen dunkelorangen Glaskrug aus dem Kühlschrank hervor, in dem mehrere Limettenscheiben treiben. »Ach, den kannst du mir gleich mal geben«, sagt Olga. »Das Fleisch müsste auch jeden Moment fertig sein.«

Ich drehe mich um und reiche Olga den Krug. Jetzt entdecke ich auch ein paar Himbeeren, die unter der Oberfläche schwimmen. Das Getränk sieht ziemlich genau nach meiner Spezial-limonade aus, die ich früher immer für meine Freundinnen gemixt habe. Selbst gemachter Himbeersirup, frische Früchte, Eiswürfel – und Orangenblütenextrakt als Geheimzutat, von der nicht einmal Olga weiß.

»Wo ist eigentlich Lydia?«, frage ich, kurz bevor meine Finger den Griff des Krugs loslassen. »Und was ist mit Nathalie?« Olga, Lydia, Nathalie und ich – jahrelang hatte es uns nur im Viererpack gegeben. Bis vor fünf Jahren.

Olgas Körper versteift sich, sie blickt kurz im Raum umher, und ich merke, dass ich sie aus der Fassung gebracht habe. Später werde ich mir nicht mehr ganz sicher sein, ob ich in diesem Moment bereits losgelassen habe oder ob ich meine Finger erst jetzt mit Absicht vom Griff des Krugs löse. Jedenfalls sehe ich die Limettenscheiben wie in Zeitlupe durch die Luft fliegen, bevor der Krug mit einem krachenden Splittern auf die Küchenfliesen trifft. Reflexartig springe ich zurück, um den Scherben zu entgehen, und auch Olga stolpert nach hinten, doch es ist zu spät. Sie zieht scharf die Luft ein, als sie mit den nackten Füßen in die Splitter tritt.

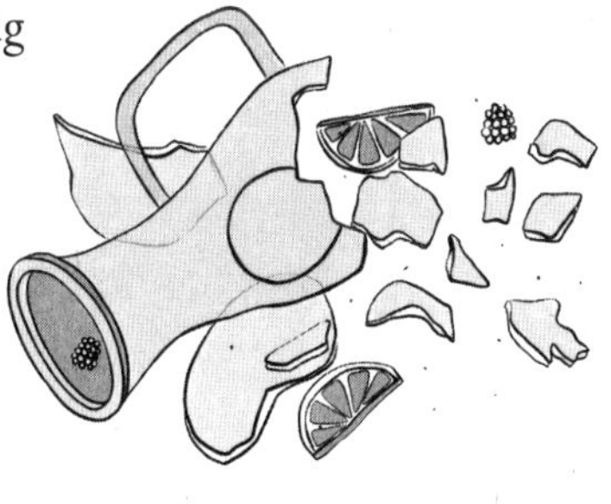

»Scheiße«, zischt Olga. »Das war garantiert ein teures Stück.« Sie geht in die Knie und hebt den Henkel der Karaffe hoch, der als Einziges heil geblieben war.

Ich gehe ebenfalls in die Knie. »Vorsicht, Olga, ich glaub, du bist reingetreten.« Erst jetzt blickt sie zu Boden und entdeckt die wässrige Blutlache, die sich unter ihrem Fuß ausbreitet. An meinem Rocksaum kleben zermatschte Himbeeren und bilden mit den Minzblättern ein wildes Muster auf dem geblümten Stoff. Adrian hat vor Schreck den Kochlöffel fallen gelassen, Soßenspritzer sprenkeln die Küchenzeile. »Nicht bewegen!«, ruft er, als ginge es um Leben und Tod. »Ich suche einen Kehrbesen.«

In diesem Moment ertönt ein Gepolter aus dem Garten, dann scheint jemand sein Gesicht durch die Terrassentür in die Wohnküche zu strecken. »Alles in Ordnung, Schatz?« Die Kücheninsel versperrt mir aus der hockenden Position den Blick auf den Ankömmling, ich kann nur hören, dass es sich um einen Mann handeln muss. Lydias Freund? Ich erhebe mich langsam und vorsichtig. »Alles gut. Olga hat sich nur ein bisschen geschnitten«, antworte ich.

»Oh«, sagt der Typ, »du musst Romy sein. Ich bin Chris, hi.« Chris muss die Fragezeichen in meinem Gesicht gelesen haben, denn er fügt schnell noch hinzu: »Olgas Freund.«

»Ach, natürlich«, bringe ich hervor, als wäre ich gar nicht überrascht. Chris ist ein Hüne, fast einen Kopf größer als Adrian, mit breiten Schultern, die sich unter seinem blütenweißen Hemd spannen, und sorgsam gescheitelten Haaren, dazu ein perfekt gestutzter Vollbart. An seinem Handgelenk sitzt eine dicke Uhr. Chris schmunzelt mich an, als hätte er diesen Blick stundenlang vor dem Spiegel einstudiert. In diesem Moment kommt Adrian aus dem Flur zurück, in seiner Hand hält er einen Besen wie eine Waffe vor sich. Als er Chris sieht, lässt er den Besen sinken. »Oh, hi.«

Seufzend erhebt sich nun auch Olga hinter der Kücheninsel. »Chris – Adrian, Adrian – Chris, mein Freund.« Die beiden Männer schütteln sich die Hände, Adrian ist ebenfalls sichtlich irritiert, was Chris aber keineswegs zu stören scheint. Ich erinnere mich nicht genau daran, aber ich habe Adrian bestimmt einmal von meiner besten Kindheitsfreundin Olga und ihrer großen Liebe Jasmin erzählt. Chris klopft Adrian kumpelhaft auf die Schulter, dann tritt er auf mich zu und öffnet die Arme.

»Vorsicht, die Scherben!«, rufe ich und strecke ihm abwehrend die Hände entgegen. Aber im Gegensatz zu mir und Olga trägt Chris Schuhe. Sein Blick fällt auf den Boden, auf die Scherben, die Limettenscheiben und das Blut, das zwischen Olgas Zehen hervorfließt. Er streckt die Hände aus und sieht sich um, als gäbe es irgendwo ein wildes Raubtier, das für diese Szene verantwortlich ist.

»Alles okay«, sagt Olga schnell. »Es ist nur ein kleiner Schnitt.«

»Nicht bewegen«, gibt Chris mit einer Knappheit zurück, die mich vermuten lässt, dass er mal beim Militär gewesen sein muss. Wer weiß, vielleicht ist er das ja noch immer, mich würde zu diesem Zeitpunkt gar nichts mehr überraschen. Chris steigt mit todesmutigem Blick über die Scherben hinweg, die unter den Sohlen seiner Schuhe knirschen. In einer raschen Bewegung hebt er Olga vom Boden hoch und hievt sie um die Kücheninsel herum zu den Sofas im hinteren Bereich des Raumes. Für einen Moment blicken Olga und ich uns an, aber dann schlägt sie die Augen nieder. »Rühr dich nicht von der Stelle, ich hole das Erste-Hilfe-Kit«, ordnet Chris an, und Olga gehorcht. Sie liegt auf dem abgewetzten Samtsofa, ihren blutigen Fuß über eine Lehne gelegt, und starrt an die Decke. Währenddessen beginnt Adrian, die Glasscherben um mich herum zu einem Häufchen zusammenzufegen. »Alles okay?«, flüstert er mir zu.

Ich nicke und mache einen großen Schritt aus den Scherben hinaus. Adrian fegt weiter die Reste des Krugs zusammen, während Chris mit schnellen Schritten zu Olga eilt, um ihren Fuß zu verarzten. Ich höre sie leise miteinander sprechen, wende kopfschüttelnd den Blick ab und trete in den Flur.

Als ich einmal tief durchgeatmet habe, kommt Adrian hinterher, die Scherben auf einem zusammengefalteten Stück Pappe. »Ich gehe kurz raus zur Müll…«, setzt er an, aber ich lasse ihn nicht aussprechen, stattdessen ziehe ich ihn am T-Shirt zu mir heran, umfasse sein Gesicht mit den Händen und küsse ihn. Adrian erwidert den Kuss, zieht mich mit seiner freien Hand näher zu sich, das zusammengefaltete Stück Pappe mit den Scherben zwischen unseren Körpern.

»Ich liebe dich«, flüstere ich. Sein Atem kitzelt mich am Ohr, ich höre, wie er Luft holt. Ein Räuspern unterbricht uns, und wir rücken abrupt voneinander ab. Wie aus dem Nichts steht plötzlich Lydia auf der untersten Treppenstufe. Ich frage mich, wie lange sie da schon steht, und fühle mich auf einmal wie ein Teenager, der bei etwas Verbotenem erwischt wurde. »Lydie, hi«, bringe ich hervor. »Du bist ja auch schon da.« Lydia ist immer noch so zierlich, wie ich sie in Erinnerung hatte, die langen blonden Haare fallen wie ein Vorhang um ihr Gesicht. Alles an Lydia wirkt weich. Ihre Haut, ihre Stimme, ihre Finger, sogar ihre Augen wirken immer ein bisschen wässrig. Nur die spitze Nase verleiht ihrem Gesicht etwas Scharfes, und sie erinnert mich damit an einen Specht, der mit seinem Schnabel Löcher in Holzstämme klopfen kann.

»Oh, hi, Lydia«, sagt Adrian und versteckt das Stück Pappe mit den Scherben hinter seinem Rücken, als handele es sich dabei um etwas Anrüchiges. »Ich bin Adrian, Romys Freund.« Er umarmt Lydia mit seiner freien Hand. Sie lässt mich dabei nicht aus den Augen.

»Schön, dich kennenzulernen, Adrian«, sagt Lydia mit ihrer sanften Stimme und lächelt dabei, was mir einen kalten Schauer über den Rücken laufen lässt. Ich atme tief durch und erinnere mich daran, dass ich eine erwachsene Frau Anfang dreißig bin, die ihre eigenen Entscheidungen treffen kann und nicht von der Meinung ihrer Schulfreundinnen abhängig ist.

»Entschuldigt mich, ich bringe das mal schnell raus«, sagt Adrian und deutet mit der freien Hand auf die zusammengefaltete Pappe. Er schiebt sich an uns vorbei, und Lydia und ich tauschen verlegene Blicke, wie zwei Fremde, die sich gerade erst kennengelernt haben und durch äußere Umstände in eine viel zu intime Situation geraten sind.

»Adrian wirkt nett«, sagt Lydia, als er außer Sichtweite ist.

»Ist er auch«, gebe ich zurück, »ist er echt.«

Für einen Moment starren wir uns wortlos an. »Wo ist Nathalie?«, rutscht es mir dann heraus.

Lydia runzelt die Stirn. »Hat dir Olga nicht gesagt, dass sie sie ausgeladen hat?«

»Doch«, ruft irgendwas aus mir heraus. »Stimmt, hatte ich irgendwie vergessen.«

Wieder breitet sich Verlegenheit zwischen uns aus. Denkt sie gerade auch daran, dass ich seit Jahren keine ihrer Nachrichten beantwortet habe?

»Romy, ich hab nachgedacht«, setzt Lydia an, »wir sollten auf jeden Fall noch mal …« Ein durchdringendes Piepen aus der Wohnküche unterbricht sie.

Adrian hastet an uns vorbei. »Das ist das Essen!«, ruft er. Ich bin froh, dass er mir eine Ausrede gibt, zurück in die Küche zu laufen. Adrian steht am Herd, Olga ist gegen Chris' Willen wieder aufgestanden und stellt Sektgläser aus dem Oberschrank auf die Kücheninsel. »Lasst uns anstoßen!« Sie öffnet den Kühlschrank und holt eine Flasche Champagner und einen Tetrapak

Orangensaft heraus. »Schön, dass ihr da seid, auch wenn das hier sicher nicht das ist, was Romy sich ausgesucht hätte«, fährt Olga fort und lässt den Korken an die Zimmerdecke knallen. »Den hier hat Chris aus der Sammlung seines Chefs … geborgt.« Sie wackelt verschwörerisch mit den Augenbrauen.

Chris stellt sich grinsend neben sie. »Ich bin mir sicher, dass er denken wird, er hat ihn selbst getrunken«, lacht er. »Und wie wir alle aus den Supermarktmutproben unserer Kindheit wissen, schmeckt Geklautes immer noch am Besten. Prösterchen!« Olga hält mir ein prickelndes Glas Champagner hin.

Ich mache mir nichts aus Alkohol, was wahrscheinlich der Grund ist, warum ich meinen Job schon so lange machen kann. Dort gibt es ständig irgendetwas zu probieren, das gehört zur Stellenbeschreibung einfach dazu. Bei uns landet nicht Kaffee in den Bürotastaturen, sondern Wein. Ich habe schon einige Kollegen kommen und gehen sehen – und andere, die seit vierzig Jahren dort arbeiten und sich freiwillig für jede Probe melden. Das sind die echten Kenner – auch wenn sie ohne die tägliche Spirituosenprobe ihre Arbeit kaum ohne zitternde Finger durchführen können. »Santé«, stimme ich ein und hebe mein Glas.

»Was ist mir dir, Lydie?«, fragt Olga. »Gemischt oder pur?«

»Ich nehm einfach ein Glas Orangensaft.«

Olga hebt die Augenbrauen, ich tue es ihr gleich. Für einen Moment fühlt es sich an wie früher.

Lydia verdreht die Augen. »Ihr seid furchtbar, darf man nicht ein Mal nüchtern bleiben, ohne dass alle gleich denken, man wäre schwanger? Ich mag Alkohol einfach nicht, hab ihn nie gemocht und war immer nur zu schüchtern, es zu sagen.«

»Na dann, auf dich, Lydie!«, sage ich und hebe mein Glas.

Olga zuckt die Achseln. Chris nimmt ihr das für Lydia bestimmte volle Sektglas aus der Hand. »Bleibt immerhin mehr für mich. Schließlich trinke ich hier meinen selbst erarbeiteten süßen Schweiß.«

»Auf deinen Schweiß«, lacht Adrian und prostet ihm zu.

Chris gibt Olga einen Kuss auf die Wange. »Wir wissen doch alle, dass du nur auf den Wein wartest.«

Olga kichert und stupst mit der Nase gegen seine Wange. Eine so vertraute Geste, ein so intimer Moment, dass ich kurz schlucken muss. Bis jetzt habe ich gedacht, dass Olga Chris nur mitgebracht hat, um mich zu provozieren. Und dennoch, mein Inneres läuft vor Neugierde über. Wo steckt Nathalie? Hat Olga sie wirklich ausgeladen? Und was zur Hölle ist aus Jasmin geworden?

***

Rauchschwaden hängen über dem Garten, als wir uns zum Essen an den Tisch setzen. Über dem zerbrochenen Krug hatte Chris das Fleisch auf dem Grill vergessen, und als es uns wieder einfiel, war es bereits zu spät. »Aber keine Sorge, ich habe noch genug«, sagt Chris, und Adrian folgt ihm zum Grill, was ich als Zeichen dafür interpretiere, dass er mittlerweile wirklich Hunger haben muss. Ich bin beruhigt, dass Chris ganz und gar nicht so wirkt, als wüsste er, worum es an diesem Wochenende geht. Also kann er sich Adrian gegenüber auch nicht verplappern. Ich muss nur noch dieses Essen durchhalten, dann gehen wir ins Bett – und morgen früh kann ich mit Adrian abhauen. Ich werde ihm ein kleines bisschen von dem erzählen, was vor fünf Jahren zwischen uns passiert ist, das wird reichen, um ihm klarzumachen, dass ich mich hier nicht wohlfühle und wir besser woandershin fahren sollten. Lydia, Olga und ich lassen uns an dem runden Tisch unter dem knorrigsten aller Bäume nieder und schwenken die Reste des Champagners in unseren Gläsern. Ich bemühe mich um eine gelassene Fassade.

»Du hast Nathalie ausgeladen«, sage ich zu Olga und nehme den letzten Schluck aus meinem Glas. Es ist eine Feststellung, aber die Frage darin ist für alle deutlich hörbar.

»Hast du was dagegen?«, entgegnet Olga überraschend scharf.

Ich zucke die Achseln. »Ich meine, das ist nicht wirklich nach den Regeln.«

Olga wendet kopfschüttelnd den Blick ab. »Du bist unglaublich, Romy. Dass du dich vor diesem Wochenende drückst, ist auch nicht gerade nach den Regeln, oder?«

Wieder hebe ich die Schultern. Mein Herz rast, aber nach außen hin bemühe ich mich, die Gelassenheit in Person zu sein. »Wie hast du Adrian gefunden, um das hier alles einzufädeln?«, frage ich.

Olga räuspert sich. Sie hat sich versehentlich eine Spur Blut auf die Wange geschmiert, aber ich sage es ihr nicht. Es sieht fast aus wie Kriegsbemalung – oder eine Träne, aber das kommt mir ein bisschen zu dramatisch vor.

»Ich hab dich bei Instagram gefunden«, wirft Lydia ein. Überrascht drehe ich mich zu ihr um. »Du hast genau zwei Fotos gepostet, auf denen Adrian verlinkt ist. Und dann habe ich ihn einfach angeschrieben. Das wäre natürlich gar nicht nötig gewesen, wenn du einfach unsere Nachrichten beantwortet hättest.«

»Warum hast du dich vor uns versteckt, Ro?«, fügt Olga hinzu.

In diesem Moment treten Adrian und Chris an den Gartentisch heran, und ich bin froh, dass das Gespräch an dieser Stelle beendet ist. »So, wer will Würstchen?«, fragt Adrian, und Lydia hebt ihren Teller.

»Hast du auch meinen Grillkäse?«, fragt Olga.

»Der liegt noch drauf, ich hol ihn gleich, mein Schatz«, antwortet Chris.

»Was darf's sein, Mademoiselle?« Chris beugt sich mit dem

Fleischteller zu mir herunter. Der Geruch lässt mir das Wasser im Mund zusammenlaufen, aber ich sehe, dass Olga neben mir das Gesicht verzieht. Meine beste Freundin ist schon Vegetarierin, seit ich denken kann, natürlich ist sie das. Wenn etwas falsch ist, dann gibt es für Olga darauf nur eine richtige Reaktion. In solchen Dingen ist sie konsequent. »Ich hätte gern was Steakiges«, sage ich und steche mit meiner Gabel in ein großes Stück Fleisch, aus dem sofort ein bisschen Saft spritzt.

Die Männer setzen sich zu uns und machen die Runde komplett. Bis auf Nathalie natürlich. Ich erinnere mich an das letzte Mal, dass wir so zusammengekommen sind. Damals hatten um einen ähnlich großen Tisch noch mehr Leute gesessen. Es fühlt sich ein bisschen so an, als wäre das hier das Jahrestreffen irgendeinen Clubs, dem die Mitglieder langsam wegsterben.

»Wer will Wein?«, fragt Olga und steht auf, während Adrian das Gemüse auf den Tellern verteilt.

Ich beiße mir auf die Zunge, um nicht zu fragen, um was für einen Wein es sich denn handelt.

»Was ist es denn für einer?«, fragt Adrian an meiner Stelle und zwinkert mir zu. Ich lächele zurück, aber aus irgendeinem Grund ist mir auf einmal übel, und ich kann das Stück Fleisch auf meinem Teller nicht mehr ansehen.

»Oh, nichts Besonderes«, sagt Olga, aber ich höre die Anspannung in ihrer Stimme. »Ein roter.«

Adrian öffnet den Mund, um nachzufragen, da hebe ich mein Glas. »Ich nehme was.« Olga gießt mir ein und sieht Lydia dann fragend an. »Immer noch nicht«, antwortet diese.

Olga zieht kurz die Augenbrauen in die Höhe und schenkt sich dann selbst ein Glas ein, fast randvoll. Chris geht zum Grill zurück und holt Olgas Grillkäse, dann setzt auch er sich mit einem

großen Stück Nackensteak an den Tisch. Für einen Moment herrscht Stille, dann nimmt Olga ihre Gabel zur Hand. »Guten Appetit!«

»Guten Appetit«, wünschen sich alle, dann beginnen wir, Fleisch und Käse zu schneiden und Gemüse auf unsere Gabeln zu schaufeln. Bis auf das Klappern des Bestecks ist es im Garten vollkommen ruhig. Erst als ich genauer hinhöre, vernehme ich das Rauschen der Wellen unten an der Küste und das Zirpen der Grillen im Gras. Mittlerweile ist es stockdunkel geworden, nur die Lampions über unseren Köpfen und die Kerzen, die Olga auf den Tisch gestellt hat, beleuchten unsere Gesichter. Als Adrian mir gesagt hat, ich solle mir dieses Wochenende frei halten, hatte ich wer weiß was erwartet, ja, sogar einen Heiratsantrag. Aber nicht *das.* Ich hätte nie gedacht, dass Olga so weit gehen würde. Dass sie sich mit Lydia verbünden würde, um herauszufinden, wer mein Freund ist, wo er arbeitet und wie sich mich zu diesem Wochenende schleppen könnten. Doch wenn ich die Übelkeit und meinen Fluchtdrang zur Seite lege, dann muss ich zugeben, dass es mich berührt, dass etwas, das ich vor fünfzehn Jahren begonnen habe, seine Finger bis in die Gegenwart streckt. Es erinnert mich an die Mädchen, die wir einst waren. Sie nahmen die Versprechen so ernst, die sie sich damals gaben.

»Chris ist in der Immobilienbranche tätig«, sagt Adrian laut an mich gewandt. Chris nimmt einen großen Schluck Wein und tupft sich den Bart mit einer Serviette ab. »Genau. Meine Firma kauft Wohnungen, saniert diese und verkauft sie weiter. Unter anderem.«

»Gentrifizierung als Firmenmodell quasi?« Die Frage rutscht mir raus, bevor ich mich zurückhalten kann. Alle starren mich an, und ich überschlage in Gedanken kurz, wie viele Stunden es noch sind, bis wir morgen früh fahren können. Nichts wie weg von diesem Ort. Nichts wie weg von diesen Leuten, mit denen mich nichts mehr verbindet außer Erinnerungen, die man besser begraben lässt.

»Du arbeitest immerhin bei einer Firma, die Leute zu Alkoholikern macht«, sagt Lydia jetzt in meine Richtung, ruhig und leise.

Chris lacht, als hätte sie einen Witz gemacht, und dreht den Goldring an seiner rechten Hand, in den irgendein Symbol eingraviert ist. Ist das eine Art Bizeps, oder sieht das nur so aus? Ich kneife die Augen zusammen, als ich bemerke, dass Chris mir auf meine Frage antwortet. »So sehe ich das eigentlich nicht, Romy. Wir holen Wohlstand in die Städte, was wiederum die lokale Wirtschaft ankurbelt, und am Ende freuen sich alle.«

»Chris hat mir vorhin den Kontakt zu seiner Firma gegeben«, sagt Adrian jetzt. »Die operieren auch in Freiburg, vielleicht könnten wir über sie noch erschwingliches Eigentum ergattern.«

Mir bleibt der Salat im Hals stecken, und ich unterdrücke ein Husten. »Eigentum?«, krächze ich.

Chris tupft sich erneut den Mund mit seiner Serviette ab, bevor er das Wort ergreift. »Das muss alles gar nicht so schaurig sein, wie es zunächst klingt«, sagt er. »Heutzutage lässt sich so was auch ohne viel Eigenkapital finanzieren.«

Ich runzele die Stirn. »Hat genau dieses Modell nicht zur letzten Finanzkrise geführt?«

Adrian legt wieder seine Hand auf meine. »Jetzt hör es dir doch erst mal an.«

Ich spüle den Essig mit einem tiefen Schluck Wein hinunter.

»Es geht gar nicht unbedingt darum, dass ihr in dem Haus wohnen müsst.«

»Ein … Haus?«, frage ich.

»Betrachte das mehr als eine Form der Altersvorsorge. Von

der gesetzlichen Rente werden wir ohnehin alle nicht mehr leben können. Da muss man sich schon selbst kümmern.«

»Geht es als Nächstes um Bitcoin?«, frage ich in die Runde, aber niemand lacht. Ich schiebe mir ein Stück Ziegenkäse auf Salat in den Mund.

»Jetzt hör doch erst mal zu«, wiederholt Adrian. So ist er eben. Er hört Leuten auch weiter zu, wenn er schon weiß, dass sie totalen Bullshit erzählen – weil vielleicht ein kleines Fünkchen Wahrheit darin stecken könnte. Seine Engelsmiene macht mich wahnsinnig.

»Ihr würdet kein Wohnhaus für euch kaufen, sondern ein Mietshaus.«

»Wir würden quasi Vermieter werden?«

»Ja, genau, meine Firma kann euch das vermitteln. Und dann könnt ihr den Kredit mit euren Mieteinnahmen abbezahlen. So könnt ihr Eigentum finanzieren, ohne dass ihr wirklich etwas davon merkt.«

»Und warum machen das dann nicht alle so?«, frage ich.

Chris wedelt mit seiner Serviette hin und her, als würde er daraus gleich ein Kaninchen zaubern. »Das ist es ja gerade. Ihr müsst schneller sein als die anderen. Sonst besitzen diese Mieter doch bald ihr eigenes Haus. Noch ist dieses Modell sozusagen ein Geheimtipp. Außerdem«, fährt er fort, als er meine gerunzelte Stirn sieht, »machen es die Schlauen ja schon so. Hab ich recht, Lydie?«

Alle wenden sich Lydia zu, die am anderen Ende des Tisches sitzt und jetzt errötet. Aber ich gucke Olga an, die nachdenklich ihre Serviette faltet und so tut, als hätte sie nichts von diesem ganzen Gespräch mitbekommen. Lydia räuspert sich. »Ja, ich bin tatsächlich vor ein paar Monaten eingestiegen.«

»Lydia ist jetzt stolze Besitzerin eines Mietshauses in München.« Ich sehe, wie das Blut in Lydias Wangen schießt.

»Zumindest eine der Besitzerinnen«, sagt sie.

Chris macht eine wegwerfende Handbewegung. »Das ist nur der Anfang. Isst du deinen Grillkäse noch, Schatz?« Er pikst mit der Gabel das Stück Käse von Olgas Teller, bevor sie etwas erwidern kann, und fährt dann fort: »So teilt man sich nämlich die anfallenden Kosten, falls mal was am Haus gemacht werden muss.« Er deutet mit dem Zeigefinger auf mich und grinst. »Das wäre bestimmt deine nächste Frage gewesen.«

Ich lächele zurück. »Nein, ich wollte eigentlich fragen, ob ihr auch Proteinshakes anbietet.«

Ein Lächeln breitet sich auf Chris' Gesicht aus. Er wischt sich die Finger an seiner Serviette ab und zieht ein Visitenkärtchen aus seiner Hemdtasche. »Keine Proteinshakes, aber CBD-Öl. Hast du das mal probiert? Du wirst nie wieder Periodenkrämpfe haben, das sag ich dir.«

Er hält mir das Kärtchen hin, und ich nehme es. »Hast du verschiedene Visitenkarten für deine verschiedene Businesses?«, frage ich.

Er scheint meinen spöttischen Unterton nicht zu bemerken und nickt eifrig. »Das funktioniert heute so. Immobilien und CBD sind zwei völlig unterschiedliche Brands. Ich schick euch mal ein Portfolio zu unseren Immobilien in Freiburg zu, und dann könnt ihr schauen, ob ihr einsteigen wollt.«

»Unbedingt«, sagt Adrian, nimmt mir die Visitenkarte aus den Fingern und steckt sie in seine hintere Hosentasche. »Wir integrieren immer mehr Hanfprodukte in unsere Rezepte«, sagt Adrian und beugt sich ein bisschen mehr zu Chris vor. »Und jetzt frage ich mich natürlich, ob man auch mit CBD-Öl kochen kann. Gibt es da irgendwelche Erkenntnisse?«

Chris kratzt sich am Nacken. »Warum nicht? Es ist doch alles eine Frage des Marketings.«

»Sehr spannend«, sagt Adrian. »Wir wollen unser Restaurant

nämlich ein bisschen moderner ausrichten und suchen noch den richtigen Dreh.«

Chris grinst vielsagend. »Da hab ich einen Tipp für dich.« Er faltet die Hände vor seinem Gesicht, um die Spannung zu steigern. »Das Stichwort lautet Direct Marketing, also die direkte und konkrete Kundenansprache. Und wie kann man die am besten erreichen?« Er macht eine Pause. »Na, durch ein System, in dem eure Kunden neue Kunden anwerben. So eine Art exklusive Mundpropaganda, die immer weitere Kreise zieht.«

»Also eine Art Pyramidensystem?«, frage ich.

Chris schüttelt vehement den Kopf. »Wir nennen das Multi-Level-Marketing. Es ist ganz einfach: Du bietest deinen Kunden die Möglichkeit, an weiteren Kunden mitzuverdienen. So steigt die Chance einer Weiterempfehlung immens, und es werden unendlich viele neue Kunden generiert.«

»Na ja …«, Adrian lacht verlegen, »wir sind ein Restaurant mit vierzig Sitzplätzen, unendlich viele Kunden bekommen wir da gar nicht unter.«

Chris schüttelt den Kopf. »Hörst du, was du da sagst? Du schränkst dich schon durch deine Sprache immens in deinem Wachstum ein. Ich meine, du hast *mo-men-tan* ein Restaurant mit vierzig Sitzplätzen. Aber das ist doch keine feste Zahl!«

»Ja, wenn wir bei gutem Wetter die Terrasse öffnen können, haben wir fast doppelt so viele Plätze«, stimmt Adrian zu, aber Chris schüttelt weiterhin vehement den Kopf.

»Nein, du denkst viel zu klein, Adrian. Ich meine natürlich: weitere Restaurants. Das Modell vergrößern!«

»Oh, darüber habe ich noch gar nicht nachgedacht«, entgegnet Adrian. In diesem Moment steht Olga plötzlich ruckartig auf.

»Wir haben noch gar nicht angestoßen!«, unterbricht sie das Gespräch. Sie erhebt ihr Weinglas.

»Doch«, entgegne ich.

Olga verdreht die Augen. »Nicht auf uns, meine ich. Auf dieses Wochenende. Also, wenn ich bitten darf? Auf unsere Freundschaft!« Die anderen heben ebenfalls ihre Gläser.

»Auf unsere Freundschaft«, flüstere ich. Alle trinken.

Dann setze ich abrupt mein Glas ab. »Was war das?«

»Was meinst du?«, fragt Adrian.

»Habt ihr das nicht gehört? Da ist es wieder – ist das ein Auto? Vor dem Haus?«

»Ich geh mal nachsehen«, sagt Chris und wirft seine Serviette auf den Teller.

»Vielleicht sind es die Vermieter?« Olga runzelt verwundert die Stirn.

Adrian, Lydia und ich wechseln Blicke. Dann stehen auch wir auf und folgen den anderen ums Haus herum, wo die Gartenmauer sich zur Einfahrt hin öffnet. Zwischen die anderen hindurch entdecke ich einen pistaziengrünen Bulli, der die Einfahrt versperrt. Aus meiner Position kann ich das Kennzeichen nicht erkennen. Die Fahrertür öffnet sich, und ein rotblonder Haarschopf schiebt sich dahinter hervor.

»Ihr wolltet doch nicht ohne mich anfangen?«

»Das ist ja mal eine Überraschung«, stößt Olga mit zusammengepressten Zähnen hervor. »Hallo, Nathalie.«

Schwungvoll springt Nathalie vom Beifahrersitz auf den Boden und wirft ihren Rucksack in die sandige Auffahrt. »Ganz schön lange Fahrt für ein Wochenende. Aber das hält mich natürlich nicht davon ab, zu euch zu kommen.« Sie streckt die Arme aus und grinst uns an. »Kommt her, meine Süßen!« Als Olga sich nicht vom

Fleck rührt, bewegt sich Lydia zögernd nach vorne und wird von Nathalie in ihre Arme gezogen. »Lydia, meine Liebe, ich hatte vergessen, wie gut du riechst.« Bei jeder Bewegung klimpern Nathalies Armreife und Ohrringe, und eine Parfümwolke weht bis zu mir herüber. Nathalie löst sich von Lydia und umarmt erst Chris, dann Adrian. »Schön, euch kennenzulernen.« Dann steht sie für einen Moment mit hängenden Armen da, kaut auf ihrer Unterlippe herum und starrt Olga aus ihren kugelrunden blauen Augen an. Jetzt lässt sich auch Olga erweichen, schnaubt und umarmt Nathalie, wobei mir nicht entgeht, dass sie ein paar Zentimeter Abstand zwischen ihren Oberkörpern wahrt. »Wäre doch ein Witz, wenn wir uns von dummen Worten der Vergangenheit auseinanderbringen lassen würden, oder?«, flüstert Nathalie ihr so laut ins Ohr, dass ich es ebenfalls hören kann. Irgendetwas an dieser Situation kommt mir gefährlich vor, messerscharf, als könnte die vermeintlich gute Stimmung mit jedem Atemzug kippen und jede falsche Bewegung ein Blutbad anrichten. »Romy, mein Schatz, komm an meine Brust!« Nathalies Arme schließen sich um mich, und ich halte den Atem an. Eigentlich sollte es mich nicht wundern, dass Nathalie so tut, als wäre nichts gewesen, als wäre bei unserem letzten Treffen vor fünf Jahren nichts passiert, als wäre ihre Einladung für dieses Wochenende einfach in der Post verloren gegangen. Aber es erstaunt mich einmal mehr, wie abgebrüht sie ist. Das liegt wahrscheinlich ebenfalls daran, dass ich sie so lange nicht gesehen habe. Als hätten wir uns einfach auseinandergelebt, ohne dass jemand bewusst etwas dazu beigetragen hätte. Hat Nathalie uns einfach nachspioniert und ist hergekommen, obwohl Olga sie nicht hierhaben wollte? Oder hat Lydia sie doch noch eingeladen? Ich kann die Situation nicht einschätzen, und das jagt mir einen kalten Schauer über den Rücken. Ich habe das Gefühl, dass hier ein Spiel gespielt wird, das ich nicht durchdringe.

Alle drehen sich um, als wir eine Autotür schlagen hören. Nathalie löst sich von mir und legt mir stattdessen einen Arm um die Schulter. »Ihr dachtet doch nicht, dass ich allein kommen würde, oder? Diese Wochenenden finden doch immer mit Partner statt.«

Eine Gestalt bewegt sich im Halbdunkel hinter dem Bulli und tritt dann ins trübe Licht der verstaubten Scheinwerfer. Ich spüre, wie mein Magen sich hebt und gegen meinen Brustkorb drückt. »Hi, ich bin Mads«, sagt die Gestalt und winkt in die Runde.

VOR FÜNFZEHN JAHREN

Mindestens ein halbes Jahr lang dachte ich, sein Name wäre Lucas. Wir besuchten denselben Lateinkurs, aber er kam meistens nicht, und wenn, dann saß er ganz hinten und sagte kein Wort. In den Pausen hing er immer mit zwei Typen ab, die genauso nichtssagend aussahen wie er. Er hatte aschblonde Haare, die ihm in langen Strähnen um die Augen fielen, und trug immer schwarze Vans. Ansonsten wusste ich absolut nichts über ihn, und vor diesem Lateinkurs hatte ich sein Gesicht noch nicht einmal bemerkt.

Ich hätte damals vielleicht schon ahnen können, welche Macht ich über meine Freundinnen hatte, als sie sich alle geschlossen gegen den Französisch- und für den Lateinkurs entschieden, nur weil ich damals eine Audrey-Hepburn-Phase hatte und unbedingt meine eigene *Roman Holiday* mit Gregory Peck erleben wollte. Und meine Freundinnen taten, was ich tat, so undurchdacht es auch gewesen sein mochte. Mein Opa hatte mir eingeredet, dass Latein ja quasi Italienisch wäre. *Questa è una bugia*. Deswegen hockten wir von da an vier Stunden in der Woche mit Geschichts- und Politiknerds zusammen, die das Gefühl hatten, vielleicht selbst zu einer Art römischem Imperator aufsteigen zu können oder in einen Geheimclub eingeladen zu werden, wenn sie fließend Latein sprachen. Spoiler: Niemand von uns konnte jemals fließend Latein sprechen, von unserer Lehrerin ganz zu schweigen. Ich hatte von Anfang an das Gefühl, dass die Jungs, die in der siebten Klasse Latein wählten, später zu Männern wurden, die Frauen nicht besonders mochten und die CDU für eine wählbare Partei hielten. Während der Französischkurs nach Paris fuhr, besuchten wir irgendwelche Ruinen in Bayern und Trier, und dementsprechend war die Begeisterung für meine Sprachwahl nicht von langer Dauer. Meine Freundinnen und ich schafften es in den nächsten zwei Jahren irgendwie, ein Leben rebellischer Außenseiterinnen zu führen, während ich auf Partys gleichzeitig mit Serkan, dem beliebtesten Jungen der Schule, rumknutschte. Er säuselte mir französische Worte ins Ohr, und ich schmolz dahin. Später verriet mir sein bester Freund betrunken, dass er nur diesen einen Satz kannte und ihn nur zu Verführungszwecken auswendig gelernt hatte. Aber mir war das egal, alles, was nichts mit Latein oder irgendwelchen anderen toten Sprachen zu tun hatte, gefiel mir. Also auch Serkan. Zumindest für einen Monat. Danach kehrte wieder die übliche Langeweile ein, die vor allem daher rührte, dass wir es zu Hause nicht aushielten und darum an irgendeinem anderen Ort herumlungern mussten. In unserer Kleinstadt gab es nicht viele Orte, die sich dafür eigneten, und an allen musste man etwas bezahlen. Aber seit Lydia im Bowlingcafé *Shakes & Strikes* bei der Gleisunterführung arbeitete, war das unser beliebtester Treffpunkt. Sie durfte uns einen Milchshake pro Schicht ausgeben, und das Café hatte bis Mitternacht geöffnet.

Da sahen wir gern darüber hinweg, dass es ziemlich nach Gummi und Schweiß roch, nichts, was man nicht mit einer Überdosis an Parfüm beheben konnte.

»Er hat mir heute Morgen einfach Frühstück ans Bett gebracht«, sagte Nathalie und saugte an ihrem pinken Strohhalm. »Um halb sieben morgens hat der Typ nichts Besseres zu tun, als der Tochter seiner Affäre Frühstück ans Bett zu bringen. Ich hätte ihm am liebsten das Spiegelei ins Gesicht gekotzt.« Bei dieser Vorstellung konnte ich nicht anders, als in prustendes Lachen auszubrechen und einen großen Schluck Milchshake durch die Nasenlöcher über den Tisch zu sprühen. Jetzt stimmte auch Olga ein, ihr Lachen klang leise, keckernd wie ein Eichhörnchen. »Worüber lacht ihr?«, rief Lydia von der Theke zu uns rüber, wo sie die meiste Zeit ihrer Schicht verbringen musste. Sie hatte die Musik extra leiser gestellt, um uns besser verstehen zu können, aber nachdem ein Kunde sich beschwert hatte, dröhnte Elvis wieder aus den Lautsprechern, sodass wir uns nicht einmal gegenseitig richtig verstehen konnten, obwohl wir an dem Tisch saßen, der am weitesten von den Lautsprechern entfernt war.

»Klingt nicht gerade so, als wüsste er, dass er für deine Mutter nur eine Affäre ist«, gab Olga zu bedenken.

Nathalie zuckte die Achseln. »Hab ich ihm heute Morgen sicherheitshalber auch gesagt, und dann ist er abgezogen. Glaube, wir haben jetzt mal wieder ein bisschen Ruhe.« Sie kichert verschwörerisch.

»Hat deine Mutter das gehört?«

Nathalie zuckte die Achseln. »Die hat gepennt wie ein Stein.« Sie stocherte nachdenklich in ihrem Milchshake herum. »Ehrlich gesagt: Hätte der Typ mir kein Frühstück gebracht, hätte ich wahrscheinlich sogar verschlafen. Vielleicht sollte ich ihm schreiben und mich bei ihm bedanken.« Sie zog ihr Handy aus der Hosentasche.

»Mach das nicht.« Olga nahm ihr den kleinen klobigen Apparat aus der Hand. »Das kann voll gefährlich sein, am Ende steht er eigentlich auf Mädchen.« Nathalie und ich starrten sie stirnrunzelnd an. »Man kann ja nie wissen«, sagte sie schulterzuckend.

»Da hat sie schon recht, Nat«, sagte ich. Also steckte Nathalie ihr Handy wieder in die Tasche ihrer Jeansjacke.

Für einen Moment hingen wir alle unseren Gedanken nach. Ich kaute noch immer auf dem Kirschkern herum, der von der Dekoration meines Milchshakes übrig geblieben war. Elvis sang etwas darüber, dass er so einsam sei, dass er sterben könnte.

»Wie spät ist es?«, fragte ich dann. Die anderen hörten auf, an ihren Strohhalmen zu ziehen.

Olga warf einen Blick auf ihre Armbanduhr. »Gleich vier.«

»Scheiße, ich muss los.« Als ich aufstand, blieb der Ärmel meines Pullovers an der Stuhllehne hängen und rutschte nach oben.

Olga griff nach meinem Handgelenk. »Romy, was hast du da?«

Schnell zog ich den Ärmel wieder runter. »Nichts. Das war nur mein bescheuerter Bruder.«

Nathalie beobachtete mich stumm, aber als sich unsere Blicke trafen, sog sie wieder an ihrem Strohhalm. »Wo gehst du eigentlich hin?«, fragte sie zwischen zwei Schlucken.

»Zu meinem Job.«

»Bei diesem Tierladen?«

»Ja.«

Nathalie hob die Schultern. »Ich wusste gar nicht, dass du Tiere magst.«

»Du weißt vieles nicht über mich«, sagte ich, warf mir meinen Rucksack über die Schulter und ging davon. »Bis morgen, Lydia«, rief ich in Richtung des Tresens, von dem aus sie meinen übereilten Aufbruch mit zusammengezogenen Augenbrauen beobachtet hatte.

»Bis morgen«, antwortete sie mir leise, aber in ihren Augen sah ich, dass sie eigentlich fragen wollte, ob bei mir wirklich alles in Ordnung war.

Natürlich war es das. Ich legte besonders viel Schwung in meinen Schritt, als ich zur Tür marschierte, erst draußen ließ ich meine Schultern sinken und atmete tief aus.

»Hey, Süße!«, rief der Typ, der rauchend an der Straßenlaterne lehnte.

»Halt die Fresse«, gab ich zurück und überquerte die Straße zu meinem Fahrrad, das dort unter den Platanen angekettet war. Es war Mitte Oktober, aber bewölkt und kühler, als ich heute Morgen gedacht hatte. Vielleicht fröstelte ich aber auch nur, weil ich so müde war und mir der Kopf von der gestrigen Nacht dröhnte. Auf meinem Weg quer durch die Stadt fuhr ich ein paarmal über Rot und kam trotzdem zu spät. Um Viertel nach vier klingelte die Glocke über der Tür des Zoofachhandels Walter. Schweiß rann mir vom Haaransatz in den Nacken. Hinter der Theke stand niemand. Herr Walter war vermutlich kurz auf der Toilette oder im Hinterhof, um eine neue Warenlieferung anzunehmen. Wenn er schon ein paar Minuten weg war, konnte ich mich vielleicht reinschleichen, ohne dass er mein Zuspätkommen bemerkte. Ich biss mir auf die Unterlippe, als könnte ich mich auf diese Weise unsichtbar machen, und schlängelte mich zwischen den Regalen und Aufstellern hindurch, die spezielles Tiernahrungsmittel für alle Bedürfnisse enthielten. Einmal hatte hier sogar ein Fernsehsender eine Kochshow gedreht, in der die Kandidatinnen ein Dinner aus Tierfutter zubereiten mussten. Über der Bedienungstheke hing deswegen nicht nur ein ausgeblichtes Foto von Herrn Walters Dackel Franz-Josef Strauß, sondern auch ein Foto der ganzen Fernsehcrew, auf das Herr

Walter besonders stolz war. Ich rannte quer durch den Verkaufsraum, öffnete die Tür zum Personalbereich ohne das leiseste Quietschen ... und atmete tief durch. Ich hatte es geschafft, niemand hatte mein Zuspätkommen bemerkt.

»Hey, du stehst mir im Bild.« Ich fuhr herum, stolperte über den Riemen meines Rucksackes und hätte um ein Haar das Gleichgewicht verloren.

»Lucas, hast du mich erschreckt.« Hinter mir auf dem abgewetzten Rattansessel in der Ecke des Raumes saß der Typ aus meinem Lateinkurs, der hier ebenfalls aushalf. Er trug schon seine Uniform, das grüne Hemd mit dem beigefarbenen Polokragen – und die Schirmmütze, die alle Angestellten des Zoofachhandels tragen mussten, damit ihnen die Papageien nicht in den Haaren pickten. Seit ich in diesem Laden arbeitete, gab es allerdings schon längst keine Papageien mehr, nur noch ein paar Wellensittiche, aber auch die waren letzte Woche verkauft worden. Die Regel mit den Schirmmützen war trotzdem geblieben. »Was machst du denn hier?«, blaffte ich ihn an, als könnte er etwas für meine schlechte Laune.

Widerwillig löste er seinen Blick von irgendwo links von mir und sah mich an. Seine Augen waren so hellgrau, dass sie fast weiß aussahen.

»Du stehst mir im Bild«, wiederholte er ruhig und machte dann eine Handbewegung, die mich automatisch einen Schritt zur Seite treten ließ. Erst jetzt bemerkte ich, dass der Fernseher in der hinteren Zimmerecke lief. Es war ein kleiner quadratischer Kasten, durch den regelmäßig schwarz-weiße Schlieren liefen.

»Was guckst du da?«, fragte ich.

»Aktenzeichen XY«, antwortete er, als sei das ja wohl offensichtlich. »Die Typen wollten der armen alten Frau einfach ein Ohr abschneiden!«

Ich musterte diesen Lucas mit zusammengezogenen Augenbrauen und schüttelte dann den Kopf. »Wenn du nichts dagegen hast, ziehe ich mir jetzt meine Uniform an. Kannst du dir kurz die Augen zuhalten?«

Er hob die Augenbrauen. »Ich guck dich sowieso nicht an, versprochen. Solche Schweine!«

Ich runzelte die Stirn. Was für ein seltsamer Typ. Ich zuckte die Achseln und drehte mich herum, kramte mein Polohemd aus dem Eastpak. In diesem Moment schellte die Ladenglocke im Verkaufsbereich, und an den schlurfenden Schritten erkannte ich, dass Herr Walter wieder da war – und auf unseren Raum zuschlappte. Herr Walter hatte eine ganz spezielle Art, sich zu bewegen, ich würde das Geräusch seiner Schritte überall erkennen. Es klang wie ein einziges klebriges Schlurfen, so wie ich mir das Geräusch einer riesigen Nacktschnecke vorstellte, wenn diese denn ein Geräusch machen würde.

»Scheiße.« Ich stand im BH im Personalraum und versuchte seit einer gefühlten Ewigkeit, mein zerknittertes Polohemd auf die richtige Seite zu drehen. »Autsch.« Mein Finger stieß an die offene Sicherheitsnadel, mit der das Namensschild an der Brust meines Polohemds befestigt war. Gleich würde Herr Walter hereinkommen. Er würde mich halb nackt vorfinden und wissen, dass ich viel zu spät dran war. Beides würde ich gern vermeiden.

Aber als ich kurz darauf die Tür schlagen hörte, betrat nicht etwa mein Chef den Raum, sondern ich war auf einmal allein. Durch die geschlossene Tür hörte ich gedämpfte Stimmen. Ich atmete erleichtert auf und zog mir das Poloshirt über den Kopf. Als Herr Walter und Lucas den Raum betraten, tat ich bereits so, als würde ich seit geraumer Zeit die Kisten neu eingetroffener Waren kontrollieren.

»Wo ist deine Kappe?«, schnauzte Herr Walter zur Begrüßung. Ohne etwas zu erwidern, kramte ich die verbeulte Schirmmütze aus meinem Rucksack und zog sie tief in die Stirn, wobei meine Locken mir ein bisschen vor den Augen hingen. »Ihr habt ja noch gar nicht mit den Aquarien angefangen. Was ist wohl der Grund dafür, dass ich euch beide gleichzeitig bezahle?« Der Rest seiner gemurmelten Worte ging in seinem dichten Schnurrbart unter, der ihm bis über die Unterlippe reichte. Ich seufzte. Stimmt, das monatliche Aquarienputzen stand heute an. Was eigentlich meine ungeliebteste Aufgabe war, kam mir heute gerade recht. So würde ich nämlich keine Sekunde mehr als nötig mit meinem Chef in einem Raum verbringen müssen. Wenn ich im Verkaufsraum Waren einsortierte oder die Auslage im Schaufenster neu drapierte, spürte ich stundenlang seinen Blick auf mir, der jeden noch so winzigen Fehler sofort bemerkte.

Wieder schellte die Eingangsglocke vorne im Laden. Herr Walter schnauzte noch einmal etwas Unverständliches und schlurfte dann in seinem Nacktschneckengang zurück nach vorne. Lucas stand mitten im Raum, die Hände in die Seiten gestemmt, und starrte wieder gebannt auf den Fernseher, als hätte er elementare Minuten eines Jahrhundertfußballspiels verpasst. Dabei zeigte die Kamera einfach nur den Moderator im Studio, der mit ernstem Gesicht in die Kamera sprach. »Rudi Cerne«, stand in einer Bauchbinde unten im Bild. Es ging immer noch um den Fall zweier Räuber, die einer alten Frau ein Ohr abschneiden wollten, wenn sie nicht mit Geld und Schmuck rausrückte.

»Warum interessierst du dich so für diesen Fall?«

Er starrte weiter auf den Fernseher, eine unverkennbare Faszination im Blick. »Ich fasse es einfach nicht, dass manche Menschen mit so was davonkommen.«

»Ich hole mal die Fische raus.« Ich schnappte mir die große Plastikdose, die als Zwischenaquarium diente, und füllte sie mit destilliertem Wasser. Dann klemmte ich sie zwischen linken

Arm und Brustkorb, während ich die Tür in den Verkaufsraum öffnete. »Bereitest du den Rest vor?«, fragte ich über meine Schulter, bevor die Tür hinter mir zufiel.

Herr Walter unterhielt sich gerade mit einer Kundin über die Vorzüge unterschiedlicher Zierfischarten, als ich an ihnen vorbei zu den Aquarien schlich, die auf der anderen Seite des Verkaufsraums vor sich hin blubberten. Darin zogen die unterschiedlichsten armen Gestalten ihre Kreise und glupschten mich aus ihren kreisrunden Augen an. Ich hatte mich nie sonderlich für Tiere interessiert, aber als mich die Fische das erste Mal direkt ansahen, verstand ich plötzlich, dass sie sich genauso fühlen mussten wie ich. Möglichst leise entfaltete ich den Klapptritt, der immer neben dem Regal mit den Aquarien lehnte, kletterte darauf und nahm den Deckel des ersten Beckens ab. Ich hatte eine ziemlich perfekte Taktik entwickelt, um die Fische zu erwischen. Ich ließ meine Hand hineingleiten und hielt sie ganz still, bis sie von selbst zu mir kamen, an dem Gummihandschuh knabberten oder sogar zwischen meinen Fingern hindurchschwammen. Dann packte ich zu. Diesen Moment, in dem die Fische an der frischen Luft um ihr Leben zappelten, mochte ich am wenigsten am Reinigen der Aquarien. Einmal war einer aus meinen Fingern geglitten, auf den Boden gefallen und unter eins der Regale geschlittert. Ich kam nicht mehr an ihn heran. Meist gelang es mir, die Erinnerung daran auszublenden, nur ganz selten, wenn ich vor den Aquarien stand, pochten leise Schuldgefühle in meiner Magengegend. Mein Chef hatte nichts davon gemerkt, vielleicht hat er aber auch nur nichts gesagt. Ich hob einen Fisch nach dem anderen in das Zwischenbecken und ließ das Wasser des Aquariums durch einen Schlauch in einen Kanister

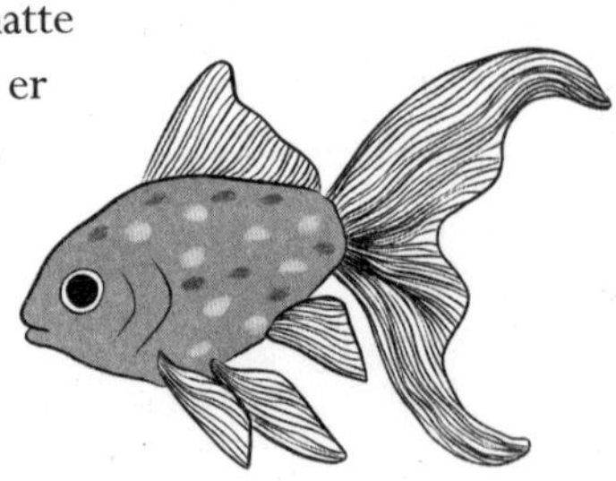

ab. Dann trug ich das Aquarium an Walter und der Kundin vorbei zurück in den Personalbereich. Dort hatte Lucas auf dem abgewetzten länglichen Tisch alles vorbereitet, was wir für die Reinigung der Aquarien brauchten. Wir arbeiteten still nebeneinander, während auf dem Fernseher über unseren Köpfen weiter *Aktenzeichen XY* lief.

»Was hast du da am Rücken?«, fragte Lucas irgendwann leise. Meine Hand tastete sofort nach dem blauen Fleck neben meiner Wirbelsäule.

Ich schluckte. »Ich dachte, du hast nicht hingeguckt, Lucas.«

Darauf reagierte er nicht, schien auf einmal wieder ganz konzentriert darauf, mit dem Algenmagnet an der Innenseite der Aquarienscheibe entlangzufahren.

»Ich heiße übrigens nicht Lucas«, sagte er nach einer ziemlich langen Pause.

»Was? Aber es steht doch auf deinem Namensschild.«

»Ich hab das Hemd von meinem Vorgänger übernommen, und Walter hat sich nicht die Mühe gemacht, mir ein neues Schild zu drucken.«

Ich nickte. Das sah Walter ähnlich.

»Wenn er mich anschnauzt, kann ich mir immerhin vorstellen, dass er nicht mich meint, sondern diesen Lucas, den er gefeuert hat, weil er im Personalklo Gras geraucht hat.«

Ich konnte mir ein Grinsen nicht verkneifen, aber er sah ohnehin nicht hin, seine Aufmerksamkeit wechselte zwischen den Aquarien und den flimmernden Pixeln über unseren Köpfen hin und her. »Wie heißt du dann?«, fragte ich.

»Matteo«, sagte er, »aber alle nennen mich Mads.«

JETZT

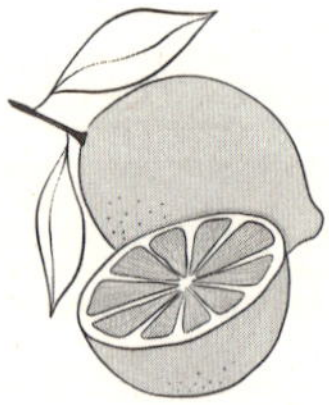

Chris holt noch zwei Stühle aus dem Wohnzimmer nach draußen, und Olga stellt Teller dazu. Ich frage mich, ob nur ich bemerke, mit welchem Widerwillen sie sie auf den Gartentisch knallt. Ich kann nicht genau sagen, an wem es liegt, an Mads oder an Nathalie, dass sie auf einmal so wütend ist. Aber ich will nicht darüber nachzudenken, versuche stattdessen, Mads einfach komplett auszublenden, als wäre er der Zierfisch, der mir damals im Zoofachhandel unter das Regal gerutscht ist. Er existiert für mich nicht. Ich konzentriere mich komplett auf Nathalie. Doch leider sitzen die beiden mir direkt gegenüber. Mir ist der Appetit vergangen, ich lasse meinen halb vollen Teller stehen und atme durch den Mund, damit ich das Fleisch nicht rieche. Unter dem Tisch drücke ich Adrians Hand. Dieser wirft mir fragende Blicke zu, die so offensichtlich für alle anderen erkennbar sein müssen, dass meine Ohren rot anlaufen, also lasse ich seine Hand wieder los und streichle stattdessen Kaspers Schnauze.

»Was für eine Überraschung, dass du auch hier bist«, sage ich deswegen zu Nathalie, die sich mit großer Begeisterung über

Adrians Gemüseeintopf hermacht und zwischendurch genüsslich auf einem Fetzen Baguette herumkaut.

»Weil Olga vergessen hat, mir Bescheid zu geben?«, sagt Nathalie. Olga lächelt bei diesem Seitenhieb säuerlich und legt ihre Gabel neben ihrem noch ziemlich vollen Teller ab. Wir wissen alle, dass Olga Nathalie nicht vergessen hat, sondern ganz bewusst nicht hierhaben wollte. Ich kann Olga unter dem Tisch förmlich mit den Hufen scharren sehen, aber ich weiß, warum sie nichts sagt. Weil Nathalie unser Geheimnis verraten kann. Weil sie etwas gegen uns in der Hand hat, so wie wir alle etwas gegen sie in der Hand haben. Nathalie zuckt mit den Achseln. »Lydie hat mir Bescheid gesagt.«

Alle Augen huschen zu Lydia, bis auf die von Chris, der die angespannte Stimmung am Tisch nicht zu bemerken scheint.

»Ich hole neues Brot.« Olga schiebt ihren Stuhl so energisch zurück, dass er beinahe hinter ihr ins Gras fällt. Kasper springt erschreckt auf.

»Und ich hole Weinnachschub«, setze ich schnell hinterher, nehme die fast leere Flasche vom Tisch und folge Olga in die Küche. Statt Brot zu holen, hat sie beide Hände auf die Kücheninsel gestemmt und sieht nicht mal auf, als ich hereinkomme.

»Ich fass es einfach nicht. Diese Dreistigkeit«, murmelt sie vor sich hin.

»Was ist denn passiert seit unserem letzten Treffen?«, frage ich leise. Olga hebt die Augenbrauen und sieht mich an. Ihr Blick reicht aus, dass ich mir auf die Zunge beiße. Ich weiß natürlich genau, was damals passiert ist, ich dachte nur irgendwie nicht, dass meine Freundinnen darunter immer noch so leiden. Ich dachte, dass es reichen würde, wenn ich einfach abhaue und mich nie wieder melde. Nathalie hat anscheinend einen anderen Weg gewählt, nämlich die Konfrontation mit Olga, und wurde deswegen von diesem Wochenende ausgeschlossen. »Ich meine …

nicht mit uns, sondern mit dir«, füge ich schnell hinzu. »Mit Jasmin und dir.«

Olga zuckt die Achseln. »Ich hab diesmal Chris mitgenommen, das sagt doch alles.«

»Also hast du dich doch von ihr getrennt?«

Olga schweigt.

»Was Nathalie damals abgezogen hat, ging wirklich gar nicht, ich …«

»Es war nicht einfach nur Nathalie«, fährt Olga mir ins Wort. »Es waren wir alle, Ro. Auch du.«

Ich schlucke. »Ich weiß«, flüstere ich leise. »Deswegen wollte ich auch nicht herkommen.«

Olga schnaubt lachend. »Nein, du wolltest wegen diesem charmanten Koch da draußen nicht herkommen.«

»Quatsch«, sage ich, obwohl ich weiß, dass das auch ein Teil der Wahrheit ist. Olga richtet sich wieder auf und dreht mir den Rücken zu, sodass sie durch die Fensterscheiben nach draußen in den Garten blicken kann, und verschränkt die Arme vor der Brust. »Es ist schon verrückt«, flüstert sie. »Wir treffen uns alle fünf Jahre, und jedes Mal bricht dabei Chaos aus.«

»Vielleicht ist es an der Zeit, diese Tradition zu begraben«, setze ich an. »Ich glaube nicht, dass das hier eine gute Idee ist.«

Olga schüttelt den Kopf. »Es ist richtig, dass das wehtut, Romy. Je mehr es wehtut, desto wichtiger ist es doch.«

Ich schweige und halte ihr die Weinflasche entgegen. Sie trinkt den Rest darin mit einem Schluck und verzieht dann das Gesicht, als handele es sich dabei um irgendeinen starken Schnaps. »Ich hab übrigens nicht mit ihr Schluss gemacht«, sagt sie dann leise. »Sie hat mit mir Schluss gemacht.«

»Oh.«

»Ja, *oh*. Das hab ich auch gedacht.« Olga macht ein ploppendes Geräusch mit ihren Lippen. »Danke für dein Mitleid.«

Ich beiße mir auf die Unterlippe. Aus ihrer Sicht kann ich gut verstehen, warum sie sauer auf mich ist. Ich habe unsere Freundschaft verraten.

»Nathalie ist doch nur hier, um Chaos zu stiften«, sagt Olga leise.

»Um sich für das letzte Mal an uns zu rächen?«, flüstere ich.

»Ich wüsste nicht, warum sie sich an mir rächen sollte«, sagt Olga schulterzuckend. »Ich habe schließlich nicht mit ihrem Freund geschlafen.«

Gemeinsam stehen wir im Dunkel des Hauses und blicken den Lichtern auf dem Gartentisch entgegen. Man könnte fast meinen, dass wir uns wieder versöhnt haben, so wie wir hier nebeneinanderstehen. Aber ich habe das Gefühl, ihren Körper vor Anspannung fast vibrieren zu sehen. Mads sitzt still neben Nathalie und folgt dem Gespräch, das Adrian und Chris quer über den Tisch führen. Es fällt mir schwer, den sechzehnjährigen Jungen mit dem Mann in Verbindung zu bringen, der dort am Tisch sitzt.

»Und funktioniert es?«, fragt Olga leise.

»Was?«, frage ich.

»Na, Nathalies Rache«, sagt sie, nimmt den Brotkorb, leer, wie er ist, und geht zurück nach draußen. Ich bleibe noch einen Moment stehen, im Schutz der Vorhänge versteckt, und denke darüber nach.

VOR FÜNF JAHREN

Das letzte Mal trafen wir uns alle in einem Ferienhaus am Comer See, das Nathalies Tante gehörte. Wir waren alle Mitte zwanzig und dachten, dass wir das Leben endlich durchschaut hatten. Nathalie und ich hatten gerade unsere ersten Jobs angefangen, tranken viel zu teuren Wein und kauften den kompletten Wochenmarkt leer, auch wenn wir überhaupt nicht wussten, wie man Ossobuco oder Meeresfrüchte zubereitete. Nathalie und ich waren schon ein bisschen früher angereist, weil Olga und Lydia noch Vorlesungen hatten und erst am Freitagabend zu uns stoßen konnten. Genauso wie unsere Männer. Ich war damals mit einem Typen zusammen, Daniel, den ich erst ein paar Monate zuvor in einem Club kennengelernt hatte und mit dem ich mich eigentlich nur gut verstand, wenn wir tanzten und die Lichter um uns herumwirbelten. Aber damals tanzten wir oft, also war das schon in Ordnung so. Nathalie lebte zu dieser Zeit in Leipzig, eine ganze Weltreise von mir in Freiburg entfernt, und ich hatte mich wirklich sehr darauf gefreut, sie zu sehen. Am ersten Abend sprachen wir überhaupt nicht darüber, warum wir eigentlich hier waren. Wir quatschten nur über alle möglichen

Dinge aus unserem Alltag, prosteten uns immer wieder mit verschwörerischen Blicken zu und kicherten, als es später wurde, in unsere Weingläser hinein. Erst als wir morgens die verklebten Augen öffneten, in einem riesigen italienischen Bett, mit Kissen und Decken aufgetürmt wie die raue See, und ich uns einen viel zu starken Kaffee gekocht hatte, blickten wir uns seufzend an. Und ich sah auf einmal nicht mehr Nathalie, meine durchgeknallte und oft ziemlich nervenaufreibende Freundin, sondern Nathalie, das fünfzehnjährige Mädchen, das wieder einmal verlassen worden war. Wir wussten ganz genau, warum wir hier waren, wir hatten eine Aufgabe zu erledigen, ein Ritual durchzuführen, als stärkere Frauen daraus hervorzugehen.

»Was ist dein bester Tipp, um mit jemandem Schluss zu machen, den man liebt?«, fragte sie mich mit leiser Stimme, die Augen an den rissigen Putz der Decke gerichtet.

Ich atmete tief ein. »Eigentlich ist es egal, ob du die Person liebst oder nicht.«

Nathalie schwenkte den letzten Rest ihres Kaffees in der Tasse, den sie tatsächlich brav getrunken hatte. Ihr Kater musste wirklich übel sein, auch mein Kopf brummte, mein Nacken schmerzte. Ich hatte vielleicht doch nicht so entspannt geschlafen, wie ich es mir eingebildet hatte. In ein paar Stunden würden die anderen kommen, und dann gab es kein Zurück mehr. Ach, was bildete ich mir ein. Es gab schon jetzt kein Zurück mehr. Daniel gehörte bereits der Vergangenheit an.

»Wie meinst du das?«, fragte Nathalie, und ich musste gedanklich noch einmal zurückspulen, um zu verstehen, worauf sie sich bezog.

»Na ja, das Wichtigste beim perfekten Schlussmachen ist, dass du möglichst wenig redest. Du darfst keine Möglichkeiten lassen, einzuhaken. Keine Fragen offenlassen. Da ist es egal, ob du denjenigen liebst oder nicht.«

»Also soll ich ihm sagen, dass es nicht mehr funktioniert zwischen uns?«

Ich schüttelte energisch den Kopf. »Auf keinen Fall. Dann wird er fragen, was er anders machen kann, damit es funktioniert. Du kannst zum Beispiel sagen, dass du ihn nicht liebst.«

»Aber das wäre eine Lüge.«

Ich legte den Kopf schief. »Du musst dich einfach in die Zukunft versetzen. Irgendwann wirst du ihn nicht mehr lieben.«

Nathalie vergrub ihr Gesicht in den Kissen. »Das kann ich mir nicht vorstellen. Raphael ist so … so ein richtiger Mann.«

Ich zog die Augenbrauen zusammen. »Was soll das denn heißen?«

»Na ja, er kann Sachen zusammenbauen, zum Beispiel.«

»Das kannst du doch auch selbst«, gab ich zurück.

Nathalie grinste mich mit ihren süßen spitzen Eckzähnen an. »Aber manchmal hab ich einfach keinen Bock, das zu machen.«

Wir lachten beide, bis mein Kaffee überschwappte und ich panisch in die Küche rannte, um ein Handtuch zu holen.

»Einen Tipp hab ich noch!«, rief ich Nathalie über meine Schulter zu. »Fang auf keinen Fall an mit: ›Du, ich hab nachgedacht.‹ Das gehört auf die rote Liste!«

»Was steht denn da noch, auf dieser roten Liste?«, fragte sie, als gäbe es tatsächlich ein Gesetzbuch des Schlussmachens, hoheitlich von mir, der absolut besten Schlussmacherin der Welt, verfasst.

»Na, ›Es liegt nicht an dir, sondern an mir‹ ist auch ein No-Go. ›Wir haben uns einfach auseinandergelebt‹ kann ich ebenfalls nicht empfehlen. Du musst eine klare Grenze setzen, Nat.«

Nathalie nickte und tupfte den Kaffeefleck auf dem Bett mit dem Handtuch weg, das ich ihr von der Tür aus zuwarf. »Wenigstens können wir noch einmal richtig guten Sex haben.«

Ich lachte.

»Du, ich hab nachgedacht«, setzte sie dann an, »wollen wir eine Runde schwimmen gehen, bevor die anderen kommen?«

JETZT

Langsam folge ich Olga zurück zum Tisch. Die einzigen Personen, die das Essen wirklich zu genießen scheinen, sind Nathalie und Chris, die sich gerade über Pro und Contra von Airbnb unterhalten. Und natürlich Kasper, der mit wedelndem Schwanz neben Chris steht, um einen Bissen zu erhaschen. Olga weicht meinen Blicken aus, und ich ignoriere Mads, was meinen Sichtbereich ziemlich einschränkt. Aber wenn ich in den letzten Jahren in etwas gut geworden bin, dann ist es das Aushalten von unangenehmen Situationen. Eine wohlvertraute Taubheit überkommt mich, sie beginnt in den Fingerspitzen und breitet sich durch meinen ganzen Körper aus. Ich versteinere, während die Anspannung so laut und unerträglich wird, dass eine einzige falsche Bewegung diesen Tisch, dieses Ferienhaus und die Klippe, auf der es steht, in den Abgrund reißen könnte.

»Wie lange haben wir uns nicht gesehen, Romy? Fünfzehn Jahre?« Ich zucke zusammen, als Mads mich anspricht, und hoffe, dass niemand sonst am Tisch seine Frage gehört hat, vor allem nicht Adrian.

Ich antworte nicht, nehme stattdessen einen tiefen Schluck

aus meinem Weinglas. Ich muss darauf achten, nicht die ganze Zeit nervös Alkohol in mich hineinzukippen, sonst wird mir die Situation entgleiten.

»Ihr wart zusammen auf der Schule?«, reagiert Adrian an meiner statt. Mist.

»Nicht nur das«, setzt Mads an. Sosehr ich meine Augen auch auf meinem Teller halten will, auf dem unangetasteten Stück Fleisch und dem Gemüse, das allmählich in sich zusammenschwitzt – sie springen einfach hoch, direkt in Mads' Gesicht. Auf die Narbe, die seine rechte Augenbraue teilt, auf den Leberfleck über der Lippe, auf die aschblonden Haare, die er jetzt ganz kurz trägt, auf die hellgrauen Augen, die ich so viele Jahre nicht gesehen habe. »Wir haben auch miteinander gearbeitet«, fährt Mads fort und lehnt sich zurück.

»Aber nicht sonderlich lange«, sage ich schnell und lege Adrian eine Hand auf die Schulter. »Wir haben Aquarien geputzt in einem Tierfachladen. Der mieseste Job, den ich je hatte.«

Jetzt lasse ich Mads nicht aus den Augen, unsere Blicke verknoten sich, als würden wir uns gegenseitig zu Boden ringen wollen. Ich spüre, wie gefährlich diese Situation ist. Es wird nur eine Frage der Zeit sein, bis Adrian was merkt. Wir müssen hier weg, wir müssen hier weg, so schnell wir können, zurück in unser schönes behütetes Leben in Freiburg, zwischen seinem Restaurant und den renovierten Fabrikhallen, in denen das Labor liegt, in dem ich arbeite und wo es immer nach Wein, Zucker und Desinfektionsmittel riecht. Zurück in unsere Altbauwohnung mit den hohen Decken, zurück zu unseren Fahrrädern, die dort an der Wand hängen. Zurück zu unserem Kühlschrank, in den Adrian immer Leckereien für mich stellt, wenn er mitten in der Nacht von der Arbeit kommt. Zurück zu unserem Lieblingscafé, wo wir einmal in der Woche unsere Freunde treffen. Zurück zu unserem …

»Ach nein«, sagt Mads jetzt und schwenkt seinen Wein im Glas, »wir haben uns noch einmal beim Abiball gesehen, zwei Jahre später.«

»Tatsächlich?«, sage ich und hoffe, dass er durch mein aufgesetztes Lächeln hindurch nicht mein Herz sieht, das mir bis hoch in den Rachen pocht. »Daran erinnere ich mich gar nicht.«

Für einen Moment herrscht eine Stille, die bis zum Zerreißen gespannt ist. Adrian räuspert sich neben mir. Scheiße, er merkt was, denke ich, aber ich weiß auch nicht, wie ich es verhindern soll.

Auf einmal trifft mich ein dicker Regentropfen direkt auf der Stirn. Ich löse meinen Blick von Mads und lege den Kopf in den Nacken. Sofort trifft mich ein zweiter Tropfen ins rechte Auge, dann ein dritter aufs Kinn.

»Es fängt an zu regnen!«, kreischt Nathalie in diesem Moment. Und dann geht es auf einmal ganz schnell. Immer mehr Regentropfen klatschen durch die Zweige des knorrigen Baums, unter dem wir sitzen – und binnen kürzester Zeit sind wir patschnass. Was gerade noch ein lauer Sommerabend war, ist auf einmal eine raue Herbstnacht, und ich fröstele in meinem Kleid und mit den nackten Füßen. Doch meine Starre hält noch an, und während die anderen aufspringen und anfangen, hektisch Sachen ins Innere zu retten, bleibe ich einfach sitzen und lasse mir die Tropfen auf den Körper prasseln. Mir läuft Wasser in die Augen und über die Nase in den Mund.

»Romy, kommst du?« Adrian reißt mich aus der Starre, indem er ein Sitzpolster über meinen Kopf hält, um mich vor dem Regen zu schützen. Ich springe auf, schnappe mir noch ein paar Gläser und folge den anderen nach drinnen. Olga und Chris haben Essen und Geschirr auf den Esstisch gestellt, aber erstens stehen alle Stühle noch draußen im Regen, und zweitens scheint niemand mehr Hunger zu haben. Die völlig durchnässte Tischdecke hängt über der Wohnzimmertür, vom französischen Chic des Abends ist kein Fünkchen mehr übrig geblieben. Lydia hat sich auf einem geblümten Sessel zusammengekauert, der Regen hat ihr Make-up verwischt, sodass es auf einmal aussieht, als hätte sie geweint. Ich wische mir sicherheitshalber mit den Fingern unter den Augen entlang.

Mads und Nathalie teilen sich einen weiteren Sessel, sie sitzt auf der Armlehne und schmiegt sich an ihn, als wäre auch ihr auf einmal kalt geworden, streicht ihm über das kurze Haar. Ich weiß nicht, ob sie das nur macht, um mich zu provozieren, oder ob die beiden wirklich was miteinander haben.

»Ich sehe mal nach, ob es hier irgendwo einen Heizlüfter gibt«, ruft Adrian, und kurz darauf höre ich ihn die Stufen in den Keller hinabspringen. Kasper läuft ihm mit wedelndem Schwanz hinterher. Er wirkt ziemlich begeistert davon, dass hier endlich mal was los ist. Ich atme erleichtert auf. Jede Sekunde, die Adrian nicht mit Mads und Nathalie in einem Raum verbringt, fühlt sich an wie eine Sekunde der Ruhe und Sicherheit. Ich reibe mir die Arme und setze mich allein auf das ockerfarbene Cordsofa, das noch leer ist. Ich wickle mich in eine dünne Decke, die ein bisschen nach Lavendel, aber vor allem nach Rauch riecht, doch das ist mir im Moment egal. Dann nippe ich an meinem verregneten Wein, den ich auf der Arbeit direkt zurückgeschickt hätte. Er schmeckt jetzt seltsam bitter, als wären durch den Regen giftige Chemikalien hineingelangt. Ich nehme einen zweiten, noch größeren Schluck und beobachte Chris und Olga, die in der Küche leise diskutieren.

»Wie habt ihr euch eigentlich kennengelernt?«

»Mh?« Es dauert einen Moment, bis ich kapiere, dass Nathalie mit mir spricht.

»Wer?«, frage ich mit hochgezogenen Augenbrauen. Ich vermeide es wieder, Mads anzusehen, deswegen weiß ich nicht, ob er zu mir herüberblickt oder nicht. Ich fahre mir mit der Hand in den Nacken, eine Verlegenheitsgeste, die mich in diesem Moment verrät, aber das bemerke ich zu spät. Kleine Wassertropfen fallen von den Spitzen meiner Locken und kitzeln meine Haut.

»Na, Adrian und du«, sagt Nathalie, als wäre das offensichtlich. Ist es wahrscheinlich auch. Ich spüre, wie ich ein bisschen rot anlaufe, was bei meiner dünnen Haut besonders schnell passiert.

»Meine Firma verkauft Wein an sein Restaurant.«

»Er ist Koch, nicht wahr?«, fragt Nathalie weiter, als wäre sie wirklich daran interessiert. Ist sie aber nicht.

Ich will keine Szene machen, ich will diese Situation, diesen Abend, dieses Treffen hinter mich bringen, und dann soll bitte alles weitergehen wie bisher. Warum habe ich Adrian eigentlich nie von diesem Pakt, von diesem albernen fünfzehn Jahre alten Ritual erzählt? Das ist es, was er am meisten daran hassen wird, das weiß ich jetzt schon. Ob er verstehen wird, dass ich einfach nichts mehr damit zu tun haben wollte? Diesen Teil meiner Vergangenheit einfach nicht in unser heiles Leben lassen wollte?

Adrian ist nicht der Typ für so etwas. Er würde nie so handeln wie ich. Er wäre viel zu vernünftig, er würde sofort einen Gesprächskreis einberufen, und alle würden diese Angelegenheit ein für alle Mal miteinander klären.

»Ja, er ist Koch«, gebe ich zurück.

»Was ist dein Lieblingsgericht von ihm?«, fragt Mads auf einmal und fixiert mich mit einem verschmitzten Lächeln im Mundwinkel. Nathalies Kopf fährt zu ihm herum, als wollte sie eigentlich nicht, dass er sich in das Gespräch einmischt.

»Er macht eine wunderbare Bolognese«, gebe ich zurück, »und so was Geniales wie seine Rinderrouladen habt ihr noch nie gegessen.« Sobald diese Worte meinen Mund verlassen haben, bereue ich sie schon.

Nathalie hebt die Augenbrauen. »Du hast wieder angefangen, Fleisch zu essen?«

Jetzt gibt es kein Zurück mehr, und ich gehe stattdessen in die Offensive. »Ja, seit ich mit Adrian zusammen bin: Würstchen, knuspriges Hühnchen, Schinken, ich könnte den ganzen Tag nichts anderes essen.«

Nathalie macht einen angeekelten Gesichtsausdruck. Mads dagegen sieht mich jetzt völlig ausdruckslos an, ich kann seiner Mimik keine Reaktion entnehmen.

»Sooo, jetzt sollte es gleich kuschelig warm werden«, sagt Adrian, der in diesem Moment das Zimmer betritt, einen Heizlüfter in die Steckdose steckt und auf die höchste Stufe schaltet. Er wirft sich neben mich auf das Sofa und legt einen Arm um meine Schultern.

»Oh, Romy hat uns gerade davon erzählt, wie wunderbar du Fleisch zubereitest.«

Adrian schaut mich überrascht an. »Das ist mir neu!«

»Ach ja?«, Nathalie hebt interessiert die Augenbrauen.

»Na ja, ich habe Romy eigentlich kennengelernt, weil sie sich über unsere fleischlastige Speisekarte beschwert hat, als sie bei uns zu einem Geschäftsessen war.«

»Oh«, sagt Nathalie verwirrt, doch sie fragt nicht weiter nach. Jetzt funkeln Mads' Augen triumphierend, er rutscht auf seinem Sessel hin und her.

»Ach, das weiß ich schon gar nicht mehr so genau«, sage ich schnell und verstecke mein Gesicht im Weinglas.

»Komm, ich hol dir ein frisches Glas«, bietet Adrian an und steht auf. Er nimmt mir das Glas aus den Händen und geht rüber zur Kochinsel. Draußen prasselt der Regen immer fester an die Scheiben, und Wind rüttelt an den Fensterläden. Es fühlt sich an, als würde jede Böe drohen, uns mitsamt dem kleinen Ferienhaus von der Klippe zu fegen. Ich weiß nicht, warum ich auf einmal wieder solche Fantasien habe. Fantasien, wie das Leben mit MIR Schluss macht. Ich wickele die Decke fester um mich. Kasper scheint das alles nicht zu stören, er rollt sich unter dem Couchtisch zusammen, kurz darauf dringt ein zufriedenes Schnarchen an mein Ohr.

Ich blicke Mads an und versuche an seinem Gesicht abzulesen, warum er bei dieser ganzen Sache mitmacht. Er weiß schließlich genau, was es mit unserem Ritual auf sich hat. Erst jetzt bemerke ich, dass sich zwischen seinen Augenbrauen eine Falte gebildet hat. Er wirkt jetzt genervt, unzufrieden mit der Situation, aber ich weiß nicht, wieso. Hat er genauso wenig Lust, mich wiederzusehen, wie ich ihn? Wusste er überhaupt, dass ich hier sein würde? Oder hat erst das kurze Gespräch über Adrian seine Stimmung zum Kippen gebracht?

Adrian schlängelt sich zwischen Beistelltisch und Sofa hindurch und reicht mir das frisch gefüllte Weinglas. Ich ziehe ihn zu mir heran und gebe ihm einen Kuss auf die Lippen. Ich beschließe in diesem Moment, dass ich dieses bescheuerte Spiel diesmal ganz bestimmt nicht mitspielen werde. Adrian und ich werden dieses Haus Hand in Hand wieder verlassen. Nathalie kann mir nicht gefährlich werden und Mads schon gar nicht.

Adrian streicht mir über die Schulter und lässt sich neben mich fallen. Ein bisschen Ruhe kehrt ein. Olga stellt den heißen Eintopf auf einen gehäkelten Untersetzer. »Wer will noch was?«

Lydia meldet sich schließlich, aber ich habe den Eindruck, nur aus Höflichkeit.

Der Regen prasselt jetzt so laut auf das dünne Dach des Ferienhauses, dass man kaum mehr ein Wort versteht, das über den Couchtisch hinweg gesagt wird. Ich weiß nicht, ob das, was ich noch durch das ständige rhythmische Prasseln höre, das Tosen der Wellen gegen die Klippen ist oder ein Donnergrollen, das langsam näher kommt.

»Wie geht es deinen Eltern?«, fragt mich Mads auf einmal laut. Er sieht mich direkt an, ohne zu blinzeln. Meine Freundinnen drehen sich zu mir um, und ich spüre, wie Wut in mir aufsteigt.

»Gut«, sage ich, »danke der Nachfrage.«

»Wohnen sie immer noch in dem gleichen Haus wie früher?«

Ich rutsche auf dem Sofa hin und her, bevor ich antworte. »Ja, sie haben den unteren Stock gerade altersgerecht umbauen lassen«, sage ich. »Neues Bad mit ebenerdiger Dusche und so was.«

Mads nickt. »Und wie geht es deinem Bruder?«

Ich ziehe die Decke noch mal fester um mich, aber ich will mir auf keinen Fall anmerken lassen, dass mich seine Fragen in Verlegenheit bringen. »Alles gut. Er hat mittlerweile geheiratet, im Frühling Zwillinge bekommen.«

»Hach«, seufzt Nathalie dazwischen. »Ich war ja wirklich unsterblich verknallt in deinen Bruder.«

Ich runzele die Stirn, und Nathalie fährt fort.

»Ich dachte immer, dass wir eines Tages zusammen sein werden«, fährt Nathalie fort.

Ein unkontrolliertes Lachen entfährt mir. »Sei einfach nur froh, dass du dem entgangen bist, Nathalie.«

Sie zieht die Augenbrauen zusammen. »Wieso das denn?«

Ich sehe Mads direkt in die Augen. »Das ist eine lange Geschichte«, sage ich.

»Ich kann nicht glauben, dass unsere Eltern alle immer noch zusammen sind«, wirft Olga in diesem Moment dazwischen. Sie zündet ein paar Kerzen an und macht einen nervösen Witz darüber, dass das Ferienhaus bei diesem Regenwetter zumindest nicht abbrennen kann. Wir lachen alle ein bisschen, Chris viel zu laut. Er legt Olga eine Hand um die Hüfte.

Lydia hat ihr Handy aus der Hosentasche gezogen. Im bläulichen Licht des Displays sieht ihre blasse Gestalt noch viel geisterhafter aus. »Meine nicht«, sagt sie leise.

»Oh, stimmt«, sagt Olga und verzieht das Gesicht. »Entschuldige bitte, Lydia.«

Sie zuckt mit den Achseln.

»Was ist passiert?«, frage ich. »Hat deine Mutter sich doch noch von ihm getrennt?«

Lydia schüttelt den Kopf. »Er sich von ihr. Es war ihm zu anstrengend mit all meinen jüngeren Geschwistern.«

Chris lacht. »Oh, das kann ich verstehen. Meine Ex-Freundin hatte zwei Kinder, und das war mir schon zu viel.«

Adrian lacht höflich, aber ich werfe ihm einen düsteren Blick zu, bis er verstummt.

Lydia versinkt wieder in ihrem Smartphone. Mir fällt auf, dass ich sie den ganzen Abend kaum richtig angesehen habe. Was sie wohl über die ganze Situation denkt? Immerhin war vermutlich sie es, die dafür gesorgt hat, dass Nathalie ebenfalls herkommt. Was hat sie die letzten fünf Jahre gemacht? Offensichtlich viel Zeit mit Olga verbracht, was sich für mich immer noch seltsam anfühlt. Früher war ich das Bindeglied zwischen den beiden. Ich habe unsere Gruppe zusammengehalten.

VOR FÜNFZEHN JAHREN

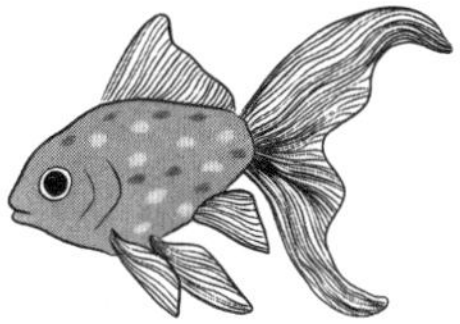

Ich wusste nicht mehr, wer mir als Erstes von diesem Gerücht erzählt hatte, weil ich viel zu sehr damit beschäftigt war, herauszufinden, wie das ohne mein Wissen hatte passieren können. Wie es sein konnte, dass ich scheinbar die Letzte war, die etwas davon mitbekam. Ich war so in Gedanken versunken, dass ich die Fische von Herrn Walters Zoofachgeschäft fast mit Aquariumsreiniger gefüttert hätte. »Hey!«, rief Mads mir gerade noch zu, und als ich nicht reagierte, riss er mir die Flasche aus der Hand.

»Was zur …?«

»Willst du die Fische umbringen, um dem Walter eins auszuwischen?«, fragte er mich. »Wenn es das ist, dann wäre ich dafür, dass wir stattdessen Löcher in die Futtersäcke stechen oder ein neues Schloss in eine Tür einsetzen oder so was. Musst du es wirklich an seinen Fischen auslassen?«

Ich starrte ihn mit offenem Mund an. »Wovon redest du?«

Mads runzelte die Stirn. »Du hättest gerade beinahe Reiniger ins Aquarium gekippt! Erzähl mir nicht, dass du noch nie darüber nachgedacht hast, dem alten Fiesling einen Denkzettel zu verpassen.«

»Ich glaube nicht, dass das Wort *Denkzettel* sich je in meinem aktiven Gedankenwortschatz befunden hat«, gab ich zurück. »Und nein, meistens bin ich damit beschäftigt, meine Flucht zu planen.«

»Und was hat das mit den armen Guppys zu tun?«

»Guppys?«

Er deutete mit einem Kopfnicken zu den Aquarien.

»Ach so, die Fische. Nein, ich bin heute wohl einfach nur in Gedanken versunken, da passiert mir so was manchmal.«

»Hast du auch schon mal aus Versehen eine Katze getötet, weil du so in Gedanken warst?«

»Nein«, gab ich zurück, »aber einen Typen aus meiner Parallelklasse, weil er mich mit dummen Fragen genervt hat.«

Mads hob abwehrend die Hände. »Ist ja gut. Aber lass mich lieber weiter die Fische füttern, okay?«

Augenrollend trat ich zur Seite und ließ ihn gewähren. Als ich gerade anfing, die neuen karierten Hundeleinen auszupacken, fiel mir etwas ein. »Sag mal, warst du auch auf der Party bei Fabio Ventura letzte Woche?«

Mads streute ein bisschen Fischfutter in das erste Aquarium und schob dann den Deckel wieder darauf. »Nicht unbedingt«, sagte er.

»Wie kann man denn *nicht unbedingt* auf einer Party gewesen sein? Warst du da oder nicht?«

»Zwangsweise«, gab er zurück, »Fabio ist mein Bruder.«

»Oh.«

»Ja«, sagte er mit einem kläglichen Gesichtsausdruck, als wäre er mit diesem Fakt ganz und gar nicht einverstanden. »Also, ich war da, aber ich war nicht auf der Party, okay?«

»Okay«, antwortete ich. »Dann hast du vielleicht meine Freundin Lydia dort gesehen?«

»Ja, das habe ich.«

»Du kennst Lydia?«, fragte ich mit großen Augen.

»Sie war früher mit mir bei der Schülerzeitung.«

»Cool«, gab ich zurück, und er nickte kurz. Wir waren uns wohl beide bewusst, dass unsere Schülerzeitung alles andere als *cool* war.

»Aber dich habe ich nicht gesehen«, sagte Mads nachdenklich.

Ich schnaubte. »Ich lag ja auch mit Fieber im Bett.«

»Du hast nichts verpasst«, stellte er fest, mit einer Bestimmtheit in der Stimme, die mir das Gefühl gab, dass ich auf jeden Fall etwas verpasst hatte. »Irgendein Idiot hat Wodka Cola über meine Originalausgabe von Robert D. Hares Buch über Psychopathen gekippt.«

Ich runzelte die Stirn. »Ist das eigentlich nur eine Masche, oder interessiert dich so was wirklich?«

»Was?«, fragte er unbeeindruckt zurück.

»Na, ungelöste Verbrechen, Psychopathen und so weiter.«

»Ich interessiere mich vor allem für Bösewichte, die mit allem davonkommen. Da gibt es die unglaublichsten Geschichten, bei denen man sich fragt: Wie kann das nur sein?«

»Okay? Und warum das?«

»Erstens«, antwortete er mit einem schiefen Grinsen, »lässt sich dadurch mein jämmerliches Teenagerleben besser ertragen, und zweitens erkenne ich dann früher, wer in meinem Leben ein Psychopath ist.«

»Herr Walter?«, fragte ich grinsend zurück.

Er seufzte. »Leider nicht. Das wäre ja wenigstens interessant. Er ist aber, glaube ich, viel zu kleinkariert, um richtig böse zu sein.«

Ich hob die Augenbrauen. »Hast du je darüber nachgedacht, dass du vielleicht selbst ein Bösewicht sein könntest?«

Jetzt hoben sich auch seine Augenbrauen, und die Reflexionen des Wassers aus den Aquarien spiegelten sich in seinen hellgrauen Augen, er sah mich überrascht an. »Darüber habe ich tatsächlich noch nie nachgedacht. Wie kommst du darauf?«

Ich legte den Kopf schief. »Na ja, ich denke auch manchmal darüber nach, ob ich vielleicht böse bin.«

Mads ließ die Dose mit den kleinen Fischfutterflocken sinken. Er sah mich jetzt so interessiert an, dass ich auf einmal spürte, wie ich rot anlief. »Wieso denkst du das?«

Ich wurde nervös, spielte mit der eingepackten Hundeleine in meinen Fingern herum, bis sie mir aus den Händen glitt und scheppernd zu Boden fiel. Ich bückte mich danach, und als ich mich wieder aufrichtete, hatte ich mich wieder gefangen. Ich ignorierte seine letzte Frage einfach. »Du hast Lydia also auf Fabios Party gesehen?«, fragte ich.

Für einen Moment schwieg er, dann sagte er: »Gesehen ist vielleicht übertrieben. Es war dunkel in meinem Zimmer, ich hatte alle Lichter ausgemacht, damit niemand auf die Idee kommt, in mein Zimmer zu platzen. Aber dieser Plan ist nach hinten losgegangen. Das haben sie eher als Einladung verstanden.«

»Wer?«

»Na, Lydia und dieser Lars aus der Elften.«

Ich sah ihn interessiert an. Dann fragte ich: »Hast du gesehen, ob irgendwas mit seinem Auge passiert ist?«

Er runzelte die Stirn. »Ich hab nicht so genau hingeguckt. Als sie mich gesehen haben, haben sie den Rückzug angetreten und sich irgendein anderes Plätzchen gesucht.« Dann hielt er kurz inne. »Aber jetzt, wo du's sagst: Lars hat wegen irgendetwas vor sich hin gejammert.«

»Also ist es wahr!«, rief ich. Mein Blick raste zu der Uhr, die über Walters Verkaufstheke hing. Noch eine halbe Stunde musste ich hinter mich kriegen, dann würde ich Lydia einmal gehörig auf den Zahn fühlen. Ihr musste man wirklich alles aus der Nase ziehen.

Später lagen wir in dem windschiefen Baumhaus in Lydias Garten, und die morschen Bretter ächzten unter unserem Gewicht. Es war schon Ende Oktober, aber heute war ein goldener Herbsttag, so warm, dass man das Gefühl hatte, der Sommer wollte noch einmal zurückkommen. Lydia sprach über alles Mögliche, aber nicht über das, was auf Fabios Party zwischen ihr und Lars passiert war. Nicht einmal Olga oder Nathalie hatten davon gewusst. Lydia hatte keine Ahnung, dass die Geschichte zu mir durchgesickert war, und jetzt lagen wir hier, die Hände hinter dem Kopf überkreuzt, zwischen uns zwei pinke Becher mit Limo und einem heimlichen Schuss Alkohol, und blickten in den blauen Nachmittagshimmel hinauf.

Um uns herum war es einen Moment lang völlig ruhig. Ich hörte Lydia neben mir langsam ein- und ausatmen, meinte sogar fast schon zu hören, wie sie mit ihren langen, beinahe weißen Wimpern klimperte – und schwieg. Irgendwann hielt ich es nicht mehr aus.

»Hast du Lars aus der Elften auf Fabios Party tatsächlich beim Knutschen ein Auge ausgestochen?«

»Was? Nein!« Lydia setzte sich abrupt auf. »Wo hast du das denn gehört?«

Ich setzte mich ebenfalls auf, wodurch die Bretter unter uns nur noch lauter ächzten. Unten auf der Wiese spielten die Drillinge im Gras.

Lydias Mutter saß wie immer regungslos in ihrem Liegestuhl auf der Terrasse, und ich hätte wetten können, dass ihre Augen schon seit Stunden an ein und derselben Seite ihres Magazins klebten.

Ich zuckte die Achseln. »Na, alle erzählen das. Und ich hatte schon Angst, es wäre dir peinlich.«

Sofort sah ich, dass ich zu weit gegangen war. Lydia war es immer furchtbar unangenehm, über solche Themen zu sprechen. Sie lief knallrot an. Ich musste vorsichtiger sein, wenn ich die Wahrheit aus ihr herauskitzeln wollte.

»Warum, warum sollte mir das peinlich sein?«

Lars? Lars aus der 11c? Der Typ, der dafür bekannt ist, bei einer Klassenfahrt vor ein paar Jahren alle Klos verstopft zu haben?, dachte ich, aber das sagte ich nicht. »Okay, ich werde allen sagen, dass sie ihren Mund halten sollen. Ich weiß nicht, was dieser Typ da erzählt hat.«

»Lars, meinst du?«, fragte Lydia mit aufgerissenen Augen. Ich hatte eigentlich Mads gemeint, aber aus irgendeinem Grund korrigierte ich sie nicht. Ich zog stattdessen mein Nokia aus der Tasche und tippte darauf herum.

Aber Lydia riss mir das Handy energisch aus der Hand. »Tu das nicht, Ro.«

Ich runzelte die Stirn. »Wieso nicht? Ich schicke eine SMS in die Runde, dann ist die Geschichte aus der Welt, und keiner wird mehr darüber reden.«

Lydia kaute auf ihrer Wange herum und schüttelte dann den Kopf. »Bitte nicht.«

Sie legte sich seufzend wieder auf den Boden des Baumhauses. Dass wir es Baumhaus nannten, war eigentlich schon zu viel. Irgendwann vor ein paar Jahren hatte Lydias Vater einmal damit angefangen, es zu bauen, aber er war nicht weiter als bis zu den Bodendielen gekommen, bevor er das Interesse daran verloren hatte.

Sie starrte an mir vorbei in den Himmel. »Ich will nicht, dass alle aufhören, darüber zu reden.«

»Aber ich dachte, es ist eine Lüge!? Weißt du, was wirklich passiert ist?«

»Er ist betrunken auf seinen Fahrradlenker gefallen«, entgegnete Lydia kurz und knapp.

»Oh«, sagte ich.

»Ja.«

»Aber Lydie …«

»Bitte tu das für mich, Ro. Alle reden immer über dich, über Olga, über Nathalie. Das ist meine Geschichte.«

Ich schluckte. »Aber Lydie, willst du das Mädchen sein, das einem Jungen beim Knutschen mit ihrer Nase ein Auge ausgestochen hat? Das ist doch bescheuert!«

Sie drehte sich zur Seite, weg von mir. Ein Käfer kletterte ihre nackte Schulter empor, und ich ließ ihn auf meinen Finger krabbeln.

»Wenigstens redet dann überhaupt mal jemand über mich«, flüsterte Lydia.

JETZT

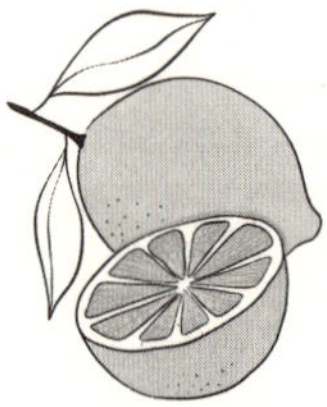

Nathalie legt ihren Arm um Mads, und zieht ihn näher zu sich heran. »Ist es nicht verrückt, dass wir alle hier wieder vereint sind? Nach all der Zeit?«

Meine Blicke huschen zu Lydia und dann zu Olga, die gerade mit den angezündeten Kerzen in der Hand auf uns zukommt. Bei Nathalies Worten bleibt sie allerdings stehen, ich sehe, wie ihr Kinn zuckt. Kurzerhand bläst sie die Kerzen wieder aus, dreht auf dem Absatz um und verschwindet aus dem Raum.

»Was ist denn mit der los?«, fragt Nathalie in die Stille hinein, die darauf folgt. »Ich weiß ja, dass sie mich nicht dabeihaben wollte, aber muss sie daraus nun so ein Drama machen?« Ich höre Olga die morschen Treppenstufen nach oben poltern, es schlägt eine Tür, dann ist es still.

Schulterzuckend tritt Chris an den Couchtisch heran und legt ein Kartenspiel vor Adrian hin. »Die kriegt sich schon wieder ein. Das ist jedes Mal so«, sagt er. »Adrian, das ist das Spiel, von dem ich dir vorhin erzählt habe. Eine Art moderne Wirtschaftssimulation. Hast du Lust auf eine Runde?«

»Oh, gerne, da kann ich bestimmt noch was lernen«, sagt

Adrian im Tonfall eines unschuldigen kleinen Jungen. Ich starre ihn an, um herauszufinden, ob er das ernst meint oder aus reiner Höflichkeit so reagiert. Doch seine dicken Locken werfen Schatten über seine Augen, sodass ich seinen Gesichtsausdruck nicht wirklich erkennen kann. Er streicht mir über den Kopf und löst sich von mir, um sich mit Chris an den großen Tisch zu setzen.

»Hat noch jemand Lust?«, fragt Chris in die Runde und hebt die Box mit den Spielkarten hoch. »Geldsack«, steht darauf.

»Nein danke«, antwortet Mads höflich. Ich schüttele den Kopf. Von Lydia aus der Ecke kommt ein verneinendes Schnauben, dann steht sie wortlos auf und verlässt ebenfalls den Raum. Kurz darauf höre ich wieder das Poltern von Schritten auf der Treppe, wieder schlägt eine Tür zu, dann sind gedämpfte Stimmen zu hören, die durch die Decke zu uns herabdringen. Ich versuche die Enge in meinem Hals wegzuschlucken, als ich bemerke, dass Nathalie mich ganz genau beobachtet. Abschätzend legt sie den Kopf erst auf die eine und dann auf die andere Seite.

»Haben sie dich etwa auch ausgeladen?«, fragt sie und schnalzt leise mit der Zunge. Ich runzele die Stirn und nehme schon wieder einen tiefen Schluck aus meinem Wein – Mist, ich muss wirklich damit aufhören, sonst liege ich in einer halben Stunde unter dem Tisch. »Du wurdest ausgeladen?«, frage ich, als das säuerliche Getränk mir die Kehle hinunterrinnt. »Davon wusste ich ja gar nichts.«

Nathalie verengt ihre Augen, und wenn Mads die Anspannung zwischen uns spüren kann, so reagiert er nicht darauf. Er blättert stattdessen in einem zerfledderten französischen Magazin, das auf dem Couchtisch gelegen hatte. Es geht um das Jagen in den Wäldern von Bordeaux, zumindest reime ich mir das aus dem Titel und den Bildern zusammen. Trotzdem bin ich mir sicher, dass er ganz genau zuhört. Wieder frage ich mich, was Mads hier will. Hat er sich wirklich von Nathalie einspannen lassen, um mir eins reinzuwürgen? Hat sie in ihm einen willigen Verbündeten gefunden, weil er immer noch nicht über das hinweggekommen ist, was damals vor fünfzehn Jahren passiert ist? Oder läuft tatsächlich etwas zwischen den beiden? Aber irgendwie kann ich mir das beim bestem Willen nicht vorstellen.

Wie dem auch sei, mir kann es egal sein. Adrian soll noch eine Runde dieses bescheuerten Kapitalismus-Spiels mit Chris spielen, dann gehen wir schlafen, und morgen früh sind wir weg. Dafür werde ich schon sorgen.

Bevor Nathalie mir etwas entgegnen kann, ergreife ich noch einmal das Wort. »Und was ist mit euch?«, frage ich, so nonchalant wie möglich. »Wie habt ihr euch wiedergefunden?«

Nathalie legt Mads eine Hand auf den Arm. »Ach, wie das eben so ist. Ich war mal wieder in der Heimat, um meine Eltern zu besuchen, und da bin ich ihm über den Weg gelaufen.«

»Wir haben uns im Pub wiedergetroffen«, ergänzt Mads und blickt von der Zeitschrift auf.

»Cool«, sage ich und nehme den nächsten Schluck.

»Ja, es ist doch faszinierend, wie das Leben manchmal spielt«, spricht Nathalie weiter, »dass ich Mads wieder getroffen habe, bestätigt mich umso mehr in dem Glauben, dass es so etwas wie Karma im Leben geben muss.« Sie schenkt mir ein giftiges Lächeln.

Auf einmal beneide ich Olga darum, dass sie einfach nach oben gegangen ist – und Lydia, weil sie hinter ihr hergehen konnte. Ich kann das nicht bringen. Ich kann nicht einfach aufstehen und gehen und Adrian mit diesen Menschen hier allein lassen. Wer weiß, was sie ihm erzählen würden? Ich muss den Frieden wahren, ich muss ganz genau darauf achten, was ich sage. Nur noch ein paar Stunden, Romy, erinnere ich mich, nur noch ein paar Stunden. Sei vernünftig.

Also lächele ich zurück, obwohl ich mir dabei bescheuert

vorkomme. Genau aus diesem Grund habe ich das alles doch hinter mir gelassen: erst Mads und in letzter Konsequenz dann Jahre später auch meine Freundinnen. Weil ich das nicht mehr sein will, die verletzte Romy, die schwache Romy. Die Romy, die einfach hübsch lächelt und all ihren Widerstand hinunterschluckt. Ich will mit alldem nichts mehr zu tun haben. Ich habe mir in den letzten fünf Jahren in Freiburg nicht mein perfektes Leben aufgebaut, um alles innerhalb von ein paar Tagen wieder wegzuwerfen.

Ich drehe mich gerade zu Adrian um, um ihn zu fragen, wie lange ihre Spielrunde noch dauert, da geht der Baum im Garten, unter dem wir noch vor einer halben Stunde alle gesessen haben, auf einen Schlag in Flammen auf. Für einen Moment leuchten seine Äste grellrot auf, dann fällt der knorrige Stamm in sich zusammen, während gleichzeitig ein ohrenbetäubendes Grollen ertönt.

»Was zur Hölle!«, kreischt Nathalie. Erst bemerken wir alle gar nicht, dass die Lampe über dem Esszimmertisch ebenfalls ausgegangen ist, wir springen auf und laufen zum Fenster. Nur Kasper bleibt unter dem Couchtisch liegen und schnarcht weiter vor sich hin.

Der eben noch ausladend beblätterte Baum liegt in verkohlten Fetzen im Gras.

»Das war ein Blitz«, sage ich leise. Das ganze Haus vibriert, als der nächste Donner über uns hinwegrollt.

»Ich glaube, er hat unsere Leitungen erwischt«, fügt Mads hinzu, der auf einmal direkt neben mir steht. So nah, dass ich mit meiner Schulter fast gegen seine stoße. Aber jetzt drückt sich Nathalie ängstlich an ihn.

»Das passiert jetzt nicht wirklich«, flüstert Nathalie. Aber ich könnte nicht glücklicher sein. Stromausfall! Wir müssen das Ferienhaus räumen, das Wochenende wird frühzeitig beendet, und ich kann seelenruhig mit Adrian zurück nach Hause fahren. Ich drehe mich um. Nur noch Olgas Kerzen brennen in den gusseisernen Ständern auf dem Couchtisch.

Mit großen Schritten durchquert Chris den Raum und drückt ein paarmal auf den Lichtschalter. »Licht ist tot.«

»Vielleicht haben die Blitze irgendwo eine Leitung getroffen«, sagt Adrian und kratzt sich am Hinterkopf. Mads wirft mir einen Blick zu. Auch er hat bemerkt, dass Adrian einfach das von ihm Gesagte wiederholt hat.

»Was machen wir denn jetzt?«, fragt Nathalie verzweifelt. »Wir sind doch total abgeschnitten von der Welt.«

Jetzt kommen auch Olga und Lydia wieder von oben runtergelaufen. »Was ist hier los?«, fragt Olga vorwurfsvoll, als wären wir persönlich für den Stromausfall verantwortlich. Wortlos deute ich nach draußen, wo die letzten glimmenden Flöckchen der Glut gerade vom Regen ertränkt werden. »Ach, du heilige Scheiße«, flüstert Olga und tritt ebenfalls ans Fenster. »Den hat's ganz schön erwischt.«

»Was machen wir jetzt?«, wiederholt Nathalie, mittlerweile völlig aufgelöst.

Ich ziehe mein Handy aus der Hosentasche. »Ich erkundige mich mal bei der Feuerwehr, ob es sich um einen großflächigen Stromausfall handelt oder ob wir die einzigen Betroffenen sind«, sage ich.

»Und ich rufe den Vermieter an«, fügt Olga hinzu. Dafür entfernen wir uns aus dem Wohnzimmer und stehen gemeinsam im dunklen Flur, sie auf der einen, ich auf der anderen Seite. Als Olga den Vermieter in die Leitung bekommt, erklärt sie ihm in fließendem Französisch die Situation. Ich googele erst einmal nach der richtigen Telefonnummer, zumindest die mobilen Daten funktionieren noch. Anders als Olga habe ich mir nicht in meiner Freizeit Französisch beigebracht und versuche es deswegen auf Englisch. Die Dame am anderen Ende der Leitung versteht mich kaum, schwer zu sagen, ob es an der schlechten Verbindung oder an der Sprache liegt. Aber schließlich gibt sie mir zu verstehen, dass wir bis jetzt die einzigen Betroffenen sind. Die anderen Häuser in der Umgebung haben noch Strom.

Ich flüstere Olga zu, dass sie den Vermieter nach dem Sicherungskasten fragen soll. Sie nickt und schüttet einen neuen Schwall komplizierter französischer Vokabeln in den Hörer. Ich bedanke mich bei meiner Gesprächspartnerin und lege auf, während Olga noch weiterspricht.

»Es scheint nur unser Haus betroffen zu sein«, rufe ich ins Wohnzimmer, »ich gucke mal im Keller nach dem Sicherungskasten.« Ich bin noch dabei, die Taschenlampenfunktion meines Handys einzuschalten, da schießt Chris schon an mir vorbei.

»Ich mach das«, sagt er und reißt die Kellertür auf, bevor ich ihm widersprechen kann. Chris rumpelt die rauen Betonstufen in den Keller hinab, ich folge ihm zögerlich. Überall hängen Spinnweben, es sieht nicht danach aus, als würde der Keller oft betreten, wozu auch? Niemand bleibt lang genug in einem Ferienhaus, um Marmelade einzukochen oder ausrangierte Töpfe und aufblasbare Matratzen dort zu stapeln. In der einen Ecke steht eine nicht angeschlossene Waschmaschine, in der anderen Wand lehnt ein Spaten, sonst gibt es hier nicht sonderlich viel. Es riecht ein bisschen muffig, nach feuchter Erde und Staub, und das Prasseln des Regens ist kaum noch zu hören. Chris findet den Sicherungskasten direkt. »Mhm, die sind alle auf einmal rausgeflogen«, sagt er, als würde diese Erkenntnis einen Doktor in Physik erfordern. Ich trete neben ihn und leuchte mit meiner Handytaschenlampe über seine Schulter. Der Sicherungskasten enthält mehr als ein Dutzend von diesen alten, runden Drehsicherungen, die man ersetzen muss, wenn sie einmal rausgeflogen sind. Das Display meines Handys zeigt an, dass es kurz nach zweiundzwanzig Uhr ist, keine Chance, heute noch Ersatz dafür zu bekommen.

»Vielleicht kann ich die irgendwie wiederbeleben.« Chris kratzt sich am Kopf und begutachtet die schwarz verkohlten Sicherungsenden.

»Hast du so was denn schon mal gemacht?«, frage ich, fast bewundernd.

Aber er schüttelt nur kurz den Kopf, als sei das nicht wirklich ein Problem. Dann sieht er sich im Raum um und entdeckt tatsächlich noch einen Werkzeugkasten neben der Waschmaschine. Oben öffnet sich die Tür, und ein Lichtschein fällt die Kellertreppe zu uns herunter. »Der Vermieter kann heute nicht mehr kommen«, ruft Olga. »Erst morgen früh.«

»So ein Mist«, murmele ich und versuche mein Grinsen zu unterdrücken. »Also kein Strom heute Nacht.«

»Wir können froh sein, dass die Klospülung noch funktioniert«, gibt Olga mit einem sarkastischen Unterton zurück.

Jetzt muss ich lachen und steige langsam die Treppe zu ihr empor. »Hast du schon den anderen verkündet, dass sie heute bei Kerzenlicht Zähne putzen müssen?«, frage ich Olga, als ich oben angekommen bin. Zu meiner Überraschung zucken ihre Mundwinkel – aber nur kurz.

Es gibt nicht viel mehr für uns zu tun, als ins Bett zu gehen, und zu meiner Erleichterung scheinen sich darin alle einig zu sein – abgesehen von Chris.

Nathalie nimmt Mads' Hand und zieht ihn hinter sich her ins Obergeschoss. Adrian und ich löschen die Kerzen im Wohnzimmer und rufen ein »Gute Nacht« die Kellertreppe hinunter. Olga hat sich auf der obersten Stufe zusammengekauert und krault den auf ihren Schoß gequetschten Kasper hinter den Ohren, unten brummt Chris vor sich hin und kramt im Werkzeugkasten. Ich verharre noch einen Moment vor der geöffneten

Kellertür und blicke auf Olga hinab, die ihren Kopf gegen das staubige Geländer gelehnt hat. Dann nehme ich Adrians Hand und lasse mich von ihm die Stufen nach oben ziehen. Immer noch ziept irgendetwas in meinem Inneren, irgendetwas fühlt sich hier falsch an, und wenn ich ehrlich bin, sind es nicht nur die Dinge, die um mich herum passieren, sondern ich bin es selbst.

Adrian schließt die Tür zu unserem Zimmer hinter sich und lässt sich aufs Bett fallen. »Puh, so habe ich mir den Anfang unseres Kurzurlaubs nicht gerade vorgestellt«, sagt er.

Ich streife mir das immer noch feuchte Sommerkleid von den Schultern und lasse mich neben ihn fallen. »Ich mir auch nicht«, sage ich leise. Adrian streicht mir die Haare aus der Stirn, aber ich starre an die Decke, auf der fast dieselben Linien verlaufen wie in unserem Schlafzimmer damals am Comer See. Wenn ich meinen Kopf nach rechts neige, sieht es fast ein bisschen aus wie die Umrisse eines antiken Gemäldes. Wenn ich ihn auf die andere Seite neige, sehe ich auf einmal Micky Maus.

»Magst du mir erzählen, was los ist?«, setzt Adrian an.

Ich schlucke. »Was meinst du?«

»Na, mit dir und den anderen.«

»Was soll da los sein?«

Adrian seufzt. »Du musst mir nichts vorspielen, Ro. Ich kenn dich viel zu gut.«

Ich schließe die Augen und drehe mich zu ihm um, spüre seine Hand auf meinem Gesicht liegen, die mir auf einmal schwer und warm vorkommt. »Wir haben uns alle furchtbar lange nicht gesehen«, sage ich leise. »Und als wir uns das letzte Mal gesehen haben, haben wir uns gestritten.«

»Wann war das?«

Ich zögere. »Vor fünf Jahren.«

»Du hast Olga fünf Jahre nicht gesehen?«

Ich hebe die Schultern. »Ich hätte nie gedacht, dass es fünf

Jahre werden. Aber da waren diese ganzen verletzenden Worte, Dinge sind passiert, und dann … Na ja, dann habe ich dich kennengelernt.« Ich öffne meine Augen einen Spaltbreit, um Adrian anzusehen. Seine dunklen Locken hängen ihm ins Gesicht und werfen Schatten auf seine Augen.

»Was hab ich denn damit zu tun?«, fragt er, und ich höre in seiner Stimme, dass er sich angegriffen fühlt. »Romy, ich wollte dir nur ein schönes Wochenende machen. Warum hast du mir von alldem denn nichts erzählt?«

Ich beiße mir auf die Zunge und denke darüber nach, was ich ihm alles noch nicht von mir erzählt habe. Dass diese Wochenenden immer den Zweck hatten, unsere Leben neu zu starten. Dass ich ohne ihn heimkehren muss, wenn ich mich an den Plan halte. Aber ich weiß, dass er das nicht verstehen würde. Weil es verrückt ist. Weil ich verrückt bin. Weil ich es war, die damals überhaupt erst diese bescheuerte Idee hatte. Ich schließe die Augen wieder und sehe plötzlich Mads' Gesicht vor mir. Ich verstärke den Druck der Zähne auf meiner Zunge, bis es richtig wehtut. Warum nur ist er mit Nathalie hierhergekommen? Haben die beiden wirklich einen geheimen Plan geschmiedet, um Olga, Lydia und mich fertigzumachen? Das klingt nicht nach dem Mads, den ich früher kannte, aber fünfzehn Jahre sind eine lange Zeit, in der viel passieren kann. Warum hat er mich Adrian gegenüber dann noch nicht bloßgestellt? Schließlich ist er der Einzige außer meinen Freundinnen, der weiß, wie diese ganze Scheiße entstanden ist, der uns verraten könnte. Ich erinnere mich an das Funkeln in seinen Augen, die Neugierde, mit der er Adrian und mich betrachtet hat. Und auf einmal schäme ich mich dafür, dass wir fünfzehn Jahre später immer noch hier sitzen und das Gleiche abziehen wie als Teenagerinnen. Aber diesmal ohne mich! Adrian werfe ich nicht einfach weg wie irgendeine Jugendliebe. Wie Mads.

Ich will Adrian gerade antworten, da leuchtet das Display meines Handys auf. Die Health-App erinnert mich daran, dass heute der letzte Tag meiner fruchtbaren Phase ist.

Adrian hat die Meldung ebenfalls bemerkt und kann sich ein spitzbübisches Grinsen nicht verkneifen. Plötzlich löst sich die Schwere der Situation in Luft auf. »Ich verstehe es total, wenn dir gerade nicht danach ist«, sagt er und streicht mir liebevoll über die Wange.

Aber ich werfe das Handy auf den Nachttisch. »Kommt überhaupt nicht infrage. Lass uns aus diesem seltsamen Abend etwas Wunderbares machen.«

Mein Bralette ist noch feucht und klebt an meinem Körper, ich fühle mich wie eine Raupe, die ihre Haut abstreift, als ich ihn endlich über meinen Kopf gerollt habe. Es gibt nichts, was Adrian mehr beruhigt als Sex. Sex rückt seine Welt wieder gerade, wenn wir Sex haben, dann weiß er, dass alles in Ordnung ist. Und ich will in diesem Moment nichts lieber, als ihm dieses Gefühl geben. Er zieht sich das T-Shirt über den Kopf, während ich an seinem Gürtel zerre. Dann lasse ich mich zurückfallen, streife meine Unterhose ab, lege die Arme um seinen Nacken und vergrabe das Gesicht in der warmen Kuhle übe seinem Schlüsselbein. Ich ziehe Adrian fest an mich, schlinge meine Beine um ihn, bis wir uns so nah sind wie nur möglich. Er stöhnt und beginnt, sich rhythmisch zu bewegen. Ich halte die Augen geschlossen und genieße seine Wärme, während vor meinem inneren Auge die Ereignisse des Abends Karussell fahren, als wäre ich betrunken. Na ja, vielleicht bin ich das ja auch ein bisschen. Ich höre, dass der Regen schwächer geworden ist, und als ich die Augen einen Spaltbreit öffne, scheint ein bisschen Mondlicht zu uns herein. Da sehe ich ein winziges Licht auf dem Balkon vor unserem Fenster. Ich blinzele, während Adrian immer schneller stößt und seine Haut sich aufheizt. Es ist das rot leuchtende Ende einer Zigarette, die ich durch die Scheibe sehe, fast hinter dem geöffneten Vorhang verdeckt. Ich kann dunkle Umrisse erkennen. Jemand steht auf dem Balkon, der unser Zimmer mit dem Nachbarzimmer verbindet, hat sich auf das Geländer gelehnt und blickt in den Garten. Ich halte den Atem an, als sich die Gestalt auf einmal zu mir herumdreht. Das feurig rote Pünktchen der Zigarette erhellt Mads' Gesicht nur notdürftig, aber ich erkenne ihn sofort. Er hält meinen Blick, ausdruckslos, und das Glimmen der Zigarette wird dunkler, als er sie aus dem Mund nimmt. Mir wird kalt, und dann wird mir heiß, ich wage es nicht zu blinzeln. Mads zieht noch einmal an seiner Zigarette. Und dann komme ich.

VOR FÜNFZEHN JAHREN

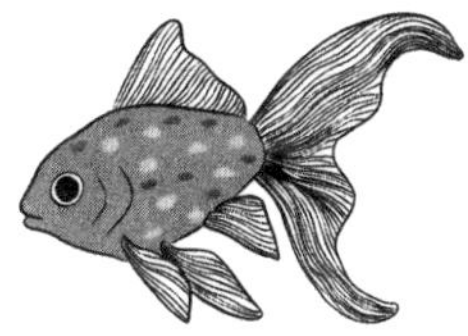

Hin und wieder kam es vor, dass Herr Walter mich im Laden einschloss, wenn er ihn abends zumachte. Oder besser: Es kam vor, dass ich mich mit Absicht einsperren ließ. Ich versteckte mich dann meistens zwischen den Paletten mit Kleintierstreu, wo ich durch den Mund atmete, damit die staubige Luft mich nicht zum Niesen brachte. Das war der eigentliche Grund, warum ich bei diesem leidigen Nebenjob geblieben war, obwohl mein Chef eine unausstehliche Nacktschnecke war: Er schloss den Laden in der Regel zu, ohne noch einmal durch das Lager zu gehen. Wer sollte hier schon sein, in seinem Geschäft gab es schließlich nichts zu holen außer Hundesnacks und Vogelhäuschen. Das Teuerste, was wir verkauften, waren wahrscheinlich die selbstreinigenden Katzenklos, aber auch da bestand keine allzu große Diebstahlgefahr.

Es war Donnerstagabend, der Tag, an dem mein Vater immer mit seinen alten Freunden im Tennisclub essen ging, und wenn er heimkam, wollte ich lieber nicht zu Hause sein. Ich hatte mir einen Rucksack voller Snacks und sogar ein Nackenkissen eingepackt. Unter der Palette hinten in der Ecke hatte ich meinen eingerollten Schlafsack versteckt, mit dem ich früher immer ins Ferienlager gefahren war. Ich hatte alles für einen entspannten Abend vorbereitet. Das Geräusch von Herrn Walters Schlüssel im Schloss war gerade verklungen, da rief mich Olga an und beschwerte sich darüber, dass sie schon wieder Hausarrest hatte, weil sie die Bibelstunde geschwänzt hatte. »Dabei war ich einfach nur länger in der Mittagsschule«, nörgelte sie. »Ich kann es gar nicht erwarten, hier raus zu sein.«

Ich stimmte ihr zu. Auch ich wünschte mir, dass ich die Zeit vorspulen könnte. So froh ich auch war, an solchen Abenden im Zooladen übernachten zu können, roch es hier immer noch nach Trockenfutter und Reinigungsmitteln. Außerdem ließ sich aus verpacktem Kaninchenstreu nicht gerade die komfortabelste Unterlage für meine Isomatte bauen.

»Ich darf nicht mal die neue Folge *Germany's Next Topmodel* schauen«, fuhr Olga fort, während ich meinen Schlafsack auf dem Boden ausrollte, um ein bisschen bequemer zu sitzen. »Aber das guckst du ja eh nicht«, seufzte sie. Wieder stimmte ich ihr zu. Aber Olga hatte keine Ahnung, dass ich die Sendung vor allem deshalb nicht sah, weil ich donnerstagabends von zu Hause wegblieb und meine Mutter dachte, ich würde bei Olga schlafen. Meine Mutter wusste nicht, dass Olgas Eltern niemals jemanden an einem Wochentag bei ihrer Tochter übernachten lassen würden. Aber bei Nathalie wollte meine Mutter mich nicht schlafen lassen, und bei Lydia gab es ohnehin schon zu wenig Platz. Und ich konnte meinen Freundinnen die Situation auf gar keinen Fall erklären. Was würden sie über mich denken, wenn sie wüssten, wie mein Vater manchmal drauf war? Ich würde das niemals irgendjemandem sagen können. Also hatte ich die Dinge selbst in die Hand genommen und übernachtete donnerstags jetzt immer hier. Freitags kamen ganz früh am Morgen die Lieferungen für den Laden, da schloss Herr Walter das

Lager von hinten auf, sodass der Lastwagen voller Tierfutter heranfahren konnte. Das war der perfekte Moment für mich, aus dem Tor nach draußen zu schlüpfen, ohne dass Herr Walter je etwas davon mitbekam.

»Nathalie bekommt nie Hausarrest«, jammerte Olga jetzt, »ganz egal, was sie macht.«

»Das stimmt«, antwortete ich, »aber ich würde trotzdem nicht gern mit ihr tauschen.«

Olga schnalzte mit der Zunge. Ich merkte, dass jetzt nicht der richtige Moment für besonnene Argumente war, Olga wollte einfach Dampf ablassen.

»Aber …«, setzte sie an, doch da unterbrach ich sie. »Moment«, flüsterte ich in den Hörer. »Sei mal kurz still.«

»Was ist los?«, fragte Olga trotzdem.

»Ich gucke kurz nach, meine Mutter will irgendwas von mir.« Aber tatsächlich hatte ich im leeren Laden ein Geräusch gehört. War vielleicht doch jemand eingebrochen, um die Luxus-Katzentoiletten zu klauen? Ich schaltete Olga auf stumm, als ich hinter den in Plastik eingepackten Streupaletten hervorlugte. Ein hässlicher brauner Perlenvorhang trennte das Lager vom Personalbereich, und ich konnte sehen, dass die Tür zum Laden auf der anderen Seite des Raumes offen stand. Durch die einzelnen Stränge erkannte ich, dass sich im Laden etwas bewegte, aber ich konnte nicht ausmachen, wer oder was es war. Schritt für Schritt schlich ich mich näher an den Vorhang heran. Ich durfte ihn nicht berühren, da das Klappern der Perlenketten mich sofort verraten würde, also blieb ich direkt vor dem Vorhang stehen und versuchte, mich nicht zu bewegen, keinen Mucks von mir zu geben. Der Schatten bewegte sich durch die Regale näher auf den kleinen Personalraum zu, der mittlerweile komplett im Finstern lag. Für einen Moment verlor ich den dunklen Umriss aus dem Blick. Dann plötzlich direkt vor mir ein Auge, das so hellgrau war, dass es im Halbdunkel fast weiß erschien. Erschrocken zuckte ich zurück.

»Romy?«, fragte Mads, »bist du das?«

Ich riss den Vorhang zur Seite. »Was machst du hier?«

Mads stand vor mir, immer noch in seiner schief sitzenden Uniform, einen Putzlappen in der Hand. »Ich habe noch die Klos geputzt«, sagte er.

»Aber der Walter hat den Laden doch schon zugemacht.«

»Was machst du denn dann noch hier?«, gab er mit hochgezogenen Augenbrauen zurück.

Ich antwortete nicht und hob stattdessen einen Finger an die Lippen, dann stellte ich das Mikrofon meines Handys wieder laut. »Olga? Ich muss Schluss machen. Schreib mir einfach, wenn noch was ist, okay?« Dann legte ich auf, bevor sie noch etwas sagen konnte.

»Dir ist schon klar, dass wir jetzt hier eingesperrt sind bis morgen früh?«, informierte ich ihn.

»Nein, das war mir nicht klar«, entgegnete er ruhig.

Ich starrte ihn an und spürte, wie die Panik in mir hochstieg. Wenn er merkte, dass ich hier übernachtete, würde er Fragen stellen, die ich ihm nicht beantworten konnte – oder wollte.

Aber Mads fragte mich nichts, er blickte mich einfach nur an. Ich sah die Bewegung seines Kiefers im blassen Mondlicht, das durch die kleinen Fenster des Personalraums fiel. »Seit wann hast du einen Nasenring?«, entfuhr es mir, bevor ich darüber nachdenken konnte.

Seine Mundwinkel zuckten amüsiert.

»Hat das wehgetan?«, fragte ich nervös weiter.

»Ja«, sagte er.

»Oh.«

»Also sitzen wir jetzt wirklich die ganze Nacht hier fest?«

Ich verzog das Gesicht. »Theoretisch könnte man da oben aus dem Fenster klettern.« Ich deutete zu den kleinen Fenstern hinter ihm, die unter der Decke des Personalraums eingelassen waren.

»Aber du hast nicht vor, da rauszuklettern?«

Ich schüttelte den Kopf.

»Was dagegen, wenn ich dir Gesellschaft leiste?«, fragte er.

Ich verzog das Gesicht, aber schüttelte noch einmal den Kopf. »Solange du keine dummen Fragen stellst.«

Er grinste.

»Versprochen?«, fragte ich.

»Versprochen«, sagte Mads.

Dann ging ich an ihm vorbei und schaltete Herrn Walters Schreibtischlampe an, die sogleich ein warmes Licht durch den Personalraum und das Lager warf. Kein gemütlicher Ort zum Übernachten, aber es gab wirklich Schlimmeres.

Mads zog sein Nokia aus der Tasche und tippte eine kurze Nachricht ein.

»Du wirkst nicht so, als würdest du das zum ersten Mal machen«, merkte er an.

»Du sollst doch keine dummen Fragen stellen«, entgegnete ich.

»Das ist ja auch keine Frage«, sagte Mads, »sondern eine Feststellung.«

Ich verdrehte die Augen und schob den Perlenvorhang mit den Händen zur Seite. »Willst du einen Apfel?«, fragte ich und holte zwei davon aus meinem Rucksack. Er folgte mir bis zu meinem kleinen Lager.

»Nicht schlecht«, sagte er.

»Wenn du irgendjemandem davon erzählst, brech ich dir die Beine«, gab ich zurück. »Oder ich lasse sie dir brechen, von meinem Bruder.«

»Du könntest mich auch einfach nett bitten, es niemandem zu sagen.«

»Weil man mit Nettigkeit immer so weit kommt.« Ich warf ihm einen Apfel zu, den er mühelos auffing. An meiner Hose wischte ich die Krümel aus meinem Rucksack von der Apfelschale. »Wenn du schon da bist, dann kann ich dir was Schönes zeigen.« Ich biss in meinen Apfel, öffnete die Tür zum Verkaufsraum und drehte mich dann noch mal um. »Duck dich hinter die Regale. Man kann uns von der Straße aus vielleicht sehen.«

In gebückter Haltung lief ich die Reihen entlang bis zu dem Regal mit den Aquarien und hörte ihn hinter mir. Das bläuliche Licht der Becken erhellte den Ladenraum spärlich. Ich deutete auf den Ständer mit Vogelfutter-Adventskalendern. »Versteck dich dahinter, und mach die Augen zu.«

Er gehorchte mir, ohne nachzufragen. Ich schlich mich kurz aus der Deckung, suchte mit der Hand hinter den Aquarien nach dem Schalter und drückte ihn. Für einen kurzen Augenblick erlosch das Licht in den Becken, und kurz darauf erstrahlten sie wieder, aber diesmal in allen möglichen wechselnden Farben. Orange, pink, lila und rot erstrahlte alles in unserer Umgebung. Für einen Moment hielt ich inne und sah dabei zu, wie das Licht über Mads' Gesicht tanzte, der die Augen noch immer geschlossen hielt. Ich machte vorsichtige Schritte auf ihn zu, damit er mich nicht kommen hörte. Zum ersten Mal bemerkte ich die blassen Sommersprossen um seine spitze Nase, betrachtete die leicht bebenden Nasenflügel, die leicht geöffneten Lippen, zwischen denen seine Zähne in allen Farben aufleuchteten. So sah er ein bisschen aus wie ein Alien. Sein Polohemd hing immer noch schief über seinen Schultern und offenbarte einen Teil seines Schlüsselbeins. Ich konnte die Sehnen um seinen Hals erkennen, unter denen sich bläuliche Linien entlangzogen. Einem plötzlichen Impuls folgend hob ich die Hand, um sein Gesicht zu berühren, aber da fiel das Licht auf mein Handgelenk und den Bluterguss, der sich darüberzog. Schnell ließ ich die Hand wieder sinken, und trat einen Schritt zurück. »Mach die Augen auf«, sagte ich.

JETZT

Adrian schläft tief und fest neben mir, aber ich bekomme es einfach nicht hin, einzuschlafen. Ich wälze mich fröstelnd von der einen Seite zur anderen und höre dem Wind zu, der noch immer an den Fensterläden des kleinen Ferienhauses rüttelt. Es ist nicht kalt, und trotzdem kommt es mir vor, als wären wir mitten im Winter an der rauen Küste Islands gelandet und nicht im Spätsommer an der Côte d'Azur. Irgendwann stehe ich auf und ziehe mir Adrians Pullover über, der immer ein bisschen nach Gewürzen riecht. Ich schließe den Reißverschluss bis zum Kinn und schleiche quer durchs Zimmer zur Balkontür. Der Vorhang bewegt sich ganz leicht, die Fenster scheinen nicht dicht zu schließen. Ich drehe mich zögernd zu Adrian um, aber er liegt auf dem Bauch und schnarcht ein bisschen, ich weiß, wie schwer er in diesem Zustand wach zu kriegen ist. Also öffne ich die Balkontür und schlüpfe hindurch. Meine nackten Füße brennen auf dem kalten Stein, aber der Wind ist gar nicht so stark, wie ich dachte. Vermutlich ist es eher die Konstitution des Häuschens, die es so wirken lässt, als würde draußen die Welt untergehen. Ich lehne die Tür hinter mir an und gehe in die Hocke. Wolkenfetzen filtern das Mondlicht, ich kann nicht wirklich etwas erkennen. Also taste ich mit klammen Fingern über die Fliesen, über jede Ritze, jedes Stöckchen, das der Wind dorthin getragen hat. Und dann finden meine Finger den Zigarettenstumpf, nach dem ich gesucht habe. Ich halte ihn hoch ins Mondlicht, drehe ihn hin und her. Er sieht tatsächlich noch frisch aus, wurde vor Kurzem geraucht. Und so stelle ich, Kriminalkommissarin Romy Schuster, fest, dass ich mir Mads auf dem Balkon nicht eingebildet habe.

Noch immer in der Hocke, watschele ich ein bisschen weiter nach vorne, bis ich in das Zimmer von Mads und Nathalie blicken kann. Die Vorhänge sind fast ganz zugezogen, aber es brennt noch Licht, und durch einen Spalt sehe ich die Klamotten, die über dem Stuhl hängen, eine geöffnete Reisetasche, aus der Kabel ragen – und zwei Menschen, die einander gegenüber auf dem Bett sitzen und sich unterhalten.

Der Regen verschlingt die Geräusche aus dem Zimmer fast vollständig. So leise ich kann, beuge ich mich vor und drücke mein Ohr vorsichtig gegen die Scheibe. Es fühlt sich an, als würde es automatisch größer werden, sich aufblasen wie eine Lunge, die Luft holt. Ich mache die Augen zu, um mich ganz auf diesen Sinn zu konzentrieren. Dann zucke ich zurück. Denn jetzt höre ich ein Geräusch, das klar und deutlich aus dem Zimmer heraus zu mir auf den Balkon springt, ein Geräusch, das ich überall auf der Welt sofort erkennen würde: Mads' Lachen. Sie sitzen da auf dem Bett, und beide kichern, als hätte jemand einen Witz gemacht. Ich kann nicht verstehen, worum es geht. Ich schlucke und weiche zurück. Mit klopfendem Herzen krabbele ich zurück ins Bett und sauge etwas von Adrians Wärme auf, bevor der Morgen kommt.

***

Ich schrecke auf, als sich die Tür zu unserem Schlafzimmer öffnet und Olga den Kopf hereinsteckt. »Ro, bist du schon wach?«, flüstert sie mit kleinen Augen.

»Ich glaube schon«, murmele ich zurück.

»Komm runter und ziehe dir wasserdichte Schuhe und eine Regenjacke an. Falls du so was dabeihast.«

Sie schließt die Tür wieder und lässt mich allein. Ich merke, dass ich noch immer Adrians Pullover trage, und als ich meine Faust öffne, bröselt Mads' Zigarettenstummel auf die Bettdecke. Ich verziehe das Gesicht und wische die Asche mit der flachen Hand schnell vom Bett, ohne dass Adrian aufwacht. Ich fühle mich ein bisschen verkatert, aber gleichzeitig elektrisiert, als würde ich heute schon wieder zu einer Prüfung antreten. Der Grund, warum ich jetzt aufstehe, ist allerdings ein anderer: Die Wut ist aus Olgas Stimme verschwunden, und ich will diesen Moment nutzen. Das könnte meine Chance sein, mich mit ihr zu versöhnen, damit ich wenigstens mit einem reinen Gewissen hier abhauen kann.

Ich lasse Adrians Pullover einfach an, ziehe meine Jeans an und schlüpfe in meine Turnschuhe. Für eine Wattwanderung bin ich jedenfalls nicht vorbereitet.

Als ich nach unten gehe, steht die Tür zum Ferienhaus bereits offen, Lydie und Olga warten draußen in der Einfahrt und unterhalten sich leise. Erst jetzt merke ich, wie früh es ist, der Himmel ist noch ein bisschen rosa. Kasper scheint als Einziger schon hellwach zu sein und springt mit wedelndem Schwanz in der Einfahrt auf und ab.

»Ich dachte, wir drei könnten noch einen Spaziergang machen, bevor der Vermieter kommt«, sagt Olga, als sie mich in der Tür stehen sieht. Dann fällt ihr Blick auf meine dünnen Turnschuhe. »Zum Glück habe ich ein extra Paar Gummistiefel dabei«, sagte sie, »zufällig in deiner Größe.«

Ich kann mir ein leises »Ja, was für ein Zufall« nicht verbeißen, aber Olga ignoriert mich, holt das dunkelgrüne Paar Gummistiefel aus dem Auto und stellt es vor mich hin. Ich schlüpfe hinein und runzele die Stirn. »Die sind mir viel zu groß.«

Olga grinst mich an. »Vielleicht wäre das mit der richtigen Größe doch ein zu großer Zufall gewesen.« Sie reicht mir ein paar Wollsocken. »Zieh die über, dann passt das schon.« Sie geht wieder nach draußen zu Lydia, und ich sehe ihr nach. Vielleicht haben sich die Machtverhältnisse tatsächlich verschoben. Vielleicht wissen alle hier genau, was sie tun, und Olga hat die ganze Sache im Griff. Mads' Gesicht im blassen Mondlicht taucht vor meinem inneren Auge auf. Alle außer ich.

Ich ziehe die Tür hinter mir zu, und wir marschieren über den Kies davon. Wir sprechen kein Wort, als wir im Gänsemarsch die Landstraße entlanglaufen, Olga geht vor und beschleunigt zunehmend ihre Schritte, was Kasper zu gefallen scheint, der aufgeregt von einer Seite zur anderen springt. Wir laufen an ein paar anderen Ferienhäusern vorbei, die alle unbezahlbar aussehen, springen über Pfützen und kleinere Äste, die vom Regen der Nacht zuvor runtergerissen worden waren. Die einzigen Geräusche, die ich hören kann, sind das Tosen der Wellen unter uns und das Blöken der Schafe auf einer Wiese hinter einem der Ferienhäuser, dazu das immer wiederkehrende Krähen der Möwen. Eine Familie mit Kleinkind kommt uns zu Fuß entgegen, dann ein paar Autos, dann niemand mehr, bis wir die Straße zum Strand hinab erreichen. Hier sind einige Jogger unterwegs, andere Frühaufsteher lassen im Morgenwind bereits ihre Drachen steigen oder gehen mit ihrem Hund spazieren. Es ist ruhig, aber die See ist immer noch aufgewühlt von gestern Nacht. Erst als wir den schmalen Streifen festen Sand erreichen, der von der Zunge des Meeres festgeleckt wurde, atmet Olga tief aus. Sie blickt sich um, wie um sicherzugehen, ob uns auch wirklich niemand hören kann.

»Okay, was machen wir mit der Nathalie-Situation?« Ich starre Olga überrascht an, mein Hirn ist noch etwas vernebelt vom Schlaf. Auch Lydia scheint verdattert. »Wolltet ihr, dass sie dieses Wochenende kaputt macht, oder was?«, blafft sie uns an.

»Ich wollte überhaupt nichts, ich wollte doch selbst nicht mal hierherkommen«, sprudelt es aus mir heraus.

Olga sieht mich scharf von der Seite an. »Das ist ja ohnehin das Beste. Das Ganze hier war doch deine Idee!«

Ich atme zischend aus, Lydia bückt sich und hebt einen glatten schwarzen Stein auf, über den sie unentwegt mit ihrem Daumen streicht. »Das ist doch irgendwie albern. Sind wir nicht langsam zu alt für so was?«, frage ich.

Die starren mich an. »Was meinst du damit?«, fragt Olga leise.

»Ich meine, wir haben uns das alles hier vor fünfzehn Jahren ausgedacht. Mit sechzehn dachte ich auch noch, Green Day wäre cool, und habe Hüfthosen getragen.«

Auf einmal höre ich Lydia schnauben. »Das fass ich jetzt nicht. Ist das dein Ernst, Romy? Wegen dieser *albernen Idee* gab es letztes Mal diesen bescheuerten Streit.«

»Genau das, was du jetzt sagst«, flüstert Olga so leise, dass ich sie über die Brandung kaum verstehen kann, »ist doch der Grund, warum wir das alles damals beschlossen haben.« Sie macht einen Schritt auf mich zu. Meine Gummistiefel versinken im Sand, ich bleibe also genau dort stehen, wo ich bin. »Damit wir niemals so werden, wie du jetzt geworden bist, Romy. So bequem, so ausweichend, so abhängig von Männern. Das ist doch genau die Geschichte, die wir niemals wiederholen wollten.«

»Und all die Opfer, die wir gebracht haben«, fügt Lydia bissig von der Seite hinzu. »Jonathan, Raphael, Daniel ... Mads. Soll das alles umsonst gewesen sein?« Ich drehe mich weg und laufe weiter den Strand entlang. »Wir haben damals ausgemacht, dass wir es nie so weit kommen lassen würden, Romy!«, ruft sie mir hinterher. »Du hast selbst gesagt, dass wir dich dazu zwingen sollen, wenn du dich einmal weigerst.«

Ich drehe mich um. »Ich war sechzehn, Leute, sech-zehn! Ich weiß nicht, was mit euch ist, aber ich bin irgendwann erwachsen geworden.«

»Oder dein sechzehnjähriges Ich war einfach schlauer als dein dreißigjähriges«, schmettert Olga mir nun entgegen.

Das sitzt. Ich öffne den Mund, schließe ihn wieder. »Und warum hast du dann Nathalie ausgeladen?«, zische ich. »Sie gehört doch genauso dazu.«

Olga schüttelt den Kopf, und auf einmal sehe ich die ganze Enttäuschung der letzten fünf Jahre in ihren Augen.

»Du kannst uns alle aus deinem Leben aussperren, wie du willst, Romy. Aber alle fünf Jahre, alle fünf Jahre zählt unsere Freundschaft etwas, zumindest für zwei Tage. Und dann passen wir aufeinander auf.« Sie sieht mich scharf an. »Das haben wir uns versprochen, das haben wir uns geschworen, Romy. Und ich werde nicht zulassen, dass du das kaputt machst.«

Ich weiß natürlich, wovon sie spricht. Vor fünfzehn Jahren haben wir nicht nur einen Pakt geschlossen, wir haben auch dafür gesorgt, dass niemand von uns sich diesem entziehen kann. Auf einmal prickelt es in meinem Nacken. Ich fahre mit der Hand darüber und spüre die feuchte Gischt, die bei Kaspers Sprung in die Wellen in hohem Bogen zu mir herübergespritzt ist. Aber das Gefühl verschwindet nicht ...

»Ihr würdet doch nie ... ihr würdet nicht ernsthaft ...«, stottere ich ziemlich erbärmlich.

Lydia sieht Olga an, die jetzt herausfordernd das Kinn hebt. »Wenn du mich dazu zwingst, dann schaue ich in die blaue Box. Das war der Deal, Romy. Ich habe sie natürlich mitgebracht, so wie jedes Jahr, was dachtest du denn? Dann werden wir sehen, was du hineingetan hast.«

Ich schlucke und will gerade etwas erwidern, als ein Schrei uns aufschrecken lässt. »Hey!« Wir drehen uns um und sehen Nathalie, die den Strand entlang auf uns zurennt und wild mit den Armen rudert. »Ihr wollt doch nicht ohne mich abhauen!« Als sie uns erreicht, stützt sie außer Atem die Hände auf die Knie. »Es gibt schließlich wichtige Dinge zu besprechen«, keucht sie.

Ich wechsele Blicke mit Lydia und Olga, Letztere wischt sich mit beiden Händen über das Gesicht, dreht sich um und läuft los. »Na gut, dann lasst uns das Wochenende planen.«

Wir schließen zu ihr auf, Nathalie quietscht vergnügt. Ich bin mir nicht ganz sicher, ob sie tatsächlich nicht merkt, dass keiner sie hierhaben will, oder ob das alles Taktik ist. Ehe ich mich versehen kann, hakt Nathalie sich bei mir unter und legt ihren Kopf beim Gehen auf meine Schulter. Der Wind bläst mir ihre blonden Haare ins Gesicht. Sie riechen nach Rauch, und mit einem Mal kommt mir der schreckliche Gedanke, dass Mads gestern

Abend vielleicht gar nicht allein auf diesem Balkon gestanden und sie mich gemeinsam beobachtet haben könnten. Vielleicht war Nathalie dabei. Ich bemerke, dass sie irgendetwas zu mir gesagt hat. »Wie bitte?«, frage ich und versuche, die Vorstellung aus meinem Kopf zu verbannen.

»Ich … ich hoffe, es ist okay, dass ich Mads mitgebracht habe.«

»Warum sollte es nicht okay sein?« Ich vermeide es, sie anzusehen, beobachte stattdessen Kasper, der über den Strand prescht und mit den Wellen Fangen spielt. Er scheint nicht zu merken, dass hier irgendetwas nicht stimmt. In diesem Moment übe ich mich in dem, was ich besonders gut kann. Schluss machen. Schluss machen mit meiner eigenen Vergangenheit. Wenn ich nie die Romy war, die sich damals diesen bescheuerten Pakt ausgedacht hat, wenn ich nie die Romy war, die mit Mads in diesem Zoofachgeschäft gearbeitet hat, dann gibt es auch keinen Grund, warum mich diese ganze Angelegenheit beunruhigen sollte. Warum es mir irgendwas bedeuten sollte, dass Nathalie Mads mitgebracht hat, warum ich mich diesen Frauen meiner Vergangenheit, die um mich herumwabern wie Geister, irgendwie verpflichtet fühlen sollte. Ich bin nämlich nicht Anfang dreißig, eigentlich bin ich fünf Jahre alt. Vor fünf Jahren, während der überhetzten Abfahrt vom Comer See, bin ich aus dem Ei geschlüpft. Alles davor existiert nicht mehr. Meine Vergangenheit und all die Erinnerungen und Erfahrungen schwirren durch meinen Kopf, aber ob sie wirklich passiert sind oder nicht, ist einfach nur eine Frage meiner Selbstwahrnehmung. Und ich mache Schluss mit ihnen. So. Abgeschnitten. Ich habe nichts damit zu tun, nicht mit Nathalie, nicht mit diesem Pakt – und schon gar nicht mit diesem Mads. Ich kenne ihn nicht, es gibt keinerlei Berührungspunkte zwischen uns. Auch nicht das, was in Olgas beschissener kleiner Box seit fünfzehn Jahren darauf lauert, im Fall der Fälle ausgepackt und gegen mich verwendet zu werden.

»Warum sollte es mich stören, dass Mads hier ist?«, sage ich noch einmal. Ich spüre, wie die Wut auf Nathalie in mir verebbt, oder zumindest drücke ich sie hinunter. Ich bin eine Frau, die mit anderen Frauen den Strand entlanggeht. Vielleicht habe ich sie alle gerade erst kennengelernt, vielleicht sind wir auf einem kreativen Retreat, um unsere Wunden in Keramiktassen einzutöpfern oder jeden Morgen bei Sonnenaufgang Yoga zu machen.

»Na ja, du weißt schon … weil ihr doch mal zusammen wart, und ich hatte immer das Gefühl, dass es zwischen euch was Besonderes war.«

Ich streiche meine Haare zurück und ihre langen blonden Strähnen aus meinem Gesicht. »Ach, das ist so lange her, Nathalie, so lange, dass ich gar nicht mehr weiß, ob es wirklich stattgefunden hat.«

Sie blickt mich stirnrunzelnd an, aber beißt sich nur auf die Lippe und schweigt. In meinem ganzen Körper breitet sich ein Gefühl der Überlegenheit aus. Ich bin gut mit Messern, besonders mit emotionalen. Deswegen lässt mich Adrian auch immer das Gemüse und das Fleisch vorbereiten. Ich schneide alles weg, was wir nicht essen, präzise, genau an der richtigen Stelle, ich kann Kartoffeln so hauchdünn schälen, dass selbst Adrian bei unserem Kennenlernen richtig beeindruckt war.

Mein Handy klingelt, ich ziehe es aus der Jackentasche. Der Akku ist fast leer, aber ich sehe noch Adrians Namen auf dem Display pulsieren. Emotionslos stecke ich es wieder in die Jacke zurück. Das hat bei mir schon immer so funktioniert: Wenn Gefühle mich übermannen, wenn mein inneres Fass überläuft, dann fühle ich auf einmal gar nichts mehr. Gar nichts.

Olga läuft einige Schritte neben mir, aber weicht meinem Blick aus. Im Gegensatz zu mir ist sie viel zu nostalgisch, um klare Grenzen zu ziehen. Ich bin ein bisschen erleichtert, dass das immer noch so ist, dass ich mich einfach ausschalten kann und sie mit ihren Emotionen leben muss. Ich sehe in ihren Gesichtszügen immer noch die Wut und die Enttäuschung, aber auch die Verbissenheit, die ich an ihr früher so geliebt habe.

Lydia zieht ein Stück Papier aus der Tasche und faltet es auf. Ich kann nicht lesen, was darauf steht, ihre Schrift ist wie immer winzig und so gleichmäßig wie am Computer geschrieben.

»Also, Olga und ich haben ein paar Menüvorschläge für morgen Abend aufgeschrieben. Wir dachten an etwas typisch Französisches. Ihr habt die Auswahl zwischen Bœuf bourguignon, Coq au Vin oder irgendwas mit Ratatouille.«

»Bœuf bourguignon«, sagen Olga und ich wie aus der Pistole geschossen.

»Geht das auch vegan?«, fragt Nathalie, aber wir ignorieren sie beide.

»Wir können ja noch das Ratatouille dazu machen«, schlägt Lydia irgendwann kompromissbereit vor. »Ich kümmere mich um die Vorspeise«, fährt sie fort, »und dachte da an einen klassischen Ziegenkäse mit Honig-Senf-Kruste auf Salat mit Walnüssen.«

»Klingt gut«, sage ich, und Olga stimmt mir zu. Es passiert wieder ganz automatisch, wir fallen in alte Muster zurück. Die Achse Romy–Olga läuft plötzlich wieder wie frisch geölt. Die anderen beiden kamen immer erst nach uns.

»Ich mach das Dessert«, schlägt Nathalie jetzt vor. »Vegane Crème brûlée.«

Keiner von uns sagt etwas, bis ich mich zu einem knappen »Gut« überwinden kann.

»Olga, du übernimmst die Hauptspeise und du, Romy, die Getränke.«

»Aye, aye.«

Allmählich wird es wärmer, immer mehr Menschen strömen jetzt den Strand entlang, und wir gelangen schließlich auf die kleine Promenade von Port Grimaud, die von bunten Häusern gesäumt ist. Das Städtchen erinnert mich an Venedig, auch wenn ich noch nie dort gewesen bin. Aus dem Wasser ragen kleine Inselchen mit bunten Häusern hervor, die durch Brücken miteinander verbunden sind. Im Hafen liegt ein Boot neben dem anderen, und es schlendern bereits mehrere Touristengruppen die Promenade entlang. Es ist immer noch recht früher Morgen, aber in diesem kleinen Dörfchen herrscht schon jetzt Hochbetrieb.

Nur langsam sickert in mein Hirn ein, was wir hier gerade machen. Wir planen das große Abendessen, das darin enden soll, dass ich ohne Adrian wieder nach Hause fahre. Das ist der ganze Grund dieses bescheuerten Wochenendes. Wir treffen uns alle fünf Jahre, um mit unseren Partnern Schluss zu machen. Zum ersten Mal denke ich ernsthaft darüber nach, was passieren würde, wenn es wirklich dazu käme, aber nein! Das kommt einfach nicht infrage, auf gar keinen Fall, und deswegen müssen Adrian und ich endlich weg von hier!

»Na dann, auf zum Wochenmarkt.« Lydia feuchtet ihre Lippen an und zaubert hinter dem ersten Zettel mehrere weitere hervor, die sie an uns verteilt. Auf meinem Zettel stehen ein paar Getränke, die sich Lydia für unser großes Essen heute Abend vorstellt. Crémant d'Alsace, Cidre, Pastis. Wie immer scheint es wichtig, dass der Alkohol fließt, das hat uns schon einige Abende gerettet. Auch wenn Lydia ja nicht mal Alkohol trinkt. Man muss nur darauf achten, dass die Männer genug, aber nicht so viel trinken, dass sie aggressiv werden.

»Habt ihr euch eigentlich schon überlegt, was wir heute Nachmittag an unserem Girls' Day machen?«, fragt Nathalie.

Olga und meine Blicke treffen sich bei dieser Bezeichnung.

»Vielleicht einen Spa Day?«, schlage ich vor, ohne es ernst zu meinen, und sehe, dass Olgas Mundwinkel anfangen zu zucken.

»Oder ein Ausflug in ein Meditationskloster?«, fügt sie hinzu.

»Ich will einfach nur für immer schlafen«, stöhnt Lydia.

Olga legt ihr einen Arm um die Schulter. »Komm, lass uns Ziegenkäse jagen gehen.«

Wir schlendern über den Wochenmarkt, eine Ansammlung klappriger Stände mit Obst, Gemüse und Fisch und Transporter, aus deren Bauchraum Fleisch und Käse verkauft wird. Es gibt

Antipasti, französische Rauchwürste, Artischocken in rauen Mengen und die ersten Herbstastern und Chrysanthemen. Es riecht nach frischem Gebäck und Salzwasser.

Wieder hakt Nathalie sich bei mir unter, als Olga und Lydia gerade in einer Menschentraube vor einem Käsestand verschwunden sind.

»Romy, ich muss dich mal was fragen«, setzt Nathalie an. Ich zeige mich auf einmal sehr interessiert an einer Auswahl verschiedenster Tomatensorten.

»Mmmh?«, frage ich und wiege eine grotesk geformte Fleischtomate in meiner Hand.

»Ich würde Mads gern mit irgendetwas überraschen. Weißt du, worüber er sich freuen würde?«

Ich lasse meinen Blick weiter über die Tomaten gleiten, bis der Verkäufer mich fragt, ob ich welche kaufen möchte. *»Non merci«,* sage ich, *»I'm just looking.«*

»Warum denn überraschen?«, frage ich mit möglichst emotionsloser Stimme. Ich weiß doch genau, was sie hier macht, sie will mich einfach nur provozieren. Sie probiert alle möglichen Strategien aus, pikst mit verschiedenen Nadeln in unterschiedliche Schwachstellen, bis sie endlich auf Blut trifft. Aber diese Genugtuung werde ich ihr nicht geben.

»Na ja, er hat mir nämlich erzählt, dass du dir früher, als ihr zusammen wart, immer Überraschungen für ihn ausgedacht hast«, spricht Nathalie weiter.

»Nicht dass ich wüsste«, gebe ich zurück und weigere mich weiterhin, den doppelten Boden ihrer Worte zu verstehen.

»Es ist nur, weißt du«, druckst sie herum, »ich glaube, er mag so unberechenbare, irrationale Frauen wie dich. Deswegen dachte ich, du hättest vielleicht einen Tipp für mich. Nicht dass es jetzt was Ernstes wäre zwischen Mads und mir, aber er ist so … engagiert, weißt du? Ich glaube, für ihn könnte das was

Ernstes mit uns sein, und da ich will ihm schon das Gefühl geben, dass ich ihn wertschätze.«

Ich weiß nicht, was ich ihr entgegnen soll, und konzentriere mich wieder auf die Auslage des Gemüsestands. Ein kleiner Käfer kraxelt über die Wülste einer Paprika wie eine Marssonde auf dem Roten Planeten.

»Ich würde ihm einfach gern eine Freude machen.«

»Hm.« Mit Daumen und Zeigefinger schnipse ich den Käfer von der Paprika, er fliegt in hohem Bogen gegen die gelbe Schürze des Verkäufers und von dort auf den Boden. »Sorry, sorry«, sage ich schnell und verdrücke mich zum nächsten Stand, der ein riesiges Sortiment an Gewürzen in winzigen Schraubgläschen anbietet.

Ich runzele die Stirn. »Dir ist schon klar, dass Mads weiß, was hier abgeht«, sage ich.

»Meinst du?«, fragt Nathalie unschuldig, als wäre sie noch nie auf diese Idee gekommen.

Ich nehme es ihr keine Sekunde ab. »Ernsthaft, Nathalie?«

Sie beißt sich auf die Lippe. »Ich mache mir Sorgen, dass er sich in mich verliebt haben könnte.«

»Dann sag ihm einfach, dass du keine Gefühle für ihn hast.«

»Aber …« Zum Glück sehe ich in diesem Augenblick Lydias blonden Haarschopf in der Menge auftauchen und dränge mich an den Menschen vorbei zu ihr. Den Rest von Nathalies Satz verstehe ich schon nicht mehr.

»Na, habt ihr alles?«

Lydia schüttelt den Kopf. »Mir fehlt noch der richtige Senf.«

Ich stelle mich auf die Zehenspitzen. »Und wo ist Olga?«

»Die sucht gerade nach den perfekten Schalotten.« Ein großer Typ rempelt Lydia an und scheint es nicht einmal zu bemerken, obwohl er sie um ein Haar über einen Kübel Sonnenblumen gestoßen hätte. »Ich muss hier raus, es ist einfach zu eng.«

»Sollen wir schon mal nach Hause gehen?«, frage ich sie, aber Lydia schüttelt den Kopf.

»Olga hat Chris angerufen, er holt uns gleich ab. Wir müssen rechtzeitig wieder zu Hause sein, bevor der Vermieter vorbeikommt und nach dem Strom guckt. Was ist mit deinen Spirituosen?«

Über das letzte Wort muss ich ein bisschen grinsen. Lydia hat schon immer gedacht, bei meinem Job handelte es sich um eine Art alchemistische Zauberei. Dass ich die meiste Zeit damit verbringe, möglichst süße Eistees für irgendwelche Deutschrapper zu entwickeln, erzähle ich ihr lieber nicht. »Hier gibt es leider keine Getränke. Ich schaue mich gleich noch im Dorf um.«

Nun stößt auch Nathalie wieder zu uns. »Ich glaube, ich sollte zu irgendeinem Supermarché«, sagt sie.

Auf einmal will ich nichts lieber, als meine Freundinnen loswerden. Sind sie denn überhaupt noch meine Freundinnen? In meinem Kopf dreht sich alles. Ich muss über all das hier nachdenken, meine Gedanken ordnen, das kleinere Übel abwägen. »Fahrt ihr doch schon mal mit Chris vor und macht noch einen Abstecher zu einem Supermarkt. Ich suche hier in der Stadt nach einem Weinhandel und laufe dann zurück.«

»Super Idee!«, ruft Nathalie.

»Ist das wirklich okay?«, fragt Lydia.

Ich mache eine wegwerfende Handbewegung. »Aber so was von. Macht euch keine Gedanken.«

»Dahinten ist Olga.« Lydia deutet schräg hinter mich, wo sich Olga mühsam den Weg zu uns bahnt.

»Chris wartet hinter dem Hafen!«, ruft sie über die Menschenmenge hinweg.

»Dann nichts wie weg. Bevor es hier noch voller wird.« Lydia streckt die Arme nach vorne aus wie eine Schwimmerin, und Nathalie hängt sich an ihren Rucksack.

»Bis später, Romy!«, ruft sie mir zu, bevor sie in der Menschenmenge verschwindet.

»Ich hab mein Handy dabei, falls was ist«, rufe ich ihnen noch hinterher, obwohl ich weiß, dass der Akku fast leer ist.

Als die drei verschwunden sind, überkommt mich eine Welle der Erleichterung. Und das, obwohl ich immer noch zwischen einem Blumenstand und einem Gemüsevan eingeklemmt bin und mir ständig jemand auf den Fuß tritt. Ich brauche einen Moment der Ruhe, ohne diese ganzen verwirrenden Einflüsse. Ich muss mich wieder zusammensetzen, mein Selbstbild zurechtrücken, diesen ganzen Schwall an Erinnerungen sortieren und vor allem – aussperren.

Für einen Moment überlege ich, ob ich mir eine Birne und ein Stück Brie kaufen und mich auf die Kaimauer setzen soll, einfach ein paar Minuten durchatmen, aber dann denke ich an Adrians Anruf, den ich vorhin einfach ignoriert habe. Was, wenn er sich gerade in diesem Moment mit Mads über mich unterhält? Oder noch schlimmer, wenn Nathalie mit ihm spricht, bevor ich zurück bin. Ich traue ihrer Freundlichkeit nicht. Sie tut so, als wäre nie etwas gewesen.

Einem Obsthändler, der gerade schon beginnt, seine Waren zusammenzupacken, kaufe ich noch ein paar letzte Zitronen und Limetten ab. Der Markt ist gleich schon vorbei, aber der Tag beginnt gerade erst. Es kann noch nicht später als zehn Uhr sein, am Horizont über dem Meer hängen die letzten rosaroten Fetzen.

Ich fahre mir durch die Locken, die vom salzigen Wind schon ganz verklebt sind. Was zur Hölle soll ich jetzt machen? Bis zu dem Gespräch am Strand war ich mir sicher, dass ich nach dem Frühstück Adrian schnappen und abhauen würde. Jetzt dämmert es mir, dass es Olga wahrscheinlich gar nicht um den gemeinsamen Ausflug zum Markt ging, sondern darum, dass sie mich daran erinnern wollte, was auf dem Spiel steht. Für uns alle. Aber vor allem für mich. Diese kleine bescheuerte Box und die Druckmittel, die wir vier vor fünfzehn Jahren dort hineingepackt haben. Ich kann nicht fassen, wie dumm mein sechzehnjähriges Ich gewesen ist – von wegen mutig! Hätte ich mein Geheimnis nicht auf diesem verdammten USB-Stick verewigt und zusammen mit den Geheimnissen der anderen in diese Box gelegt und versiegelt, hätte ich jetzt keine Probleme. Aber was bedeutet das in letzter Konsequenz? Dass ich mich tatsächlich dieses Wochenende von Adrian trennen muss? Denn das ist es doch, was meine Freundinnen, oder was auch immer sie sind, hier von mir verlangen. Das ist es doch, was ich ihnen vor fünfzehn Jahren versprochen habe. Das ist es, wofür ich ihnen mein größtes Geheimnis gegeben habe. Ich habe mich schon öfter gefragt, ob die Geheimnisse meiner Jugendfreundinnen genauso groß sind wie mein eigenes. Am Ende steckt unsere blaue Kiste voller pubertärer Peinlichkeiten – und nur ich habe etwas dort reingelegt, was auch fünfzehn Jahre später noch meine Beziehung und mein ganzes Leben aus den Angeln heben könnte. Etwas ratlos stehe ich auf der Promenade von Port Grimaud und überlege, was ich jetzt tun soll. Ich drehe mich nach links, nach rechts, einmal im Kreis. Eine Welle der Übelkeit schlägt über mir zusammen. Vielleicht ist es nur die Drehung, vielleicht ist es diese gesamte bescheuerte Situation. Vielleicht auch etwas ganz anderes. Ich versuche, dieses flaue Gefühl hinunterzuschlucken. Mein Blick bleibt an einem grün leuchtenden Kreuz über einem Ladeneingang hängen, und auf einmal kann ich meine Übelkeit besser einordnen: Es ist Angst. Die Situation entgleitet meiner Kontrolle, und ich weiß nicht, wie es weitergehen soll.

Ohne einen klaren Gedanken zu fassen, laufe ich auf die Apotheke zu. Bevor ich sie betrete, blicke ich mich nach beiden Seiten um. Ich fühle mich wieder wie vierzehn, als könnte die

Nachbarin meiner Oma jeden Moment um die Ecke kommen und mich bloßstellen. Dann strenge ich die letzten Akku-Prozente meines Handys an und gebe meine Frage in die Übersetzungs-App ein.

»Je voudrais un test de grossesse«, flüstere ich ein paarmal vor mich hin, bevor ich die Apotheke betrete. Dem Mann mit den buschigen Augenbrauen auf der anderen Seite der Verkaufstheke lese ich die Worte dann doch von meinem Handy ab. Fast glaube ich, dass er mich fragen wird, ob meine Eltern denn Bescheid wissen, aber er händigt mir den Schwangerschaftstest einfach aus, lässt mich bezahlen und wünscht mir einen guten Tag.

Dann stehe ich wieder draußen auf dem Place de Marché, wie ausgespuckt an einem Samstagvormittag, den ich mir ganz anders vorgestellt habe. Mit einer kleinen Plastiktüte, aus der ein Schwangerschaftstest ragt, Adrians Pullover und Gummistiefeln über meinem Schlafanzug, in der Hand mein Handy, das sich wohl in wenigen Minuten ausschalten wird und meine einzige Möglichkeit ist, in Läden zu bezahlen. Für einen Moment stehe ich unschlüssig herum, bis eine Möwe nur ein paar Zentimeter an meinem Kopf vorbeischießt, dann googele ich den Weg zum nächsten Supermarkt, der glücklicherweise ungefähr zwischen dem Stadtkern und unserem Ferienhaus liegt. Ich hatte ohnehin nie vor, ein Vermögen für dieses bescheuerte Wochenende auszugeben, egal ob ich bleiben würde oder nicht. Alkohol aus dem Supermarkt muss reichen.

Ich stapfe los, in Adrians Pullover wird es mir mit jedem Schritt wärmer, aber ich will ihn auch nicht ausziehen und meinen Schlafanzug entblößen. Ich halte den Blick gesenkt, als ich das Dorf verlasse, marschiere auf dem Grünstreifen am Straßenrand entlang. Eigentlich ist es ziemlich schön in dieser Gegend, wunderschön sogar. Immer wieder führen Abzweigungen in exklusive Ferienanlagen, bestimmt zehn Autos mit Surfbrettern auf dem Dach düsen an mir vorbei. Ich überlege, jemanden anzuhalten und zu fragen, ob sie mich mitnehmen, aber dann lasse ich es doch bleiben. Aus dieser Katastrophe von einem Wochenende soll nicht auch noch ein Entführungstrip werden. Auf dem Parkplatz des Supermarché halte ich Ausschau nach Chris' blaugrauem SUV, ducke mich hinter Einkaufswägen und Werbeanzeigen für Apfelmus-Desserts und schlängele mich zu den Eingangstüren durch, die sich automatisch vor mir öffnen. Meine *Freundinnen* scheinen zum Glück schon weg zu sein.

Ich ziehe die Kapuze von Adrians Pullover tiefer in meine Stirn und mache mich auf die Suche nach der Getränkeabteilung. In Touristenregionen gibt es in den meisten Supermärkten neben den klassischen Weinsorten, die man überall findet, auch ein besonderes Regal mit Produkten, die möglichst betulich lokal verpackt sind. Kleine Frankreichflaggen, Terrakotta, Lavendelfelder auf den Etiketten. Bauchige Flaschen, die aussehen sollen, als wären sie handgefertigt. Darin ist meistens das Gleiche wie in den gewöhnlichen Flaschen, aber Touristen zahlen für ein bisschen vermeintliches Kulturgut natürlich gern etwas mehr. Ich klemme mir zwei Flaschen davon unter den Arm und suche mir dazu noch jeweils eine Flasche Gin, Bourbon und Aperol. Das Zeug lasse ich den anderen gerne da, sie können sich dann ohne mich daran betrinken. Vielleicht eine Art Abschiedsgeschenk auf Nimmerwiedersehen. Gedanklich schwanke ich jedoch in einer Sinuskurve zwischen Hierbleiben und Wegfahren hin und her, zwischen der Angst vor der Offenbarung meines Geheimnisses und der, Adrian zu verlieren. Beides muss ich um jeden Preis verhindern.

Schwer beladen beuge ich mich ein letztes Mal nach unten, um eine Flasche Lavendelsirup aus dem Regal zu ziehen. Es ist das letzte Exemplar, und durch das leere Fach fällt mein Blick auf die andere Seite des Regals. Und dort auf ein Paar Schienbeine.

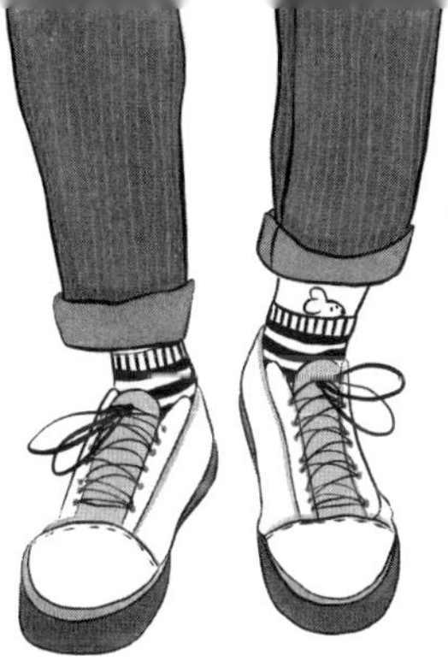

Eine etwas zu kurze dunkelblaue Hose mit dünnen hellblauen Streifen. Das Tattoo einer Maus, die zwischen Hosenbein und Sockensaum herausguckt. Oder ist es eine Ratte?

Plötzlich gehen die Beine in die Knie, und ein paar hellgrauer Augen blickt zwischen den Flaschenhälsen zu mir herüber.

»Hi«, sagt Mads.

Ich zucke unwillkürlich zurück, eine Flasche flutscht aus meinem Arm und rollt unter dem Regal zu ihm durch. Mads hebt sie auf und sieht sie stirnrunzelnd an. »Henri Bardouin Pastis«, liest er vor. »Trinkt man das jetzt, wenn man was auf sich hält?«

Ich stehe auf. »Was machst du hier, Mads?«

Er erhebt sich ebenfalls, und auch wenn auf dieser Höhe Weinkartons meinen Blick auf ihn versperren, spüre ich seine Anwesenheit auf der anderen Seite des Regals ganz deutlich. »Ich besorge ein bisschen was fürs Frühstück«, sagt er fröhlich.

»Im Weinregal?«, frage ich nach.

Er schnalzt mit der Zunge. »Auf dieser Seite steht der Orangensaft. Aber sag es mir ruhig, wenn du das Gefühl hast, dass ich dir nachspioniere.«

Ich spüre, dass ich rot anlaufe, und bin auf einmal sehr froh, dass er mich nicht sehen kann. Sofort habe ich wieder sein Gesicht gestern Abend auf dem Balkon vor mir und merke, wie die Hitze in mir aufsteigt. »Nein, ich meine, was machst du hier, in Frankreich, in diesem Ferienhaus?«

Als er nicht antwortet, laufe ich das Regal entlang bis zum großen Gang, der von der Fischtheke über die Getränkeabteilung bis zur Kasse führt. Da steht Mads plötzlich wieder vor mir, aber ich drehe mich sofort Richtung Kasse und marschiere davon. Ich kann ihm einfach nicht in die Augen sehen, aber ich hoffe, dass er das nicht bemerkt.

»Nathalie hat mich eingeladen.«

Ich stelle mich an der Kasse an, ohne mich umzudrehen, wippe auf meinen Fußballen vor und zurück. Ich sehe Mads nicht an.

»Schon klar«, schnaube ich.

»Was meinst du damit?«, fragt er.

»Womit?«

»Mit deinem *schon klar* zum Beispiel«, äfft er mich nach. »Du wirfst mir nur giftige Blicke zu, seit wir hier angekommen sind.«

»Hast du was anderes erwartet?«, frage ich. Mit starrem Blick nach vorn rücke ich ein paar Schritte auf in Richtung Kasse.

Er steht jetzt direkt neben mir, Orangensaft, Hafermilch und eine Tüte mit Backwaren im Arm. »Irgendwie schon.«

Jetzt kann ich nicht anders, mein Kopf dreht sich wie automatisch zu ihm rüber. Er starrt zurück, wachsam und direkt in meine Augen. Bei Mads fiel es mir schon immer schwer, irgendetwas anderes an ihm zu sehen als seine Augen, aber ich bemerke doch, dass sich sein Körper darum herum verändert hat. Er kommt mir größer vor als früher, fast einen ganzen Kopf größer als ich. Unter dem zurückgeschobenen Ärmeln seines blau-weiß gestreiften Pullovers gucken Tattoos hervor, in seinem Gesicht wächst ein Dreitagebart. Er sieht nicht mehr so ulkig aus wie früher, zu langarmig und langbeinig in seinen Klamotten, die ihm jetzt erstaunlich gut passen. Ich muss feststellen, dass auch er erwachsen geworden ist, und irgendwie sticht mir das ins Herz. Ich habe das Dazwischen verpasst.

Ich will gerade etwas Versöhnliches sagen, da kommt er mir zuvor. »Ich werde Adrian nichts verraten.«

»Worüber?«, frage ich, kurz überrascht von seinem Vorstoß.

Mads sagt nichts, hebt nur die Schultern. Und ich weiß wirklich nicht, ob er damit meint, dass er ihm nicht sagen wird, dass wir mal zusammen waren – oder ob es um das Geheimnis dieses Wochenendes geht. Mads hat es schließlich schon am eigenen Leib erfahren.

Aber ich hasse es, dass er das so sagt, so gnädig, so als müsste ich ihm jetzt dankbar sein. Obwohl ich doch eigentlich genau das gehofft hatte. Die Erleichterung will sich irgendwie nicht einstellen.

Ich zucke die Achseln. »Adrian und ich haben keine Geheimnisse voreinander.«

Jetzt bin ich an der Reihe, lege die Flaschen eine nach der anderen auf das Kassenband.

»Ich hab mich ehrlich gesagt einfach darauf gefreut, dich wiederzusehen. Darum bin ich mitgekommen«, sagt Mads.

»Du weißt schon, dass Nathalie dich nur benutzt?«

»Wofür?«

»Um Chaos anzurichten.«

»Ohne mich wäre das alles hier kein Chaos?«

»Was meinst du damit?«, frage ich und füge noch ein kurzes »Bonjour« hinzu, als ich vor dem Kassierer stehe. Ich sehe ihm hoch konzentriert dabei zu, wie er meine Produkte über den Scanner zieht.

»Ich meine, du bist doch nicht freiwillig hierhergekommen, oder?«

»Woher weißt du das?«

»Alles an dir schreit nach Flucht.«

Jetzt drehe ich mich zu ihm um. »Woher willst du das wissen? Du kennst mich überhaupt nicht«, schnauze ich.

Er hebt die Augenbrauen. »Das stimmt«, sagt er leise.

Ich spüre, wie Wut in mir hochkocht, auf Mads, auf dieses Wochenende, auf alles, was mich hierhergeführt hat.

»Trente-cinq soixante-quinze, s'il vous plaît«, sagt der Kassierer

höflich, der unseren Streit glücklicherweise völlig ignoriert. Ich ziehe mit einem Schnauben mein Handy aus der Tasche und will es gerade über das Kartenlesegerät halten, da bemerke ich, dass der Bildschirm nicht mehr reagiert. Der Akku ist leer, mein Smartphone ist tot.

Glühende Hitze steigt mir in die Wangen. »Mads?«, flüstere ich leise, es kostet mich volle Überwindung. »Kannst du vielleicht bezahlen?«

Er sagt nichts, er zieht einfach seine Karte aus der Tasche und steckt sie in das Lesegerät.

»Merci«, sagt der Verkäufer.

»Merci«, flüstere ich ebenfalls, an Mads gewandt.

Mit einem tauben Gefühl in den Fingern stapele ich die Flaschen auf meinem Arm und stapfe dann davon zum Ausgang. Die Wut ist plötzlich wieder vollkommen aus meinem Körper verpufft, auf einmal kommt mir alles einfach nur noch so furchtbar anstrengend vor. Die Glastüren öffnen sich automatisch vor mir, und ich schleppe mich auf den Parkplatz, halte nicht einmal mehr nach Chris' SUV Ausschau. Jetzt ist mir alles egal. Ich schlurfe über den Parkplatz und will gerade in Richtung Ferienhaus abbiegen, da ruft mir Mads hinterher. »Hey!« Ich bleibe nicht stehen, ich laufe einfach weiter. »Hey, Romy! Hast du das hier vergessen?«

Abrupt drehe ich mich um. Mads kommt hinter mir hergelaufen, er hält die kleine weiß-grüne Tüte über seinen Kopf, die ich in der Apotheke bekommen habe. Ich bleibe stehen, er schließt zu mir auf und hält mir die Tüte hin, aus der immer noch deutlich sichtbar der Schwangerschaftstest ragt.

»Merci«, flüstere ich ein zweites Mal.

Er erwidert nichts. Nebeneinander laufen wir die Landstraße entlang Richtung Ferienhaus und schweigen. Ich weiß immer noch nicht, warum Mads da ist, was das alles hier alles soll, vor allem, wie das alles hier enden soll. Für einen Moment überlagern sich die Erinnerungen in meinem Kopf mit der Wirklichkeit. Wie oft bin ich schon so neben Mads irgendwo entlanggelaufen. Den viel zu weiten Weg vom Kino nach Hause, oder wenn er mich nachts von meinen Eltern abgeholt hat, wenn ich es dort nicht mehr ausgehalten habe. Schweigen und laufen, es gibt kaum etwas, mit dem wir als Jugendliche so viel Zeit verbracht haben, nicht mal mit Sex. Höchstens mit dem Putzen von Aquarien. Schweigen und Laufen. Und zum ersten Mal denke ich darüber nach, warum ich das schon so lange nicht mehr gemacht habe. Und ich denke, zumindest ein ganz kleines bisschen, dass mir das ganz schön gefehlt hat.

VOR FÜNF JAHREN

»Romy? Lydia? Könnt ihr mal kommen? Ich brauch schnell eure Hilfe«, rief Nathalie von drinnen. Wir saßen gerade auf der Terrasse des Ferienhauses und sahen mit Wein und Aperol in den Gläsern der Sonne dabei zu, wie sie vom Wasser des Comer Sees verschluckt wurde. Sie sah ein bisschen aus wie ein Spiegelei, dessen Eigelb angepikst wurde und jetzt ins Wasser auslief. Neben mir saß Daniel, mein Freund, und einen Platz weiter hatte sich Raphael breitbeinig niedergelassen, der Typ, den Nathalie so gerne als »richtigen Mann« bezeichnete. Es war ein warmer Sommerabend, und wenn die Stechmücken nicht gewesen wären, die um unsere Knöchel surrten, dann wäre dieser Moment vielleicht tatsächlich perfekt gewesen. Einer der Momente, von denen man in kalten Wintern zehren konnte.

»Ja, Moment!«, rief Lydia und fragte sich im Gegensatz zu mir anscheinend nicht, warum Nathalie nicht auch Olga nach drinnen gerufen hatte. Olga selbst schien das jedoch gar nicht mitbekommen zu haben, sie saß mit ihrer Freundin Jasmin ein bisschen abseits von uns, Jasmin hatte ihre Beine über Olgas Schoß gelegt, und die beiden lachten über irgendetwas, das ich nicht verstehen konnte. Kasper, der Hund, den Olga kürzlich aus einer Rettungsstation geholt hatte, jagte irgendeine Fliege. Ich stellte meinen Wein auf dem Tisch ab und folgte Lydia nach drinnen, wo Nathalie uns bereits mit in die Hüften gestemmten Händen erwartete. Das Ferienhaus von Nathalies Tante verfügte nur über eine kleine Küche, da sie dem ausladenden Wohnzimmer und dem nagelneuen Wintergarten Platz machen musste. Bei der Neugestaltung dieses Ferienhauses war der »mediterrane Flair« mit Nathalies Tante durchgegangen. Alles war aus Terrakotta, es gab cremefarbenen Wischputz an den Wänden und viel Holz.

»Na endlich!«, seufzte Nathalie.

»Was ist los?«, fragte Lydia.

Nathalie gestikulierte durch die geöffnete Terrassentür nach draußen. »Das da draußen ist los!«

»Was meinst du damit?«, fragte ich, obwohl ich es mir schon denken konnte.

»Na, Olga hat diese Jasmin mitgebracht!«

»Also, ich finde sie eigentlich nett, was ist dein Problem?«, fragte Lydia.

Nathalie legte ihre Fingerspitzen unter dem Kinn zusammen und sprach mit uns auf eine Art, als hätten wir unseren Verstand verloren. »Na, dass unser kompletter Plan ins Wasser fällt, wenn Olga eine Frau mitbringt, vielleicht?« Sie zischte so laut, dass es bestimmt alle draußen auf der Terrasse verstanden hätten, wenn Olga sich in diesem Moment nicht über irgendeinen von Jasmins Witzen die Lunge aus dem Leib gelacht hätte.

In Lydias Gesicht ging ein Licht auf. »Ah, darüber habe ich noch gar nicht nachgedacht.«

»Glaubt ihr, sie hat es absichtlich gemacht?«, fragte Nathalie leise. »Also, dass sie nur eine Frau mitgebracht hat, um uns eins auszuwischen? Weil sie genau weiß, dass der Pakt so nicht funktioniert?«

»Warum sollte sie uns eins auswischen wollen?«, fragte ich und griff nach einer Banane aus dem Obstkorb, die schon bessere Tage gesehen hatte. »Hätte sie sie etwa zu Hause lassen sollen?« Ich spürte, dass ich nervös wurde und irgendetwas mit den Händen machen musste, um mich zu beruhigen. Also schälte ich die Banane, auch wenn ich eigentlich gar nicht vorhatte, sie zu essen. »Und warum reden wir nicht alle gemeinsam darüber?«

Nathalie verdrehte die Augen. »Verstehe ich euch richtig? Ihr findet es also fair, dass sie eine Frau mitbringt und sich damit aus unserem Pakt herauswindet?«

Lydia hob die Schultern. »Wer hat gesagt, dass sie sich damit herauswinden kann? Ich meine, das Konzept unseres Pakts schließt gleichgeschlechtliche Beziehungen ja nicht explizit aus. Und herkommen musste sie ja sowieso, ich bin ja auch da, obwohl ich niemanden dabeihabe.«

»Also, ich finde schon, dass unser Pakt eine Beziehung zu einer Frau ausschließt«, gab ich zurück, »weil Frauen ja nie unser Problem waren. Sondern Männer.«

Nathalie trat an den Tisch heran und zupfte sich ein paar Minzblätter von dem Strauch, den ich dort vorhin zur Hälfte klein gehackt hatte. Sie zerrieb die Blätter nachdenklich zwischen den Fingern. »Ich finde das nicht fair. Ich muss mit Raphael Schluss machen, und sie darf diese Jasmin behalten?«

»Aber erinnere dich doch mal an den *Sinn der Sache,* Nathalie«, sagte Lydia mit der belehrenden Stimme, die sie sich im Lehramtsstudium angeeignet hatte.

»Was gibt's denn zu tuscheln, Mädels?« Auf einmal stand Olga im Türrahmen, zwei leere Weingläser in der Hand. Ihre Augen blitzten, und für einen Moment fragte ich mich, ob Nathalie doch recht hatte und sie diese Jasmin nur mitgebracht hatte, um unseren Pakt infrage zu stellen. Aber im nächsten Moment musste ich über mein eigenes Misstrauen lachen. Das war völlig ausgeschlossen, ich hatte Olga noch nie so glücklich gesehen wie mit Jasmin, auch wenn ich nicht glaubte, dass sie ihrer Familie schon von der Beziehung erzählt hatte. Ziemlich sicher würde das zum endgültigen Bruch mit ihrer Mutter führen, und das war etwas, was Olga trotz aller Schikane in ihrer Jugend so lange wie möglich rauszögern wollte.

Nein, ihre Ausgelassenheit musste damit zu tun haben, dass Olga sich ganz sicher war, dass Jasmin von unserem Pakt nicht betroffen sein würde. Schließlich war sie eine Frau – und es ging ja darum, sich nicht abhängig von Männern zu machen.

»Wir fragen uns, wie wir damit umgehen, dass du eine Frau mitgebracht hast«, erklärte Lydia, bevor Nathalie sie zurückhalten konnte.

Olga durchquerte mit langsamen Schritten den Raum bis zu der entkorkten Rotweinflasche, die neben dem Kühlschrank stand. »Nimm lieber den dahinten«, riet ich ihr, »der hier ist irgendwie verholzt.«

Sie gehorchte und öffnete mit einem Korkenzieher die Flasche, auf die ich deutete. »Also, ich habe mir schon überlegt, dass Jasmin und ich irgendetwas Schönes unternehmen könnten, wenn ihr morgen Abend Schluss macht. Ich meine, sie muss das ja nicht unbedingt mitkriegen, und dann könnten wir nach dem traditionellen Versteckspiel morgen Vormittag vielleicht eine Wanderung unternehmen und abends, wenn ihr alles über die Bühne gebracht habt, wieder zu euch stoßen?«

Nathalie starrte Olga an, als wäre sie verrückt geworden. »Ich hab's euch doch gesagt«, zischte sie Lydia und mir dann zu.

Olga nahm einen Schluck von ihrem Wein. »Reg dich nicht so auf, Nat«, sagte sie schnell. »Ich werde Jasmin einfach kurz ablenken, während ihr Schluss macht, das ist alles. Und später werde ich einfach behaupten, dass ich auch keine Ahnung habe, wie die Situation während unserer Abwesenheit so eskalieren konnte.«

»Wie kommst du eigentlich auf die Idee, dass unser Pakt nicht für dich gilt, nur weil du eine Frau mitgebracht hast?«, herrschte Nathalie sie an.

»Nicht so laut, Nat!«, warnte Lydia. »Die können sonst alles hören.«

»Wenn sie nicht mit Jasmin Schluss machen muss, dann will ich auch nicht«, sagte Nathalie jetzt, an mich gewandt, die Hände in die Hüften gestemmt.

Olga hob die Augenbrauen. »Ernsthaft, Nathalie? Sind wir jetzt im Kindergarten?«

»Ja, ernsthaft, Olga«, äffte Nathalie sie nach. »Das ist absolut nicht fair. Wie soll das denn weitergehen? Du reitest mit Jasmin in den Sonnenuntergang, während wir drei anderen alle fünf Jahre bis in alle Ewigkeit mit unseren Partnern Schluss machen und mit achtzig in einer WG leben, während du goldene Hochzeit feierst.«

»Und ich dachte, du hättest diesen Klotz nur mitgebracht, weil du ihn anders nicht loswirst«, entgegnete Olga nun mit hochgezogenen Augenbrauen und nahm einen genüsslichen Schluck Wein. »Vorzügliche Wahl, liebe Romy.«

»Der *Klotz* ist mein Freund und nicht weniger wichtig als deine Freundin, nur weil sie kein Mann ist, okay? Und wenn du nicht Schluss mit ihr machst, dann ziehe ich das Druckmittel.«

Olga verschluckte sich und sprühte Rotwein über den ganzen Boden.

»Ist das nicht ein bisschen krass?«, fragte jetzt Lydia versöhnlich.

Nathalies Augen blitzten. »Na ja, wenn Olga sich so aus ihrem Versprechen winden will, dann ist das die Konsequenz. Dafür haben wir die Druckmittel ja schließlich, oder nicht?«

Ich zupfte an meiner Unterlippe. »Eigentlich haben wir für diesen Fall gar keine Regel entworfen«, wandte ich dann ein. »Ich finde, wir sollten abstimmen.«

Meine drei Freundinnen sahen mich an.

»Du wirst doch eh mit Olga stimmen«, knurrte Nathalie, »wie du es immer machst.«

»Hey, woher kommt denn diese plötzliche Aggression?«, versuchte es Lydia noch einmal diplomatisch.

Nathalie verzog mürrisch den Mund. »Okay, gut, lasst uns abstimmen.«

»Können wir eine geheime Abstimmung machen?«, fragte Lydia.

Olga verdrehte die Augen. »Komm schon, Lydia, deine Stimme ist doch eh die entscheidende, das wissen wir.«

Lydias Wangen liefen knallrot an. »Okay«, sagte sie.

Für einen Moment war es still, als wäre die Zeit in der Küche des Ferienhauses am Comer See eingefroren

»Okay«, seufzte Lydia schließlich noch einmal, ehe sie weitersprach. »Ich bin nicht dafür, dass Olga sich von Jasmin trennen muss, okay?«

»Also ist es in deinen Augen weniger schlimm, dass ich mit meinem Freund Schluss machen muss? Du denkst doch nur so, weil du selbst noch nie einen Freund hattest und überhaupt nicht weißt, was es bedeutet, sich von jemandem zu trennen. Wir haben hier alle schon Opfer gebracht, nur du nicht«, murmelte Nathalie bissig.

»Hey, das war zu viel, Nathalie«, fuhr ich dazwischen.

»Na, wenigstens ist die Mehrheit von euch noch vernünftig«, seufzte Olga. »Ich fasse es nicht, dass du so pedantisch bist, Nat. Man könnte fast meinen, du hast ein Problem damit, dass ich mit einer Frau zusammen bin.«

Nathalie verdrehte die Augen und goss sich noch einen Aperol ein. Sie prostete mir zu, während sie Olga mit einem düsteren Blick bedachte. »Auf uns beide, Romy, die Deppen dieses Wochenendes.«

JETZT

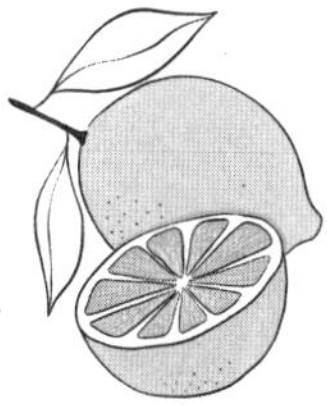

Die Tür des Ferienhauses steht offen, ich höre Stimmen aus der Wohnküche. Nur Kasper entdeckt uns, er kommt mit wedelndem Schwanz angelaufen, stellt sich auf die Hinterbeine und legt sanft seine Pfoten auf meinen Bauch. Kurz muss ich schlucken. Heißt es nicht, dass Hunde körperliche Veränderungen spüren können? Diabetes, Tumore … Schwangerschaften? Ich stelle meine Einkäufe ab und kraule ihn hinter den Ohren. Er hechelt begeistert und drückt seine Schnauze noch mehr an mich. Bei näherer Betrachtung bemerke ich, dass er älter geworden ist, dass sein Gesicht mit grauen Haaren gesprenkelt ist, dass er nicht mehr ganz so quirlig an mir hochspringt wie vor fünf Jahren. Kasper ist der Einzige, dem ich nichts vormachen kann. Er kennt diese Romy, die hier vor ihm kniet, und er kennt auch die von früher. Vielleicht ist es Kasper, der mir gefährlich werden könnte, nicht Mads oder meine Freundinnen. Dieser Hund hat etwas an sich, das sich mit feuchter Schnauze durch all meine Schutzhüllen wühlt. Ich vergrabe meine Nase in seinem Fell und spüre seinen schnellen Herzschlag. Für ihn wäre ich gerne wieder das Mädchen, das sich mit ihren Freundinnen nachts an der

Bushaltestelle getroffen hat. Die alle drei gemeinsam umarmt und ihnen versichert hat, dass schon alles gut werden würde. Das Mädchen, dem sie vertraut haben. Nicht die Frau, die all das hinter sich gelassen hat. Aber dieses Mädchen war naiv, und ich bin nun vernünftig, erwachsen, so ist das Leben nun mal.

Als wir in den Flur treten, dringen lauter werdende Stimmen aus der offenen Kellertür nach oben, Olga unterhält sich mit einem älteren Mann auf Französisch. Ich höre sie die Treppe nach oben kommen, dann betätigt jemand einen Lichtschalter – wir haben wieder Strom! Aus dem Wohnzimmer ist Applaus zu hören. Mads tritt neben mich und legt den Kopf schief. Ich habe den Eindruck, dass er noch etwas sagen will, aber ich habe Angst davor, was das sein könnte, also schnappe ich schnell meine Einkäufe und springe die Stufen nach oben.

***

Später koche ich Kaffee und lade mein Handy in der Steckdose über dem Herd, während Olga das Frühstück vorbereitet. Obwohl es bereits warm geworden ist, ist die Wiese draußen immer noch feucht vom Regen des Abends, und letzte Tropfen glitzern neben den völlig verkohlten Zweigen des Baums, der gestern vom Blitz getroffen wurde. Chris, Adrian und der französische Vermieter hieven die heruntergefallenen Äste vom Gartentisch, während Mads die Stühle nimmt und ein paar Meter weiter entfernt aufstellt. Lydia sitzt am Couchtisch und schneidet aus Zeitschriften bunte Streifen aus, die sie dann an einer Schnur befestigt. »Was wird das?«, frage ich sie quer durch den Raum.

»Ich habe das kürzlich mit meinen Schülern gebastelt. Recycling-Girlanden, um den verkohlten Baum ein bisschen hübscher zu gestalten.«

»Coole Idee.«

Olga wirft mir einen durchdringenden Blick zu. Für den Bruchteil dieses Augenblicks ist die Verbindung zwischen uns wieder da. Romy und Olga, best friends forever. Wir verstehen einander ohne Worte. Dann schlage ich die Augen nieder.

»Ich brauch jetzt erst mal 'nen Drink.« Olga öffnet die Kühlschranktür und inspiziert meine Einkäufe. »Mixt du mir was? Irgendwas Französisch-Fruchtiges?«

»Okay«, sage ich und stelle all die alkoholischen Flaschen auf den Tisch, aber benutze dann doch nur Alkoholfreies, muss Olga ja nicht wissen. Ich denke an den ganzen Wein, den ich gestern Abend getrunken habe, und das Gefühl, das mir seit gestern Nacht im Bauch liegt. Dass dort vielleicht schon etwas vor sich hin wachsen könnte. Für einen Moment wird mir übel.

Olga nimmt einen großen Schluck von ihrem Getränk und legt den Kopf in den Nacken, während ihr die Flüssigkeit die Kehle hinabrinnt. »Aaah, genau das hab ich jetzt gebraucht.«

Ich muss ein Grinsen unterdrücken. »Willst du auch was, Lydie?«, frage ich.

»Ich brauch erst mal einen starken Kaffee.«

»Coming right up«, sage ich und fülle die erste Runde in die blau-weißen, mit Blättern verzierten Tassen, die ich im Schrank gefunden habe. »Mit Milch oder ohne Milch?«

»Glaubt ihr, ich kann was von Nathalies Hafermilch stibitzen?«

»Solange du's ihr nicht sagst? Du weißt doch, wie besitzergreifend sie da ist.«

Lydia grinst. »Wenn es nachher wieder zu peinlichem Schweigen kommt, kann ich sie ja mal darauf ansprechen.«

»Keine Sorge«, sagt Olga zwischen zwei Schlucken, »wir haben heute und morgen noch genug zu tun, sodass niemand zu viel Zeit für peinliches Schweigen oder zum Nachdenken über irgendwas hat.«

»Das klingt ja wunderbar«, knurre ich. »Warum habe ich mir eigentlich zwei Bücher für dieses Wochenende mitgenommen?«

Olga tätschelt meine Schulter. »Dafür wirst du nach diesem Wochenende noch genug Zeit haben, meine Liebe.«

Ich schweige. Wir bleiben nebeneinander vor dem Fenster stehen, so wie gestern Abend, und beobachten die Männer dabei, wie sie voller Tatendrang den Tisch freilegen, als würde es darum gehen, eine Familie aus einem gequetschten Auto zu befreien. Mads wiederum ist mit seiner Aufgabe fertig, sitzt auf seinem Gartenstuhl und liest ein Buch. Es sieht aus wie ein illustriertes Kinderbuch, auf dem Cover ist ein gestreifter Leuchtturm zu sehen.

»Unglaublich, welchen Eifer sie entwickeln, wenn sie das Gefühl haben, etwas Wichtiges zu tun«, sage ich kopfschüttelnd.

Olga zuckt die Achseln. »Die können eben sonst nicht viel, die Armen.«

»Bist du etwa aus Mitleid mit Chris zusammen?«

Olga seufzt. Ich hatte eine andere Reaktion erwartet: Wut, eine spitzzüngige Bemerkung. Aber sie lässt nur die Eiswürfel in ihrem Glas kreisen. »Ich hätte nie gedacht, dass mir so was mal passiert«, sagt sie dann.

»Dass du wieder mit einem Mann zusammen bist?«, frage ich.

»Nein, dass ich auch mal zu denen gehören werde, die du aus deinem Leben sperrst.«

Ich schlucke. Meine Kehle ist auf einmal komplett zugeschnürt. »Ich wollte nicht …«, setze ich an, aber dann lasse ich den Satz unvollendet in der Luft hängen, weil wir beide wissen, dass das nur eine Ausrede wäre.

»Ich meine, ich hab das bei so vielen Menschen in deinem Leben beobachtet. Wie du einfach einen Cut machst, wenn es dir nicht guttut. Das habe ich immer bewundert, bewundere es bis heute, um ehrlich zu sein. Aber ich hätte nie gedacht, dass du das einmal mit mir machen würdest.«

Ich kann immer noch nicht sprechen. Weil ich nicht weiß, was ich sagen soll, außer ihr einfach zuzustimmen. Ich habe sie verletzt, ich habe so viele Menschen in meinem Leben verletzt. Und mein Trick dabei war immer, diese Menschen einfach nie wiederzusehen. Sich mit ihnen ein Wochenende lang in ein Ferienhaus zu sperren sollte man lieber vermeiden.

Bevor ich mir in meinem Kopf Worte zurechtgelegt habe, die alles zumindest nicht noch schlimmer machen, legt Olga den Kopf schief. »Wann hast du ihn eigentlich zum letzten Mal gesehen?«, fragt sie und deutet mit ihrem Glas auf Mads. Die Eiswürfel klirren laut gegeneinander, und erst jetzt fällt mir auf, wie still es im Raum geworden ist. Lydia hat aufgehört, ihre Girlanden zu schneiden. Wahrscheinlich hat sie alles gehört. Ich trinke einen großen Schluck viel zu heißen, bitteren Kaffee, um mich aus den Emotionen zu reißen, die sich wie eine riesige glühende Walze auf mich zubewegen.

»Na, vor fünfzehn Jahren. Wobei, das stimmt nicht ganz, schließlich ist er weiterhin mit uns zur Schule gegangen, aber wir haben nie mehr ein Wort miteinander gewechselt. Beim Abiball habe ich ihn dann wahrscheinlich das letzte Mal gesehen. Da bin ich mir nicht sicher.«

»Du bist eiskalt«, sagt Olga, und es überrascht mich, dass sie mich dafür nicht zu verachten scheint, sondern in ihrer Stimme immer noch eine gewisse Bewunderung mitschwingt.

Einige Minuten später decke ich den von Blättern und Zweigen befreiten Gartentisch und bin gerade damit fertig, als Lydia mit dem getrockneten Tischtuch von gestern Abend nach draußen kommt und darauf besteht, dass ich alles wieder abräume. Ich lasse sie den Tisch selbst neu eindecken und blicke hinüber zu Mads, der immer noch in dem Gartenstuhl sitzt.

»So«, sagt Lydia und betrachtet zufrieden ihr Werk. Sie hat den Tisch völlig anders gedeckt als ich, geradezu geometrisch perfekt, die Eierlöffel liegen jetzt über den Tellern im perfekten rechten Winkel zu Messer und Gabel. Ich verdrehe die Augen und hole die Kaffeekanne.

Wir setzen uns an den Frühstückstisch, während Adrian und Chris ein paar Meter weiter die Reste des verkohlten Baums zerkleinern. Sie debattieren, was man mit den noch halbwegs brauchbaren Teilen anstellen könnte, und sind drauf und dran, gemeinsam ein Unternehmen für handgeschnitzte Flaschenöffner zu gründen. Der Vermieter hat sich mittlerweile verabschiedet und uns als Entschädigung noch eine kostenlose Verlängerung des Aufenthalts in seinem Ferienhaus angeboten.

»Warum bleiben wir nicht noch ein paar Tage?«, fragt Adrian, klopft sich die Asche von den Händen und gibt mir einen Kuss auf den Kopf. »Das Restaurant ist sowieso noch bis nächstes Wochenende zu, und du könntest dich einfach krankmelden.« Er lässt sich auf den leeren Platz neben mir fallen und greift nach einem Croissant aus dem Brotkörbchen. Ich frage mich, ob das ein Witz ist. Vor einigen Minuten war ich entschlossener denn je, möglichst schnell von hier abzuhauen … und jetzt das. Ich spüre, dass Adrian unruhig ist, er bewegt sein Knie unter dem Tisch hektisch auf und ab. »Alles okay?«, flüstere ich ihm zu und lege ihm eine Hand auf die Schulter. Vielleicht hat doch schon jemand mit ihm gesprochen, nur ein kleines Zipfelchen angedeutet, das ihm jetzt nicht mehr aus dem Kopf geht? Oder fühlt er sich hier tatsächlich wohl? Kann es sein, dass Adrian mit seinen sonst so feinen Antennen nichts mehr von der Anspannung zwischen meinen Freundinnen und mir bemerkt?

Er gibt mir einen Kuss auf die Hand. »Hast du Lust auf einen Spaziergang?«, fragt er mit einem angestrengten Lächeln.

Ich springe sofort alarmiert auf, sodass Lydia zu mir rüberguckt und aufhört, ihr Baguette zu buttern. Ja, jemand hat ihm etwas verraten, und jetzt will er mich zur Rede stellen. Aber es ist mir sehr viel lieber, wenn dabei niemand anderes zuhört. Ein kalter Schauer läuft mir den Nacken hinunter.

Adrian klemmt sich ein zweites Croissant zwischen die Finger und steht mit seiner Kaffeetasse auf. »Wir sind gleich wieder da.«

»Lasst euch ruhig Zeit, ihr Turteltäubchen«, zwitschert Olga. Mein Blick huscht zu Mads, aber der scheint völlig in seinen Kaffee versunken.

Mein ganzer Körper kribbelt, als ich Adrian voran um das Haus laufe. Er kann mir gar nicht schnell genug hinterherkommen. »Willst du an der Küstenlinie entlanglaufen?«, fragt er.

»Egal«, gebe ich zurück. Ich will einfach nur so schnell wie möglich außer Hörweite sein.

Als er zu mir aufgeschlossen hat, wirft Adrian mir einen irritierten Blick zu. »So schlimm hier?«, flüstert er und verschüttet einen Schluck seines Kaffees, als wir aus der Einfahrt treten und ein Auto schnell an uns vorbeibraust.

Ich schüttele den Kopf. Es geht hier nicht um mich, denke ich. Ich muss alles wissen, was in meiner Abwesenheit in diesem Haus vorgefallen ist. Adrian entscheidet sich für den Küstenweg. Mittlerweile ist es warm geworden, ich trage immer noch seinen Pullover über meinem Schlafanzug. Bis wir die Straße zum öffentlichen Strand erreichen, laufen wir zwangsläufig den gleichen Weg entlang, den ich vorhin schon mit Mads gegangen bin. Inzwischen sind mehr Autos unterwegs, die meisten kommen uns entgegen, mit Surfbrettern auf dem Dach und fröhlicher Musik, die aus den offenen Fenstern dringt.

»Also, was gibt's?«, frage ich, sobald unser Ferienhaus hinter der nächsten Kurve verschwunden ist.

»Also, genau das wollte ich dich eigentlich fragen.«

»Was meinst du damit?«, gebe ich möglichst unschuldig zurück.

Adrian stopft sich das letzte Stückchen Croissant in den Mund und greift mit seinen buttrigen Fingern nach meiner Hand. Ich verschränke meine Finger mit seinen.

»Na ja«, sagt er dann, »wir wollten doch noch einmal darüber sprechen, wieder abzufahren.«

»Möchtest du weg?«, frage ich ihn.

Er bleibt stehen und sieht mich irritiert an. Seine buschigen Augenbrauen bilden dabei einen durchgehenden dunklen Balken. Ich kenne dieses Gesicht eigentlich nur vom Sex mit ihm, diese Anstrengung in seinem Ausdruck, kurz bevor er kommt.

»Ich dachte, *du* willst hier weg?«, sagt er und lässt mich keine Sekunde aus den Augen.

»Ich?«, frage ich. Obwohl er natürlich recht hat.

»Ja, du, Romy. Du wolltest gestern Abend auf der Stelle wieder abfahren.«

»Jaaa«, antworte ich lang gezogen, um Zeit zu schinden, und denke fieberhaft nach. Ich weiß immer noch nicht, was ich tun soll. Das Druckmittel sitzt mir im Nacken, aber in diesem Moment spüre ich, dass mich doch auch etwas hier hält. Aber was ist es? Ist es die Neugierde, wie es mit meinen Freundinnen weitergehen würde? Will ich alles von vor fünf Jahren wiedergutmachen, bevor ich abfahren kann? Oder gibt es einen anderen Grund, der mich zögern lässt? Ich könnte doch einfach sagen: *Juhu, mein Schatz, lass uns abfahren.* Aber das tue ich nicht.

»Ich glaube, wir sollten bleiben«, höre ich mich wie in Zeitlupe sagen.

Adrian drückt meine Hand. »Okay«, sagt er. »Ich wollte nur

sichergehen, dass alles in Ordnung ist bei dir. Du kamst mir irgendwie komisch vor.«

»Okay, dann bleiben wir«, sage ich – und damit ist es besiegelt. Es fühlt sich an, als hätte Adrian gefragt, ob wir mitten in einem spannenden Film das Kino verlassen sollen. Nur dass ich leider die Hauptfigur bin und in der nächsten Filmhälfte geschlachtet werden soll. Was tue ich hier eigentlich?

Adrian nimmt den letzten Schluck von seinem Kaffee. »Dann lass uns noch eine zweite Tasse holen«, sagt er. Also kehren wir mitten in unserem halb ausgegorenen Spaziergang wieder um und laufen im Gänsemarsch zurück. Adrian lässt meine Hand keine Sekunde los, obwohl ich vor ihm laufe. Was ist da gerade passiert?, denke ich. Ich drehe mich zu ihm um, kurz bevor wir das Grundstück des Ferienhauses wieder betreten. Er lächelt mich an – und ich, ich lächle zurück.

VOR FÜNFZEHN JAHREN

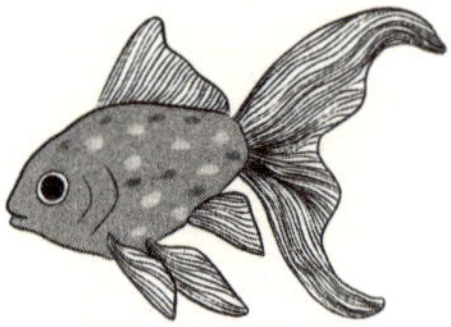

Ich stellte mich auf die Zehenspitzen, um über die Köpfe der anderen Zuschauer blicken zu können, während Lydia zum fünften Mal auf ihre Uhr sah. »Wo steckt Nat denn jetzt?«, fragte sie mich, als würde ich die Antwort kennen.

»Willst du sie noch mal anrufen?«, fragte ich zurück, obwohl auch ich wusste, dass man hier in der Kirche kaum Empfang hatte. Für mehr als SMS reichte es nicht, und damit hatten wir Nathalie bereits überhäuft.

»Das Konzert fängt gleich an«, murrte Lydia. »Lange können wir den Platz für sie nicht mehr frei halten.«

»Mach dich einfach ein bisschen breit, falls sich jemand hierhin setzen will«, riet ich.

Lydia seufzte. Ich wusste genau, wie sie diesen Job hasste, aber ich war nun mal die größere von uns beiden und konnte auf Zehenspitzen Ausschau nach Nathalie halten. Also musste sie unsere Plätze verteidigen. Die alte Kirche um uns herum war weihnachtlich geschmückt, ganze drei Christbäume waren im Kirchenschiff aufgestellt worden, geschmückt mit roten Kugeln und Strohsternen. Die geschnitzten Engelsfiguren an den

Wänden glänzten golden. Ich hatte keine Ahnung, wie oft Olga mit ihrem Chor schon das Weihnachtsoratorium gesungen hatte, aber mittlerweile war es für Nathalie, Lydia und mich eine alljährliche Tradition geworden, dem beizuwohnen. Nur dass Nathalie heute offensichtlich Besseres zu tun hatte.

»Weißt du, was sie heute vorhatte?«, fragte ich über die Schulter.

»Nichts Besonderes, soweit ich weiß«, antwortete Lydia. Immer noch strömten Menschen durch die Flügeltüren ins Innere der Kirche, dabei sah es jetzt schon aus, als würden niemals alle Zuschauer in die Bankreihen passen. Lydia und ich waren extra früh gekommen, direkt nach der Mittagsschule an diesem Donnerstag im Advent.

»Kannst du nicht deinen Rucksack auf den Platz legen?«, fragte mich Lydia, aber ich schüttelte den Kopf. »Am Ende klaut den jemand.«

»Warum sollte jemand deinen Schulrucksack klauen?«, fragte sie zurück, aber ich zuckte die Achseln und reagierte nicht weiter.

Lydia rutschte auf ihrem Platz hin und her. »Mir ist heute so übel. Wenn hier noch mal jemand kalten Zigarettenrauch reinschleppt, dann kotze ich.«

»So schlimm?«

Lydia nickte und kräuselte die Nase.

»Sollen wir rausgehen?«

Erst schüttelte sie den Kopf, dann nickte sie plötzlich. »Ja, bring mich bitte ganz schnell raus.«

»Okay.« Ich warf mir den Rucksack über die Schulter und schnappte Lydias, dann schob ich sie an den Schultern durch die Menschenmenge nach draußen. »Olga wird so sauer auf uns sein«, würgte Lydia noch hervor, bevor sie gegen die Kirchenmauer kotzte. Ich rieb ihr die Schulter und strich ihr die hellblonden Haare aus der Stirn. Ich warf einen Blick nach oben und betrachtete irgendeinen aus Stein gemeißelten Heiligen, der uns missbilligend von der Fassade der Kirche herab beäugte. »Die wird doch gar nicht merken, dass wir nicht da waren.«

Jemand schloss die Flügeltüren von innen, und das Getuschel aus dem Kirchenschiff wurden leiser. Dann erklangen die Geräusche des kleinen Orchesters, Pauken und Trompeten, die den Chor begleiteten. »Jauchzet, frohlocket«, drang es aus den bunten Fenstern. Lydia kotzte ein zweites Mal gegen die Kirchenmauer.

»Ich bring dich jetzt nach Hause, und dann suche ich Nathalie«, sagte ich.

Aber Lydia schüttelte den Kopf. »Nein, ich komme mit. Geht gleich wieder.«

Während sie sich mit einem Taschentuch den Mund abwischte, zog ich mein Handy aus der Hosentasche. Hier draußen hatte ich wieder Empfang – und fünf verpasste Anrufe von Nathalie. Mein Herz rutschte in die Hose. Ich wählte sofort ihre Nummer.

»Könnt ihr kommen?«, fragte Nathalie, sobald sie das Telefonat annahm.

»Wo bist du?«

»Ich warte vor dem *Shakes & Strikes*. Unterführung.«

»Okay, Lydie und ich kommen sofort.«

Wir schwangen uns auf unsere Fahrräder, auch wenn Lydia kaum einen Fuß vor den anderen setzen konnte, und fuhren so schnell wie möglich durch die Stadt, am Busbahnhof vorbei, über die große Brücke und bis zu der Bahngleisunterführung, wo das Bowlingcafé lag, in dem wir uns immer trafen und wo Lydia manchmal aushalf. Mittlerweile hatte es zu schneien begonnen, der Boden war glatt, und wir schoben unsere Fahrräder die letzten Meter. Von Nathalie war weit und breit nichts zu sehen. Lydia und ich schwiegen, aber an ihrem Blick konnte ich sehen, wie besorgt sie war. Sie sah immer noch übel aus, blass und gelb im Gesicht. Ich lief ihr voran auf den Eingang zu und riss die Tür auf. Ein paar mit dunklem Teppich ausgelegte Stufen führten nach unten, an einem Zigarettenautomaten vorbei, dann standen wir bereits in dem Hauptraum, wo nur an zwei von zehn Bahnen gespielt wurde. An der Musik hörte ich direkt, dass Holger arbeitete, er spielte den ganzen Tag Green Day rauf und runter. Lydia winkte ihm nur kurz zu und schlängelte sich dann mit mir zu unserem Stammplatz durch.

»Nathalie!«, rief ich, aber sie blickte nicht mal auf. Sie saß wie immer am hintersten Tisch in der Ecke, aber anders als sonst stand kein Milchshake vor ihr auf dem Tisch. »Nathalie, was ist passiert?«

Meine Freundin versank fast in ihrer riesigen Winterjacke. Sie kam mir in diesem Moment furchtbar klein vor. Ihr Blick huschte hoch zu meinem Gesicht, aber dann schnell wieder weg, als könnte sie mir nicht in die Augen sehen. Mascara lief in dicken schwarzen Linien über ihre Wangen. Ich drückte sie fest an mich und spürte, dass ihr dünner Körper unter der Jacke zitterte.

Holger kam mit einem Tablett auf uns zu, um unsere Bestellung aufzunehmen. »Jetzt nicht«, zischte Lydia und schirmte Nathalie von ihm ab. So hatten wir unsere Freundin noch nie gesehen.

»Nat, was ist denn los? Magst du uns erzählen, was passiert ist?«

Nathalie nickte langsam, aber zunächst kamen nur Schluchzer aus ihrem Mund. »Ich … ich … Ihr hattet recht.«

»Womit?«, fragte ich leise und strich ihr eine feuchte Strähne aus der Stirn.

»Mit diesem Typen von meiner Mum, Ben.«

»Hat er sie betrogen?«, rief Lydia so laut, dass Holger zu uns herübersah. Ich warf ihr einen strengen Blick zu.

»Nein, ich.« Nathalie schluchzte laut und legte sich die Hände aufs Gesicht. »Meine Mutter war nicht da, aber er hat wieder bei uns rumgelümmelt. Und dann hat er gesagt, dass er mir was zeigen will. Und ich dachte, es geht um eins seiner bescheuerten Computerspiele.«

»Oh, nein«, rutschte es mir heraus.

Lydia sah uns verwirrt an. »Und was hat er dir gezeigt?«

»Lydie!«, zischte ich.

»Seinen Pimmel, natürlich«, brach es aus Nathalie heraus.

»Oh.«

»Aber das war nicht mal das Schlimmste.«

Ich spürte, wie mein Griff um ihre Schulter fester wurde. »Keine Sorge, ich bin einfach weggerannt, aus der Wohnung und die Treppe runter nach draußen.«

»Und dann?«

Sie zuckte die Achseln. »Dann kam meine Mum nach Hause.«

»Hat sie ihn rausgeworfen?«, fragte ich.

Lydia schluckte. »Ich hab ihr direkt erzählt, was passiert ist. Aber dann sind wir hochgegangen, und der Typ meinte, ich würde Quatsch reden.«

»Und das hat deine Mutter ihm geglaubt?«

Nathalie schniefte. »Sie ist mit mir in mein Zimmer gegangen und hat sich mit mir auf mein Bett gehockt, als wäre ich zwölf. Es hat wirklich nur noch gefehlt, dass sie mir ein Kuscheltier in die Hand drückt.«

»Oh, Mann«, flüsterte ich. »Und was hat sie gesagt?«

»Sie hat mich gefragt, ob ich ihn nicht vielleicht missverstanden habe.«

»Was?«

Nathalie zog die Nase hoch, bevor sie weitersprach. »Sie hat mich allen Ernstes gefragt, ob ich nicht einfach in ihr Schlafzimmer gegangen bin und ihn in einer *unangenehmen Situation* erwischt habe.« Nathalie machte mit ihren Fingern Gänsefüßchen in der Luft. Ich sah, dass ihre Nägel bis aufs blutige Nagelbett abgekaut waren. »Und dann hat sie mir vorgeschlagen, dass es vielleicht gar nicht sein Penis war, den ich da gesehen habe, sondern sein Schlagzeugstock.«

»Ernsthaft?«, fragte ich.

»Meine Mutter denkt, dass ich alt genug dafür bin, dass sie nie zu Hause sein muss, und andererseits hält sie mich für ein Kleinkind. Was soll das denn?« Nathalie schniefte.

»Das tut mir so, so leid, Nat«, flüsterte ich leise, und Lydia wiederholte meine Wörter. »Und jetzt?«, fügte sie noch hinzu.

Nathalie zuckte die Achseln. »Nichts jetzt. Die beiden sind ausgegangen, als sei nichts passiert, und kommen wahrscheinlich irgendwann morgen früh wieder nach Hause.«

»Willst du zur Polizei gehen?«, fragte Lydia nun. »Wir könnten ihn anzeigen.«

»Und was dann? Ich sage, dass es so war, und er sagt, dass es nicht so war. Dann guckt sich die Polizei an, was sonst noch so in meinem Leben passiert, und merkt, dass ich einmal vom Unterricht suspendiert wurde, weil ich betrunken war.«

»Aber das war an Fasching!«, rief ich empört.

»Eben. Aber das macht dann keinen Unterschied.« Nathalie zuckte mit den Achseln. »Nein, ich glaube, ich will einfach nur schlafen.«

»Magst du heute bei mir übernachten?«, fragte Lydia. »Meine Schwestern sind beide auf Klassenfahrt, und wir hätten ein ganzes Zimmer für uns.«

Nathalie nickte. »Das wär wunderbar, Lydie.«

»Soll ich auch mitkommen?«, fragte ich.

Lydia verzog das Gesicht. »Meine Mutter ist so froh, dass

meine Schwestern mal weg sind, ich glaube, sie dreht durch, wenn ich genauso viele Gäste mitbringe.«

Ich nickte. »Ist okay.« Ich konnte Nathalie ja schlecht anbieten, dass sie mit mir nach Hause kommen könnte, wenn ich mich heute, wie jeden Donnerstag, selbst nicht einmal dorthin traute. Nur dass ich für das Konzert meine Schicht im Zoohandel diesmal abgesagt und nun keine Ahnung hatte, wo ich stattdessen hinsollte.

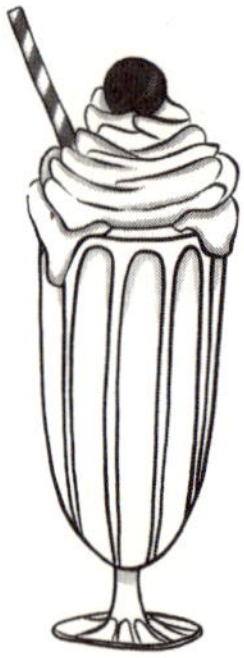

»Sollen wir gleich gehen, Nat?«, fragte Lydia und nahm ihre Hand. »Oder brauchst du vielleicht erst mal einen fetten Bananen-Milchshake?«

Ein winziges Lächeln zuckte über Nathalies Gesicht. Also bestellten wir für jede von uns einen Milchshake und schlürften diesen schweigend aus. Irgendwann rief Olga an und beschwerte sich, dass wir nach ihrem Auftritt nicht auf sie gewartet hätten, aber ich erklärte ihr die Situation, und sie machte uns keine Vorwürfe.

»Wie wäre es, wenn wir alle morgen die Schule schwänzen und uns im Café treffen?«, schlug Olga vor. »Vielleicht können wir zur Abwechslung ja tatsächlich mal bowlen.« Und diesen Plan fassten wir dann auch. Mit meinem letzten, in Walters Zoofachhandel verdientem Geld bezahlte ich die Milchshakes, und vor der Tür trennten sich unsere Wege. Ich drückte Nathalie zum Abschied so fest, dass sie einen Moment lang keine Luft mehr bekam. »Wir sind für dich da, Nat. Egal, was passiert, okay?«

»Wir können nichts für die Familie, in die wir geboren werden«, fügte Lydia hinzu, »aber wir können uns sehr wohl eine eigene aussuchen.«

Nathalie nickte und wischte sich den Mascara von den Wangen. Dann legte Lydia einen Arm um Nathalie und führte sie davon, aus der Unterführung hinaus in den Schnee, der alle Geräusche verschluckte. »Bis morgen«, rief ich den beiden noch hinterher.

Als ich Walters Zoofachgeschäft erreichte, lag das Gebäude bereits dunkel und verlassen da. Der Schnee knirschte unter meinen Schuhen, ich schloss mein Fahrrad an einer Straßenlaterne an und lief auf das Schaufenster zu. Der Schnee hatte alle Fußspuren verschluckt, nur die Pfotenabdrücke einer Katze entdeckte ich in den Flocken. Alles war dunkel im Verkaufsbereich des Ladens, offenbar hatte Herr Walter zumindest heute daran gedacht, das Licht der Aquarien auszuschalten. Ich rüttelte vorsichtig an der Eingangstür, aber die war natürlich verschlossen, wie es sich für diese Uhrzeit gehörte. Falls Mads heute überhaupt hier gewesen war, dann war er wahrscheinlich längst durch das Fenster im Personalraum nach draußen geklettert.

Also schlug ich den Kragen meiner Jacke hoch, vergrub meine eiskalten Finger in den Taschen und machte mich auf den Weg zurück zu meinem Fahrrad.

Doch dann ließ mich etwas innehalten. Ich verstand zunächst nicht, was passierte. Der Schnee um mich herum färbte sich auf einmal orange, dann pink, lila, rot. Die eben noch weißen Flocken wirbelten in allen Farben um meinen Kopf. Ich drehte mich um. Aus dem Schaufenster strahlten mir die Lichter der Aquarien entgegen – und mittendrin, zwischen den Lichtern, der Schattenriss eines Jungen, der mir entgegenblickte. Ich beschleunigte meine Schritte, bis ich direkt vor dem Schaufenster stand. »Bist du verrückt geworden?«, zischte ich der Scheibe entgegen. »So kann dich doch jeder sehen, der hier vorbeikommt!«

Aber Mads hob nur die Schultern und zeigte auf seine Ohren. Er hatte mich durch die Scheibe nicht verstanden. Ganz sicher war ich mir allerdings nicht, denn meine Augen gewöhnten sich langsam an die neuen Lichtverhältnisse, und ich sah ihn im bunten Halbdunkel grinsen. Dann deutete er auf das Handy, das er in seiner Hand hielt.

Ich zog es aus der Tasche, eine Nachricht leuchtete auf meinem Display auf.

Ich dachte, du würdest nicht mehr kommen …

So schnell ich konnte, schrieb ich mit meinen vor Kälte steifen Fingern zurück:

Meiner Freundin Nathalie ist was richtig Blödes passiert, und ich hab mich um sie gekümmert.

Das tut mir leid. Geht's ihr jetzt besser?

Ich weiß nicht, das dauert noch, glaube ich. Aber sie schläft jetzt bei Lydia.

Das ist gut.

Ja. Machst du mir das Fenster hinten auf?, schrieb ich.

Hinter der Scheibe sah ich ihn sein Gesicht verziehen und den Kopf schütteln.

Hab ich schon versucht. Das ist total eingefroren und lässt sich nicht mehr öffnen. So ein Mist!!!!

Ich zuckte die Achseln.

Ist schon okay.

Er ließ sein Handy sinken, und ich tat es ihm gleich.

Für einen Moment sahen wir uns einfach nur an. Das Licht fing sich in seinen Locken, auf seinen Wangen und in seinem Nasenring. Ich spürte, wie mein Herz langsamer schlug, jedenfalls fühlte es sich so an – und dann ganz schnell.

Ich wünschte, du könntest reinkommen, tippte er.

Ich auch, antwortete ich.

Und dann beugte ich mich nach vorne und drückte meine Stirn gegen das Glas. Mads lehnte sich ebenfalls vor und legte sein Gesicht gegen meins, nur durch eine Glasscheibe getrennt, in der sich das bunte Licht fing. Ich schloss die Augen. Ich fühlte mich auf einmal wie in einer Schneekugel, alles fühlte sich unwirklich an, aber trotzdem spürte ich jeden meiner Muskeln, jeden Millimeter meiner Haut, die das Glas berührte, ganz klar. Um uns herum fiel der Schnee, und ich war mir sicher, dass ich mich nie wieder von der Stelle bewegen, dass ich mich einfach hier einschneien lassen würde.

»Hey, was machen Sie da drüben!«, brüllte jemand von der anderen Straßenseite zu uns rüber. »Einbruch, Einbruch!« Ich zuckte zusammen, schlug mit der Schläfe schmerzhaft gegen die Glasscheibe und stolperte zurück. Auf einmal war es wieder dunkel um mich herum. Auf der anderen Straßenseite sah ich einen Mann in Jogginghosen mit einem Hund an der Leine. Als ich mich wieder umdrehte, war Mads' Silhouette hinter der Glasscheibe verschwunden.

JETZT

Die anderen sitzen noch am Frühstückstisch, als wir zurück in den Garten kommen. Olga studiert die aktuelle Ausgabe von *Le Monde,* aber ich bin mir sicher, dass sie den Gesprächen um den Tisch herum ganz genau lauscht.

»Ihr seid ja schon wieder da?«, fragt Lydia, die gerade dabei ist, ihr weich gekochtes Ei mit spitzen Fingern aus der Schale zu pellen.

Ich lasse mich auf meinen Stuhl fallen und greife nach einem Stück Baguette. »Ich hab Hunger.«

Adrians Stuhl ist mittlerweile von Chris belegt, der ein Croissant nach dem anderen in sich hineinstopft. »Ich werde dieses Wochenende so bereuen«, bringt er zwischen zwei Bissen heraus. »Aber das ist der eigentliche Trick. Man sollte einfach nur Wochenendtrips machen, dann frisst man nicht gleich drei Wochen am Stück und kann das im Alltag direkt wieder ausgleichen.«

Niemand erwidert etwas darauf, nicht mal Nathalie, die gedankenverloren in ihrem Kaffee rührt. Chris sieht sich in der Gruppe um, er wartet offensichtlich auf Zustimmung.

Olga, Lydia und ich tauschen Blicke. Ich spüre, wie meine Mundwinkel unwillkürlich zucken. Sogar Nathalie schmunzelt quer über den Tisch hinweg. Olga räuspert sich. »Will noch jemand Kaffee? Ich würde noch welchen kochen.«

Wir heben alle die Tassen, und sie läuft mit der Kanne ins Haus. Jetzt, da der verkohlte Baum die Sonne nicht mehr abhält, strahlt sie direkt in mein Gesicht und wärmt meine Wangen auf. Ich schließe die Augen, die Hände um meine halb volle Kaffeetasse geschlossen, und für einen winzigen Moment kommt es mir so vor, als wäre alles völlig in Ordnung. Ich kann ausblenden, dass Adrian auf meiner einen – und Mads auf meiner anderen Seite sitzt. Ich kann ausblenden, wie wütend Nathalie vermutlich immer noch auf mich ist – und dass Olga mich nur hierhergelockt hat, um sich an mir zu rächen. Auch wenn sie so tut, als ginge es ihr nur um die Tradition. Für einen Moment kippt die Sonne einfach eine riesige Ladung warmen goldenen Kleber über mich, und diese gesamte Situation und lässt alles ziemlich heil aussehen. Dann kommt Olga mit der frischen Kanne Kaffee zurück, und ich öffne meine Augen. Nathalie hat sich mittlerweile auf einer Gartenliege ausgestreckt, Chris sammelt mit der Fingerspitze die restlichen Croissantkrümel vom Teller auf und steckt sie sich in den Mund. Mads ist wieder in sein Buch vertieft und Adrian in sein Handy. Lydia streckt Olga ihre leere Kaffeetasse entgegen.

»Was machen wir heute eigentlich?«, fragt Adrian jetzt. »Ich hab gerade mal geguckt, hier in der Nähe gibt es einen tollen Strand, da kann man auch wunderbar wandern.«

Für einen Moment sagt niemand etwas, ich weiß, was in den Köpfen der anderen Frauen vor sich geht. Normalerweise machen wir an diesem Nachmittag etwas zu viert, nur wir Freundinnen, eine Art Ritual vor dem großen Knall am morgigen Tag. Eigentlich wollten wir das heute Morgen besprechen, aber dann ist Nathalie dazwischengekommen.

»Au ja, das fänd ich toll!«, ruft diese jetzt von ihrer Liege. »Aber jetzt muss ich noch alle Ladys ganz kurz entführen, wir müssen noch was für das Essen morgen Abend besorgen.«

»Was gibt es denn morgen Abend?«, fragt Chris. »Olga macht schon die ganze Zeit so ein Geheimnis drum.«

Sie lächelt ihn geheimnisvoll an. »Deswegen verraten wir es ja auch nicht. Weil es ein Geheimnis ist. Eine Überraschung sozusagen.«

Ich sage nichts und frage mich stattdessen, wann Olga so abgebrüht geworden ist. Aber nein, vielleicht folgt sie nur meinem Beispiel der letzten Jahre – und vielleicht bin ich es, die diesmal ausschert. Was hat es mit diesem Kommentar von Nathalie auf sich? Wir waren doch extra dafür auf dem Markt und im Dorf unterwegs. Ist das nur ein Vorwand, und sie hat eigentlich etwas ganz anderes für uns vier geplant? Leichtfüßig springt sie von ihrer Liege auf. Sie trägt mittlerweile ein kirschrotes Leinenkleid und große, geflochtene Ohrringe, darunter sehe ich die Träger ihres Bikinioberteils hervorblitzen. »Kommt ihr, Mädels?«

Seufzend nehme ich einen letzten Schluck von meinem lauwarmen Kaffee. Das wird wohl doch nichts mit der frischen Tasse. Auch Lydia lässt ihren gerade erst eingeschenkten Kaffee stehen, ein klares Zeichen dafür, dass sie auch nicht so entspannt ist, wie sie nach außen hin wirkt. Die Lydia, die ich kenne, würde nie auch nur einen Tropfen Kaffee übrig lassen, schließlich ist die schwarze Brühe ihr Lebenselixier.

Ich stehe auf und kann nicht vermeiden, dass mir ein Seufzen entgleitet. Was will Nathalie mit uns besprechen? Dieses ganze Wochenende ist ein einziges Getuschel und Geflüster hinter vorgehaltenen Händen.

»Wir sind gleich wieder da«, verkündet Nathalie fröhlich, bevor sie uns ums Haus herum und in ihren Bulli lotst, der immer noch in der Einfahrt parkt. Sie setzt sich ans Steuer, ich mich direkt neben sie, während Lydia und Olga auf der Rückbank Platz nehmen. Im Inneren des Wagens riecht es nach Sonne in alten Sitzpolstern und ein bisschen süßlich nach abgestandenem Gras. Nathalies Armbänder klirren, als sie den Motor anlässt und den Wagen beherzt zurücksetzt.

»Moment, wo fahren wir hin?«, fragt Olga.

Nathalie reagiert nicht, grinst nur in den Rückspiegel und wackelt mit den Augenbrauen.

»Nathalie?«, fragt jetzt auch Lydia und beugt sich vor. Ich bin währenddessen damit beschäftigt, mich mit dem ziemlich ausgeleierten Sitzgurt anzuschnallen. Nathalie gibt Gas, braust mit vollem Schwung durch die Kuhle im Kies und hoch auf die Landstraße. Sie guckt einmal kurz nach links und rechts, und weiter geht's. Der Bulli stöhnt und ächzt unter uns, aber das scheint Nathalie nicht weiter zu beunruhigen. Mit einer Hand steckt sie ihr Smartphone an ein staubiges Kabel, und im nächsten Moment scheppert irgendeine britische Indie-Band durch das Wageninnere. Nathalie trommelt mit den Fingern auf dem Lenkrad. Im Rückspiegel sehe ich, wie Lydia und Olga über Blicke kommunizieren. Ich frage mich, ob sie planen, sich bei der nächsten Ampel aus dem Wagen zu werfen. Und warum waren wir eigentlich so naiv, uns mit Nathalie in einen Wagen einsperren zu lassen?

»Nathalie?«, versucht es Olga noch einmal. Nathalie gluckst und öffnet das Handschuhfach. Mit einem halben Auge durchkämmt sie das Zettelchaos, das sich darin befindet. Ich entdecke einige Polaroids mit unseren Gesichtern drauf. Nathalie, Olga, Lydia und ich beim Schulausflug in den Europapark. Nathalie, Olga, Lydia und ich beim Übernachten in Lydias unfertigem Baumhaus. Ich hätte erwartet, dass Nathalie all diese Erinnerungen weggeworfen, nein vielleicht sogar eher verbrannt hätte nach unserem letzten Wochenende vor fünf Jahren. Aber nein, sie hat alles aufbewahrt, zwischen Kassenzetteln und irgendwelchen Notizen, neben Lippenstiften und Kondomen. Das Handschuhfach wirkt, als wäre es ihr ausgelagertes Gehirn.

»Vorsicht, Nathalie, es ist Rot!«, rufe ich, und sie bremst so abrupt ab, dass ich fast gegen die Frontscheibe geschleudert werde.

»Ups!«, trällert sie. Aber jetzt hat sie Zeit zu suchen, kann beide Hände vom Lenkrad nehmen und zieht den kompletten Inhalt des Fachs auf ihren Schoß. Ein Lippenstift rollt in den Fußraum, wo auch schon einige andere Gegenstände liegen. Ein Kugelschreiber, ein Kühlschrankmagnet, mehrere Cent-Münzen. »Wo ist es denn, wo ist es denn?«, flüstert sie, während mein Blick von ihrem Schoß hoch zur Ampel springt und wieder zurück. »Ah, hier!« Triumphierend zieht Nathalie einen zerknickten Briefumschlag hervor und drückt ihn mir in die Hand. »Mach mal auf!«

Die Ampel wird grün, der Bulli hustet und keucht, Nathalie drückt das Gaspedal durch. Der Umschlag ist mit einem Logo bedruckt. Drei gewellte Linien, was so ziemlich alles bedeuten kann. Mit fahrigen Fingern klappe ich den bereits geöffneten Falz nach oben und ziehe vier Karten aus dickem Papier hervor.

»Welcome to Paradise!«, steht darauf in geprägten Goldlettern. Und darunter: »Your Spa Heaven is Waiting for You!«

»Was ist das?«, fragt Olga, greift kurzerhand nach vorne und reißt mir eine der Karten aus der Hand.

Nathalie quietscht vergnügt. »Wonach sieht es aus?«

Olgas Augen huschen rasend schnell über die goldgeprägten Wörter auf der cremefarbenen Karte. »Ein Spa Day?«, fragt sie und legt ihre Stirn in Falten. »Wir fahren zu einem Wellnessresort?«

Jetzt erst dämmert es mir, dass das nicht irgendein Gutschein für irgendeinen Tag in der Zukunft ist, sondern dass wir uns jetzt gerade in diesem Moment auf dem Weg dorthin befinden.

»Ich habe euch wohl entführt«, ruft Nathalie und zuckt grinsend die Schultern.

»Was, jetzt?«, entweicht es mir. Alle sehen mich an. »Wir können jetzt nicht weg, wir müssen zurück, wer weiß, was die Männer machen, während wir nicht da sind.«

»Sie werden schon nicht übereinander herfallen«, entgegnet Nathalie. Ich sehe sie stirnrunzelnd an, aber ich kann nicht erkennen, ob sie wirklich davon ausgeht, dass das meine Sorge ist. »Mach dir keine Sorgen, ich habe Mads bereits in meinen Plan eingeweiht. Er wird Chris und Adrian informieren. Die kommen schon mal ein paar Stunden ohne uns klar.«

»Aber wir können doch nicht …«, setze ich wieder an.

»Zu spät!«, ruft Nathalie. »Ich habe bereits alles bezahlt. Der Spaß geht auf mich.«

»Was?«, ruft Lydia. »Du bist ja verrückt, Nathalie.«

»Ich will nur sicherstellen, dass ihr diese Wochenenden nie wieder ohne mich veranstaltet.«

Für einen Moment herrscht vollkommene Stille im Auto. Ein Song ist gerade zu Ende, die alten Lautsprecher knistern leise.

»Also ging es gar nicht um den Nachtisch?«, fragt Olga in die Stille hinein. Ihre Stimme klingt angespannt, aber das scheint Nathalie gar nicht zu bemerken.

Nathalie kichert und biegt schwungvoll um eine Kurve. Ich wünschte, ich könnte ihr das Lenkrad aus der Hand reißen und den Wagen auf der Stelle zurück zum Ferienhaus fahren. Chris,

Adrian und Mads alleine, einen ganzen Nachmittag lang. Das kann ich nicht zulassen, auch wenn Mads mir beteuert hat, dass er Adrian nichts verraten würde. Ich bereue es, dass ich vorhin nicht auf Adrians Vorschlag eingegangen bin, dass wir nicht längst unsere Sachen gepackt haben und abgehauen sind. In diesem Moment ist der Übermut mit mir durchgegangen, ich war einfach neugierig, wollte wissen, wie dieses Wochenende sich weiterentwickelt. Für einen kurzen Moment hatte ich vergessen, was alles auf dem Spiel steht. Und jetzt hat mir Nathalie mit einem bescheuerten Umschlag und goldgeprägten Lettern die Kontrolle völlig aus der Hand genommen. Ich frage mich, ob es vielleicht sogar genau darum geht. Dass der eigentliche Grund für diesen Ausflug ist, dass die Männer eine Zeit lang allein sind. Sie weiß, wie schnell ich durchdrehe, wenn mir jemand die Kontrolle entreißt. In diesem Moment biegt Nathalie links ab und lenkt den Bulli auf den Parkplatz vor einem flachen weißen Gebäude. »Wir sind da!«, ruft sie triumphierend.

»Aber das geht nicht!«, wende ich ein. »Ich hab doch nicht mal einen Badeanzug dabei oder irgendwas.«

»Keine Sorge, das gibt es alles vor Ort«, entgegnet Nathalie. »Ich habe für alles gesorgt. Du musst dich einfach nur zurücklehnen und entspannen.«

»Warum hast du das denn nicht früher gesagt?«, hakt Olga ein. »Ich meine, wir hätten das zusammen planen können.«

Olga sieht genauso unzufrieden aus wie ich. Es passt Olga nicht, dass Nathalie das von ihr geplante Wochenende auf einmal in eine ganz andere Richtung lenkt und sie nichts dagegen tun kann.

»Dann wäre es ja keine Überraschung gewesen«, entgegnet Nathalie unbekümmert. »Los jetzt, Mädels, raus aus dem Wagen.« Sie öffnet ihre Tür und springt hinaus. Wir folgen ihr zögerlich.

»Wie lange sind wir hier?«, frage ich. »Ich muss Adrian Bescheid sagen.«

Nathalie legt den Kopf schief. »Du klingst ja fast so, als würde es dabei nicht um einen Mann, sondern um dein frisch geborenes Baby gehen.«

Ich spüre, wie ich rot anlaufe. Wut mischt sich unter meine Panik. »Macht sich keiner von euch Sorgen, dass Mads irgendwas ausplaudert, während wir weg sind?«

Olga blickt mich fragend an. »Warum sollte er das tun?«

Ja, warum sollte er?, denke ich. Warum sollte er eigentlich irgendetwas tun, um uns zu sabotieren? Vielleicht macht er sich tatsächlich nur ein entspanntes Wochenende an der Côte d'Azur, vielleicht will er einfach nur ein bisschen lesen und am Strand spazieren gehen. Warum denke ich die ganze Zeit, dass er irgendeinen dunklen Plan verfolgt? Vielleicht nehme ich mich – und unsere gemeinsame Vergangenheit – auch einfach viel zu wichtig.

»Ist ja gut«, seufze ich, »dann mal los.« Was soll ich auch tun? Bis ich zu Fuß zum Ferienhaus zurückgelaufen wäre, sind wir wahrscheinlich schon wieder auf dem Rückweg. »So eine Massage könnte mein Rücken bestimmt gut vertragen.«

Als wir durch die Glastüren treten, weiß ich auch, warum die Eintrittskarten mit goldenen Buchstaben geprägt sind. Über uns öffnet sich das Gebäude zu einer Art Kuppel, die an ein Gewächshaus erinnert. Überall stehen Tropenpflanzen, die ihre Blätter gen Himmel recken. Die Luft ist warm und feucht. Der Rest des Eingangsbereichs ist komplett weiß: der Boden, die Wände, die Theke, hinter der eine Frau in weißer Uniform an einem einzelnen Mac-Bildschirm sitzt. Hinter ihr ist das Logo mit den drei goldenen Wellen in die Wand eingelassen. Ich will gar nicht wissen, wie viel Nathalie für unseren Aufenthalt bezahlt hat.

Offenbar weiß die Frau am Empfang direkt, wer wir sind, sie begrüßt uns auf Englisch, nimmt unsere Eintrittskarten entgegen und führt uns einen ebenfalls komplett in Weiß gehaltenen Gang entlang. Rechts und links eröffnen bodenlange Fenster den Blick auf die Umgebung. Wir müssen direkt am Meer sein, ich höre das Rauschen der Wellen hier ganz deutlich, vielleicht ist es aber auch nur das Plätschern der Becken, auf die wir uns zubewegen. Immer wieder kommen uns Personen in Bademänteln und flauschigen weißen Pantoffeln entgegen. Alle flüstern nur miteinander, leise lang gezogene Klänge dringen aus den unsichtbaren Lautsprechern über unseren Köpfen. »Zur Massage bitte hier entlang«, sagt die Frau in perfektem Englisch. Wir sehen uns an und heben die Augenbrauen. Das lassen wir uns nicht zweimal sagen.

VOR FÜNF JAHREN

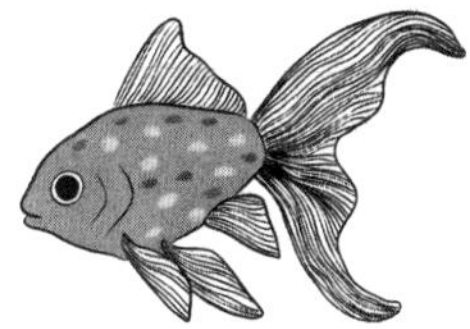

Nathalie hatte diese bescheuerte Idee, als sie ziemlich betrunken war – und ich war mindestens genauso betrunken, als ich das für eine gute Idee hielt. Aber jetzt standen wir mitten in der Nacht in Unterwäsche auf dem Flur des Ferienhauses am Comer See zwischen unseren Schlafzimmern, und das Mondlicht streckte seine bleichen Finger zu uns rein. Auf der nahe gelegenen Kirchturmuhr hatte es gerade vier Uhr geschlagen, wir hatten uns pünktlich zu dieser Uhrzeit hier verabredet, sodass die anderen sicher schliefen. Daniel hatte sich umgedreht und mich im Halbschlaf kurz fragend angesehen, als ich aufgestanden war. Ich hatte ihm gesagt, dass ich Bauchweh hätte und ins Bad müsste, und kurz darauf hatte er weitergeschnarcht. Ich fühlte mich immer noch ein bisschen schwummrig, alles um mich herum wirkte wie in Watte gepackt, aber zumindest wusste ich, dass ich nicht ganz zurechnungsfähig und dadurch auch nicht ganz schuldfähig war. Nathalie und Olga hatten ihre Streiterien über diese Idee erst mal beiseitegelegt, jetzt gab es einen neuen Plan, auf den wir uns konzentrieren konnten. Die beiden hatten das Thema Jasmin und wie mit ihr umzugehen war, erst einmal vertagt. Außerdem hatte Nathalie ja recht: Es würde mir und ihr viel leichterfallen, mit unseren Freunden Schluss zu machen, weil wir wussten, dass sie Arschlöcher waren. Also nicht Männer im Allgemeinen, sondern Daniel und Raphael im ganz Speziellen. »Seid ihr bereit?«, fragte Olga Nathalie und mich.

Wir nickten. Lydia zog eine Flasche Gin aus der Bademanteltasche und hielt sie erst mir, dann Nathalie hin. »Ein bisschen Mut antrinken.«

Nathalie und ich sahen uns dabei tief in die Augen. Ich prüfte jede ihrer Regungen, um sicherzugehen, dass sie das, was wir hier taten, auch wirklich für eine gute Idee hielt. Olga und Lydia zumindest schienen keine Einwände zu haben. »Also, du weißt, was zu tun ist«, sagte Nathalie dann.

»Wir tun so, als hätten wir uns im Raum geirrt.«

Nathalie nickte und presste die Lippen aufeinander. »Soll ich dir viel Glück wünschen?«

»Ich weiß nicht genau, was das in diesem Kontext bedeuten soll«, gestand ich.

Sie kicherte nervös. »Na dann, nichts wie los.«

»Wir treffen uns nachher unten im Wohnzimmer, okay?« Olga drückte unsere Hände.

»Ja, gib mir bitte noch einen Schluck, Lydia.«

Nathalie und ich nahmen jede noch einen tiefen Schluck, und ich wartete darauf, dass sich das bauschige Gefühl in meinem Kopf verstärkte.

»Und denkt dran«, flüsterte Olga, »ihr werdet eh Schluss machen. Das ist kein richtiges Fremdgehen.«

Wir nickten wie zwei artige Schulmädchen.

»Okay, bin bereit.« Wir tauschten die Plätze, sodass wir jeweils vor der Tür der anderen standen. Ich legte die Hand auf die Klinke, dann nickten Nathalie und ich uns noch einmal zu.

»Los geht's«, flüsterte sie.

»Los geht's«, flüsterte ich. Und dann stieß ich die Tür auf in ein fremdes Zimmer, das ganz genauso aussah wie meins, aber nach fremden Körpern roch.

JETZT

Nach der Massage liegen wir aufgereiht in einem flachen Becken mit dampfendem Wasser und sehen den bunten Lichtern zu, die über die Decke der Schwimmhalle wandern. Ich habe die Ohren unter Wasser getaucht und lausche der klassischen Musik, die nur so wahrzunehmen ist. Wenn ich auftauche, höre ich nur das Plätschern des Wassers und die Stille zwischen mir und meinen Freundinnen. Es ist eigentlich viel zu warm, um lange hier drin zu liegen, aber ich will mich nicht bewegen. »Boah, ist das heiß«, stöhnt Nathalie jetzt und setzt sich auf. Ihr Gesicht ist rot angelaufen, und ich bin mir sicher, dass ich genauso aussehe.

»Es war vielleicht keine so gute Idee, im Sommer in ein Thermalbad zu gehen«, entgegnet Olga, aber starrt weiter regungslos an die Decke.

Nathalie hebt die Augenbrauen, ich tauche vorsichtshalber wieder etwas tiefer ins Wasser ab. »Wenn ich das richtig sehe, bin ich die Einzige, die sich überhaupt irgendetwas ausgedacht hat«, gibt Nathalie zurück.

Olga schnalzt mit der Zunge. »Ich denke gerade darüber nach, dass ich auch einfach mit Lydia hätte allein hier sein können, und wir hätten einfach einen schönen Spaziergang gemacht. Du wärst nicht gekommen – und Romy schon mal gar nicht, sind wir doch mal ehrlich. Ich hätte mir nicht träumen lassen, dass Adrian sie tatsächlich ins Auto packt und hierherfährt.« Sie lächelt selbstzufrieden, aber sieht mich nicht an.

In meinem Hirn rattert es. »Also … also hast du mich aus dem gleichen Grund hierhergeschleppt, aus dem du Nathalie ausgeladen hast?«, frage ich. Die Bestätigung tut weh, auch wenn ich es verdient habe. »Um mich zu bestrafen, weil sich Jasmin von dir getrennt hat?«

Olga zuckt gleichgültig die Achseln. »Ich weiß, dass es für dich mindestens so schlimm ist, hierherzukommen, wie für Nathalie, nicht kommen zu dürfen. Also habe ich dich über Adrian hierherbekommen.«

Nathalie lacht trocken auf. »Wie wunderbar, Romy und ich in einem Boot, ich könnte mir nichts Schöneres vorstellen.«

»Was soll das denn jetzt heißen?«, frage ich. »Bist du auch noch sauer wegen damals?« Sie antwortet nicht und schüttelt nur genervt den Kopf. »Nathalie?«, frage ich nach. Mein Herz pocht schneller gegen das heiße Wasser an, das mich gerade noch so träge gemacht hat. Ich spüre, wie mir allmählich schwindelig wird.

Nun starrt sie mich an, als wäre ich verrückt geworden, öffnet den Mund wie ein Fisch, der kurz vor dem Ersticken ist – und schließt ihn dann wieder. »Du hast mit meinem Freund geschlafen«, sagt sie schließlich. »Schon vergessen?«

»Weil du das wolltest!«, brülle ich lauter zurück als beabsichtigt. »Das war deine verdammte Idee, Nathalie!« Auf der anderen Seite des Beckens werfen uns drei Frauen mit geblümten Badekappen tadelnde Blicke zu. Ich sehe schon, dass sich ein Bediensteter in weißer Uniform auf uns zubewegt, also senke ich meine Stimme schnell wieder. »Warum bin *ich* jetzt der Sündenbock für alles?«

Nathalie lacht auf. »Ja, genau. Arme Romy. Du bist einfach abgehauen und hast dich fünf Jahre nicht mehr blicken lassen. Woran könnte es nur liegen, dass wir auf dich sauer sind?«

Olga schüttelt den Kopf. »Wisst ihr, was Jasmin zu mir gesagt hat, als sie Schluss gemacht hat?«, flüstert sie.

Nathalie und ich verstummen.

»Dass das, was wir hier anstellen, krank ist. Dass wir damit unsere Leben vergiften und sie nichts mehr damit zu tun haben will. Nichts mehr mit *mir* zu tun haben will.«

Jetzt sieht Olga mich direkt an. »Glaubst du wirklich, dass Adrian nichts von dem checkt, was hier abgeht?« Ich weiß nicht, was ich darauf erwidern soll, aber sie kommt mir ohnehin zuvor. »War das dein Ernst, dass wir vollkommen durchgeknallt sind? Dass *mit uns* etwas ganz und gar nicht in Ordnung ist?«

Ich hebe die Schultern. »Ja, weil ... das stimmt.«

»Siehst du, und das ist der Grund, warum du eine miese Freundin bist, Romy.« Für einen Moment herrscht Stille im Bad, nur das Plätschern des Wassers ist zu hören. »Was ist aus dem mutigen sechzehnjährigen Mädchen geworden, für das es das Wichtigste war, dass wir zusammenhalten?«, fragt mich Olga nun. »Das diesen Plan gemacht hat, damit es uns nie so geht wie unseren Eltern? Und jetzt sieh uns an.« Nathalie und Olga beäugen mich aus scharfen Augen. Ich kann nicht glauben, dass ich auf einmal ganz allein dastehe. Gegen mich. Dabei war doch Nathalies Verhalten der Grund, warum vor fünf Jahren alles aus dem Ruder gelaufen ist, oder? Es war *ihre* Idee, verdammt noch mal.

Ich wünschte gerade, ich könnte Lydia sein, die einfach weiter im Wasser liegt und Vivaldi lauscht, als würde sie gar nicht zu uns gehören. Aber ich bin auch auf sie wütend, wütend darauf, dass sie sich einfach abschottet und ihre Hände in reinem Wasser wäscht, als hätte sie nicht auch dazugehört. Als hätten wir diesen Pakt nicht alle vier geschlossen.

»Ich brauch mal kurz was zu trinken«, sage ich und erhebe mich aus dem Wasser. Mein ganzer Körper kribbelt und pulsiert, Ich merke, dass ich zu schnell aufgestanden bin, und halte mich am Geländer des Ausstiegsbereichs fest. Aber keine meiner Freundinnen kommt mir zur Hilfe. Ich spüre ihre Blicke auf mir, aber ich drehe mich nicht mehr um. Ich drücke meine Wirbelsäule durch und stolziere mit wackeligen Knien davon zum Toilettenbereich.

Wie es sich für ein Wellnessresort ziemt, liegen dort Handtücher, Lotionen und Wasserflaschen neben den Marmorwaschbecken bereit. Es riecht nach ätherischen Ölen, die bestimmt schlimme Allergien auslösen können. Ich schnappe mir eine Wasserflasche und wanke weiter zu den Toilettenkabinen. Vogelgeräusche zwitschern aus den Lautsprechern. Ich öffne eine der Kabinen, klappe den Deckel des Klos runter und setze mich darauf. Ein tiefes Seufzen entweicht mir. Ich schraube den Deckel meiner Wasserflasche auf und lasse die kühle Flüssigkeit meine Kehle hinabrinnen. Mein Kopf rauscht immer noch, ich atme langsam ein und wieder aus.

Ich hatte gedacht, dass von Nathalie an diesem Wochenende die größte Gefahr für mich ausgehen würde, dass ich alles tun muss, um sie in Schach zu halten. Damit sie Adrian nicht erzählt, dass ich mit dem Freund meiner Freundin geschlafen habe. An genau einem solchen Wochenende wie diesem. Zu dem Nathalie nun meine erste große Liebe mitgebracht hat. Und das damit enden soll, dass ich mich von Adrian trenne.

Vielleicht geht es gar nicht darum, dass wir an diesem Wochenende zu uns selbst zurückfinden … vielleicht ging es das nie. Vielleicht wollte Olga uns diesmal einfach nur zurückzahlen, was wir ihr vor fünf Jahren angetan haben. Indem sie mich dazu zwingt, mit Adrian Schluss zu machen, und Nathalie einfach komplett ausschloss.

Ich sitze auf diesem Klodeckel in irgendeinem überteuerten Day Spa an der Côte d'Azur, die Beine an den Körper gezogen, und starre in die untere linke Ecke der Kabine, bis mir auffällt, dass irgendetwas daran nicht stimmt. Ich drehe den Kopf nach rechts und links. Was ist das für ein kleiner Vorsatz, nicht mehr als ein paar Millimeter im Durchmesser, der da aus der Wand hervorsteht? Das Chlorwasser brennt mir noch immer in den Augen, lässt meine Sicht ein bisschen verschwimmen. Also blinzle ich, beuge mich dann vor, strecke die Finger aus – und ertaste etwas, das sich verdächtig nach einer Kamera anfühlt.

Ich schieße von meinem Platz hoch und stolpere aus der Toilettenkabine.

Jetzt rauscht es noch mehr in meinem Kopf, aber da ist auch eine unbeschreibliche Wut. Die Wasserflasche noch in der Hand, marschiere ich zurück zum Thermalbecken, wo meine Freundinnen immer noch liegen. Sie sehen nicht einmal auf, als ich angelaufen komme. »Auf den Damentoiletten ist eine Kamera versteckt«, stoße ich aufgeregt hervor.

Lydia verschluckt sich am Wasser und hustet, Nathalie und Olga fahren zu mir herum. »Wie bitte?«

»Wirklich, ich saß gerade auf dem Klo, und da hab ich sie entdeckt. Sie ist so platziert, dass sie direkt zwischen die Beine filmen kann.«

»Solche miesen Schweine!«, entfährt es Olga. Sie bemüht nicht einmal die Treppe zum Ausstieg, sondern klettert kurzerhand über den Beckenrand. Nathalie folgt ihr, Lydia schwimmt zur Treppe rüber und läuft uns dann hinterher.

»Zeig uns das Teil«, befiehlt Nathalie. Ich führe meine Freundinnen zurück in den Duschbereich und zur Toilettenkabine, in der ich eben noch gekauert habe. Nathalie beugt sich fachkundig über das kleine angeklebte Ding in der Ecke. »Tatsache«, flüstert sie. »Das ist eine verfickte Kamera.« Mit einer beherzten Bewegung reißt sie das Teil ab und richtet sich wieder auf. In ihrer Hand liegt eine Kamera, die nicht einmal so groß wie der Nagel meines kleinen Fingers ist. »Du hattest recht, Olga«, sagt Nathalie nun leise, während es allen anderen die Sprache verschlagen hat. »Hierherzukommen war die völlig falsche Idee.«

»Sie hätten uns besser nicht reinlassen sollen«, stimmt Olga zu. Dann wendet sie sich an mich. »Romy, bist du bereit?« Ich bekomme eine Gänsehaut, als sie mich so ansieht, so wie früher. Ihre Wut auf mich ist auf einmal verschwunden.

Ich schlucke und nicke. Olga nimmt meine Hand. »Machen wir ihnen die Hölle heiß.«

VOR FÜNF JAHREN

Meine Füße verursachten auf der Steintreppe nicht das leiseste Geräusch. Wenn man die Stufen runterlief, konnte man das Wohnzimmer und den daran angrenzenden Wintergarten sehen; die Tür dorthin war entfernt worden, um den Schnitt des Hauses luftiger zu gestalten, wie Nathalie mir erklärt hatte. Ich sah die Schatten meiner Freundinnen im warmen Licht tanzen, sie saßen im Kreis um den Couchtisch herum, Olga, Lydia und Nathalie, die offenbar schneller gewesen war als ich.

Mein Kopf war jetzt unglaublich klar, ich spürte jede Faser meines Körpers, als würde dieser sich vor einem Angriff wappnen.

Ich wusste nicht, wie spät es war, aber es musste auf den Morgen zugehen, vielleicht halb sechs oder sechs. Als wir erst mal angefangen hatten, war Raphael ziemlich gierig geworden, und ich musste zugeben, dass es mir gefallen hatte. Vielleicht, weil es so verboten war, vielleicht einfach wegen des Alkohols oder auch, weil der Sex mit Daniel inzwischen ganz schön langweilig war. Auch wenn die Vorstellung davon etwas komisch war, war ich gespannt, was Nathalie berichten würde. Denn schließlich, so wurde Daniel mir nicht müde mitzuteilen, hatten all seine Ex-Freundinnen ihn immer für seine Fertigkeiten gelobt.

»Wo bleibt sie denn?«, seufzte Nathalie und durchbrach damit die Stille. Ich blieb wie angewurzelt stehen.

Olga und Lydia reagierten zunächst nicht. »Keine Sorge, da war bestimmt nichts, Romy hat sich wahrscheinlich neben ihn gelegt und ist direkt eingeschlafen.«

Nathalie nickte. »Ja, wahrscheinlich hast du recht.« Ich hörte ein Knarzen, dann lief Nathalies Schatten im Wintergarten auf und ab.

Mir wurde übel, aber ich trat ins Licht des Wohnzimmmers, bevor ich unten an der Treppe festfrieren konnte. »Hey Leute«, sagte ich leise und ließ mich betont lässig auf den Platz neben Olga fallen.

Die drei drehten sich so ruckartig zu mir um, dass sie mir nichts vormachen konnten, so gespielt entspannt sie auch aussahen.

»Wie war's?«, fragte Lydia vorsichtig, so wie sie immer alles vorsichtig tat.

Ich drehte mich Nathalie zu, die hinter mir stehen geblieben war. »Wie war's bei dir?«, fragte ich sie, anstatt zu antworten. Ich musste an Raphael denken, wie er direkt nach dem Sex in Panik verfallen war und sich jetzt nicht mehr aus seinem Zimmer traute.

Nathalie ließ sich wieder aufs Sofa fallen und legte ihre Hand in den Nacken, wo sie an ihren Locken zupfte. »Wir … haben nicht … also, wir hatten keinen Sex«, sagte sie mit erstickter Stimme.

»Gar keinen?«, fragte ich, ehe ich mir auf die Zunge beißen konnte, und das Herz rutschte mir in die Hose.

Nathalie wich meinem Blick aus.

»Oh«, sagte ich. »Oh.«

»Ja, oh«, antwortete Nathalie scharf.

»Wolltest du doch nicht?«, fragte ich. »Das ist natürlich völlig okay, Nati, wirklich. Ich dachte nur, weil es doch deine Idee war …«

»Er wollte nicht«, sagte sie leise. Ich presste die Lider zusammen, dann suchte ich in den Gesichtern meiner anderen Freundinnen nach einer Einschätzung der Situation. Sie starrten mich beide mit weit aufgerissenen Rehaugen an, was überhaupt nicht hilfreich war. Ich war in dieser beschissenen Situation auf mich allein gestellt.

»Daniel war sicher müde«, sagte ich, aber ich spürte, wie ich rot anlief. Weil ich die Situation völlig falsch eingeschätzt hatte, weil ich Daniel völlig falsch eingeschätzt hatte … weil ich tatsächlich Sex mit Nathalies Freund gehabt hatte, verdammt guten Sex sogar, und sie nicht mit meinem. Erst jetzt erkannte ich, wie verdammt absurd diese Situation war.

»Ich musste ihn erst mal beruhigen, weil er direkt zu dir ins Bad rennen wollte, um dir von meinen Annäherungsversuchen zu erzählen«, fügte Nathalie noch hinzu und vergrub das Gesicht in den Händen. »Ich hab mich noch nie für irgendetwas so geschämt.«

»Also ist er noch oben?«, fragte ich. Lydia und Olga nickten nur. »Okay«, sagte ich und kam mir ziemlich dumm vor, »das ist gut.«

»Ich hab ihm gesagt, er soll jetzt nicht durchdrehen und dass du mit Olga im Bad bist und kotzt«, fügte Nathalie noch hinzu. »Bestimmt pennt er inzwischen wieder, weil du so lang gebraucht hast.«

Ich presste die Zähne zusammen und hätte mich am liebsten in Luft aufgelöst, aber die unausweichliche Frage kam trotzdem.

»Und wie war's bei dir?« Nathalie sah mich erwartungsvoll an.

»Wir … also ich … also ja.« Ich druckste herum, aber ich konnte nicht anders, ich konnte es einfach nicht aussprechen.

»Hattet ihr Sex?«, fragte Nathalie nun mit einer Schärfe in der Stimme, die kein weiteres Ausweichen zuließ.

»Ja«, flüsterte ich mit kleiner Stimme. Ich hatte mir schon ausgemalt, wie wir uns hier unten feierten, wie wir über die Männer herzogen und mal wieder recht behalten hatten. Das war es doch schließlich, was wir hier taten. Wir spielten mit ihnen, und dann schossen wir sie erhobenen Hauptes in den Wind. Aber jetzt war die Luft gefüllt mit Ernüchterung. Und mit Wut.

Nathalie schlug mit ihrer Hand auf den Tisch, nur leise, aber laut genug, um uns drei zusammenzucken zu lassen.

»Du hast mich verarscht«, flüsterte sie.

»Was?« Ich sprang auf, weil ihre Wörter sich anfühlten, als würde sie mich mit tausend Nadeln stechen. »Was redest du denn da?«

»Du weißt ganz genau, was ich meine«, fuhr Nathalie mich an.

»Nicht so laut«, flüsterte Lydia dazwischen, »ihr weckt noch die anderen auf.«

Aber wir ignorierten sie. »Unterstellst du mir etwa, das war mein Plan, um mit deinem Freund zu schlafen?«, fragte ich. »Bist du wahnsinnig? Ich würde mir doch nie jemanden wie Raphael aussuchen.«

»Weil er nicht gut genug für dich ist, aber gerade gut genug für mich, oder?«

»Was? Nein! Ich meine doch nur … Wir haben das doch gemacht, damit es uns leichterfällt, mit ihnen Schluss zu machen.«

»Keine Sorge, dafür hast du gesorgt«, entgegnete Nathalie giftig. »Du bist wirklich das Letzte, Romy.«

»Ich? Ich hab das doch nur für dich gemacht, Nathalie! Und außerdem war es schließlich deine Idee!« Ich konnte nicht fassen, was sie mir an den Kopf warf. Wie hatte dieses Wochenende, ja, unsere Freundschaft innerhalb von zwei Stunden eine solche Wendung nehmen können?

Nathalie lachte trocken auf. »Für mich hast du das gemacht, so, so? Wie lang warst du bei ihm? Eine Stunde? Zwei? Du hast es dir von meinem Freund so richtig besorgen lassen, das ist also das, was du unter Freundschaft verstehst.«

»Aber ich hätte das doch nie … Ich dachte wirklich, …«

»Dass du es für mich tust? Von wegen. Dann beweis mir doch mal, dass du eine echte Freundin bist. Zeig mir, was du damals in die blaue Box getan hast.«

Ich zuckte zurück. »Was?«

»Nathalie«, meinte Olga leise. »Ich weiß, das ist jetzt scheiße gelaufen, aber …«

»Du kannst gerade mal den Mund halten, Olga. Du fühlst dich doch eh als was Besseres, die große Anwältin, die sich für so viel schlauer hält und ihre Freundin mitbringt, weil sie dann unantastbar ist.«

»Hey!«, fuhr ich dazwischen. »Das ist echt unfair, Nathalie.«

»Keine Sorge, du bist und bleibst die Schlimmste von allen.«

»Ich …«

In diesem Moment bemerkte ich, dass jemand im Türrahmen stand. Keine Ahnung, wie lange schon. Es war Jasmin, Olgas Freundin, in schlabberigem T-Shirt und mit zerzausten Haaren. Aber selbst im gelben Licht der kleinen Lampen, die auf dem Couchtisch standen, konnte ich sehen, dass sie leichenblass war. »Ihr seid alle vollkommen durchgeknallt«, flüsterte sie.

Olga sprang auf. »Jasmin, hör mir zu, das ist eine lange Geschichte, wirklich.« Aber Jasmin machte auf dem Absatz kehrt und verschwand im Dunkel des Hauses, das sich von Minute zu

Minute immer mehr auflöste. Ich hörte, wie Olga ihr nachlief, wie Türen schlugen, und dann war es still im Ferienhaus. Der Morgen kam. Ein hässlicher, kalter Morgen am Comer See, dessen wunderschöne spiegelglatte Oberfläche uns höhnisch ins Gesicht lachte.

Eine Stunde später stand ich am Bahnhof von Como, noch bevor es richtig Morgen war, hatte ich all meine Sachen zusammengepackt. Daniel war aufgewacht, als ich den Reißverschluss meines Koffers schloss. Er schreckte auf dem Schlaf hoch und brach in Tränen aus, als ich ihm regungslos mitteilte, dass er mich nicht wiedersehen würde. Er beteuerte, dass er nicht auf Nathalies Avancen eingegangen war, aber ich bekräftigte mehrfach, dass das nichts mit meiner Entscheidung zu tun hatte. »Es ist vorbei, bitte ruf mich nicht mehr an«, sagte ich zu ihm, das funktionierte meist ganz gut. Ich wandte meinen Blick ab und drängte die Tränen zurück, die mir in die Augen stiegen. Vielleicht würde es ihm später helfen, zu sehen, dass mich die Situation ebenfalls nicht kaltließ, er wusste ja nicht, dass ich nicht wegen ihm weinte.

Die gesamte Zugfahrt von Como nach Lugano und von dort zurück nach Deutschland starrte ich auf mein Handydisplay, bis es vor meinen Augen verschwamm. Mein Sperrbildschirm zeigte meine Freundinnen und mich auf einem Wandertrip vor ein paar Jahren, auf dem Bild sitzen wir unter dem Gipfelkreuz und trinken Kaffee aus Emaillebechern. Wir sahen alle so glücklich aus, und ich erinnere mich noch genau, was ich damals dachte: dass ich genau wusste, wie das Leben läuft, dass wir die richtigen Pläne geschmiedet und die richtigen Entscheidungen getroffen hatten. Dass wir für immer beste Freundinnen bleiben würden.

Sobald ich wieder in Deutschland war, wechselte ich meine Nummer. Ich ging in den Laden und kaufte mir eine neue SIM-Karte, als wäre das das Normalste auf der Welt. So konnte ich mir einbilden, dass nicht nur ich es war, die meinen Freundinnen nicht mehr schrieb – sie schrieben mir ja auch nicht mehr.

JETZT

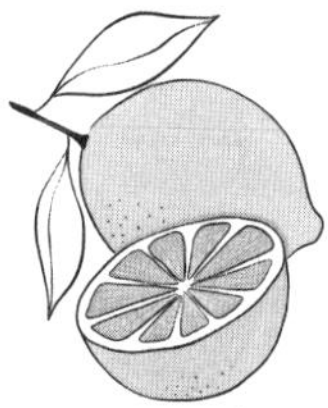

Als Nathalie den Bulli in die Einfahrt des Ferienhauses lenkt, ist es bereits dunkel. Ich bin mir sicher, dass sie zu viel getrunken hat, um noch fahren zu dürfen, aber ich bin trotzdem eingestiegen. Viel zu fragil ist unser Frieden, basierend auf dem gemeinsamen Feind, dem Perversen im Wellnessresort. Das Personal hatte nicht gerade zuvorkommend auf unsere Anschuldigung reagiert. »Haben die wirklich allen Ernstes behauptet, wir hätten die Kamera selbst reingeschmuggelt?«, ruft Nathalie zum bestimmt fünften Mal in der letzten halben Stunde und hämmert auf ihr Lenkrad ein, bis die Hupe losgeht.

»Und dann haben sie uns einfach rausgeworfen!«, fügt Olga hinzu. Auch sie wirkt nicht mehr allzu frisch.

»Ich kann nicht glauben, wie du es ihnen gezeigt hast, Nat!«, kreischt Lydia schrill vom Rücksitz. »Ich bin überrascht, dass niemand von denen sich in die Hose gemacht hat, so wie du sie zusammengeschissen hast!«

Nathalie zuckt die Achseln, aber durch den Rückspiegel kann ich ihr zufriedenes Grinsen sehen. »Ist euch aufgefallen, wie gut mein Englisch wird, wenn ich mich bei jemandem beschweren muss? Ich glaube, tief in mir drin verbirgt sich ein empörter kleiner Brite.«

Daraufhin muss auch ich lachen, selbst wenn meine Finger von der Anspannung der letzten Stunden immer noch zittern. »Glaubt ihr, die Polizei wird dort alles durchsuchen?«

Olga hebt die Schultern. »Ich weiß nicht, ob wir das je erfahren werden, weil wir unseren Tipp ja anonym abgegeben haben.« Sie sieht mich kurz von der Seite an, und ich frage mich, ob das ein Vorwurf ist. Mein Kopf schwirrt, ich kann noch überhaupt nicht verarbeiten, was da passiert ist. »Aber ich kann in den nächsten Tagen ja mal die Lokalzeitung durchforsten, ob irgendetwas gemeldet wird.«

Das heiße Bad und der darauffolgende Alkohol in einer hässlichen Dorfkneipe vertragen sich offenbar nicht besonders gut, aber mir soll es recht sein. Sogar die nüchterne Lydia wirkt ein bisschen gelöst und kichert bei jedem Wort, das jemand von uns sagt, ob es jetzt witzig ist oder nicht. Und obwohl ich selbst eine fiese Migräne vorgeschoben habe, um nicht mittrinken zu müssen, lache ich mit. Dann muss ich auch nicht darüber nachdenken, worüber wir gestritten hatten, bevor ich die Kamera entdeckt habe.

Kasper erwartet uns mit einer Freude, als wären wir fünf Jahre weggewesen. Aber vielleicht waren wir das ja auch, zumindest innerlich. Vielleicht ist es uns gelungen, und wir konnten die Zeit zurückdrehen, fünf Jahre und ein Wochenende zurück, bis vor der Katastrophe am Comer See. Wir stützen uns gegenseitig auf dem kurzen Weg zum Haus, aber Nathalie stolpert trotzdem und legt sich auf die Knie. Wir lachen alle, die anderen, weil sie betrunken sind – und ich, weil ich unglaublich erleichtert bin, dass sich einen Moment lang alles anfühlt wie früher.

Wir finden das Ferienhaus ziemlich genau so vor, wie wir es verlassen haben. Die Männer haben sich in unserer Abwesenheit keine Haare ausgerissen, Adrian und Chris sitzen wieder am großen Tisch und spielen, während Mads mittlerweile beim nächsten Buch angekommen ist. Zu meiner Überraschung ist es offenbar eins, das ich mir zum Lesen mitgebracht habe. Hat er zufällig genau das gleiche dabei? Oder hat Adrian es ihm gegeben? Ich kann mir keine Interaktion zwischen den beiden vorstellen, die nicht seltsam ist, und bin froh, dass Chris als Puffer den ganzen Tag über bei ihnen war. Er hat ihnen bestimmt so viel über den Aktienmarkt und irgendwelche Start-ups erzählt, dass für andere Themen gar kein Platz mehr war. Vielleicht mache ich mir auch einfach zu viele Sorgen, vielleicht würde Adrian gar nicht ausrasten, wenn er mitbekäme, was das alles hier soll – und vielleicht fahren wir am Montag wieder zurück nach Hause, und alles ist gut, besser noch: Vielleicht habe ich dann sogar meine Freundinnen zurück. Denn ich brauche mir nichts vorzumachen – egal, was vor fünf Jahren passiert ist, sie fehlen mir. Früher waren sie meine Familie, mein ganzes Leben, und auch wenn ich mich verändert habe, fühlt sich der Gedanke an eine lebenslange Funkstille zwischen uns fürchterlich an.

Adrian scheint in der Küche irgendetwas für sie zusammengeworfen zu haben, es liegt noch Koriander auf der Arbeitsplatte, den er bei uns nie verwendet, weil er für mich nur nach Seife schmeckt. Es gibt also auch Dinge, die Adrian macht, wenn ich nicht da bin. Zum Beispiel mit Koriander kochen oder dieses Geldsack-Kartenspiel mit Chris mit einem solchen Feuereifer spielen, als würde es ihn tatsächlich reich machen. Aber sie können ja nicht den ganzen Nachmittag gespielt haben. Unwillkürlich frage ich mich schon wieder, was für Gespräche hier noch stattgefunden haben mögen. Die Dynamik im Raum hat sich verändert, die drei Männer sitzen um einen Tisch, und auch wenn Mads immer noch liest, ist die Stimmung gelöster als heute Morgen. Ich weiß nicht, warum es mich so irritiert, dass sich Adrian und Mads tatsächlich gut verstehen könnten, warum ich das nicht möchte. Zwei meiner Leben, die sich auf gar keinen Fall berühren sollen. Aber wäre es wirklich so schlimm? Mads' Gesicht durch die verregnete Scheibe der Balkontür blitzt vor meinem inneren Auge auf, sobald ich blinzele, wird es auf die Innenseiten meiner geschlossenen Lider projiziert. Ich schüttele das Bild aus meinem Kopf und lasse mich auf das abgewetzte große Sofa fallen.

»Ihr glaubt gar nicht, was wir erlebt haben«, seufzt Nathalie und lässt sich neben Mads auf einen Stuhl plumpsen. Sie legt den Arm um ihn, und er lässt sein Buch sinken und hebt die Augenbrauen. »Was denn?«

Seine Blicke huschen zu mir, als würde auch er sich in dieser ganzen Situation unwohl fühlen. Olga gibt Chris einen Kuss in den Nacken und lässt sich dann auf einen freien Stuhl fallen. Lydia rollt sich neben mir auf dem Sofa zu einer Kugel zusammen und seufzt auf eine Art, die mir das Gefühl gibt, dass sie jeden Moment einnicken könnte.

»Romy wurde auf dem Klo gefilmt!«, posaunt Nathalie heraus, bevor ich die Situation schildern kann. Aber irgendwie bin ich ihr gar nicht mehr so böse, vielleicht liegt es an der Art, wie sie mich im Wellnessresort verteidigt hat, wie sie uns allen einen der sündhaft teuren Bademäntel geklaut hat oder wie sie die Managerin zur Schnecke gemacht hat. Aber vielleicht bin ich auch einfach nicht mehr so sauer auf sie, weil sie nicht mehr sauer auf mich ist. Oder weil wir unsern Groll in der Aufregung einfach für ein paar Stunden vergessen haben. Weil sich endlich alles wieder ein bisschen anfühlt wie früher, auch wenn sich all die Dinge, die in den letzten fünfzehn Jahren geschehen sind, dadurch nicht auflösen. Zumindest in diesem Moment kommen sie mir vor wie Albtraumfetzen und nicht wie die Realität. Und daran will ich für den Rest des Abends auch nichts mehr ändern. Olga drückt meine Hand unter dem Tisch.

»Ernsthaft?«, fragt Mads und legt das Buch auf den Tisch. Seine hellgrauen Augen fixieren mich.

Ich nicke, greife in meine Jackentasche und ziehe die kleine runde Kamera aus der Tasche, die Nathalie dort aus der Wand gerissen hat. »Das ist das feine Stück. Ich überlege, ob ich mir eine Kette dranmachen lasse und sie mir um den Hals hänge. Als Erinnerung an dieses einzigartige Erlebnis.«

Für einen Moment herrscht Stille, dann passieren zwei Dinge gleichzeitig. Nathalie und Olga prusten neben mir los, während Adrian den Arm um mich legt. »Wie kannst du so was sagen, Romy?«, fragt er, seine Augen sind geweitet. »Das ist doch nicht lustig. Ich meine, was dir passiert ist, ist doch ein übler Eingriff in deine Intimsphäre. Das tut mir so so leid. Ich finde nicht, dass du darüber Witze machen solltest.«

Ich ziehe die Augenbrauen hoch. »Findest du also nicht?«, frage ich.

Adrian sieht mich verwirrt an. »Nein, ich meine nur, ich weiß nicht, ob Humor an dieser Stelle weiterhilft.«

Ich schüttele seinen Arm ab. Auf einmal spüre ich die Blicke der anderen ganz deutlich auf mir. Und ich spüre, dass mich eine Welle der Müdigkeit überkommt. Ich will nicht streiten, ich will einfach meine Ruhe. Also mache ich das, was ich am besten kann. Ich schlucke meine Antwort hinunter und stehe mühsam auf. »Ich glaube, ich geh ins Bett.« Ich nicke den anderen zu. »Gute Nacht!«

»Gute Nacht«, flüstert Nathalie leise, die anderen sagen nichts. Die Anspannung bleibt deutlich spürbar, als ich aus dem Raum gehe, ohne mich noch einmal zu Adrian umzudrehen.

»Was war das denn?«, fragt Chris leise, als ich die Treppe hochsteige.

Auf einmal bin ich so müde, dass meine Füße mich kaum mehr die steilen Stufen nach oben tragen. In meiner Tasche ertaste ich den Schwangerschaftstest, den ich heute Morgen in der Stadt gekauft habe. Ich stopfe ihn in meinen Waschbeutel im Bad, mir fehlt jede Energie, mich jetzt auch noch damit zu beschäftigen. Ich ziehe mich bis auf die Unterwäsche aus und falle ins Bett, in meiner Hand umklammere ich immer noch die kleine, kugelrunde Kamera, die sich ein bisschen anfühlt wie ein ausgerissenes Auge.

VOR FÜNFZEHN JAHREN

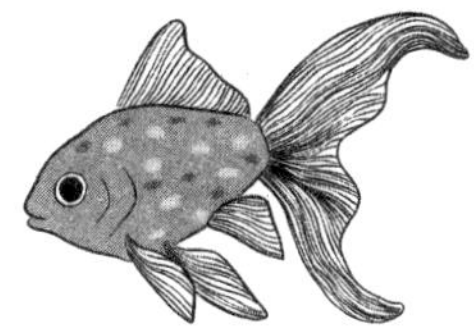

Wenn um uns herum die Welt unterging, machte meine Mutter mir ein heißes Getränk. Sie konnte stundenlang im Sirup-Topf rühren, bis ihre Finger wieder aufhörten zu zittern. Niemand konnte so intuitiv einschätzen, wie lange ein Tee ziehen musste oder wie Milch oder Zucker am allerbesten zu dosieren waren. Manchmal, wenn es besonders schlimm war, verriet sie mir die eine oder andere Geheimzutat, die sie manchmal hineintat, wenn sie mir etwas zubereitete. Manchmal war es Vanille, manchmal Kardamom oder sogar Thymian. Ich konnte ihr stundenlang dabei zusehen, wie sie Wasser aufbrühte, Gewürze übergoss oder Milch schäumte. In diesen Momenten sah ich nur ihre Hände, nicht ihre geschwollenen Augen, die Blutergüsse an den Handgelenken oder die Schürfwunden an den Ellenbogen. Und dabei verursachte sie kaum ein Geräusch, das über das Rauschen und Brodeln des Wassers hinausging.

An diesem Abend roch es in der Küche

nach Kartoffelbrei und Rotkraut. Mein Vater würde jeden Moment zum Essen hereinkommen, und dann musste alles perfekt sein. Aber meine Mutter saß schon an dem Getränk, das sie mir heute Nacht ans Bett bringen würde, ein Betthupferl oder eine Entschuldigung für das, was der Abend noch bereithielt, manchmal war ich mir nicht ganz sicher.

Mein Vater riss die Tür auf, und wir schreckten hoch. Meine Mutter seufzte nur, weil sie wusste, dass der Zubereitungsprozess jetzt an einer wichtigen Stelle unterbrochen wurde, aber da konnte man nichts machen. Wir setzten uns an den Tisch, mein Vater ans Kopfende, wie es sich gehörte. Meine Mutter brachte das Essen.

»Wie läuft es in der Schule, Romy?«, fragte mein Vater.

»Alles gut«, antwortete ich. Für einen Moment herrschte Stille, aber ich spürte, wie er unter dem Tisch mit seinem Knie wackelte, weil das das Geschirr zum Klirren brachte. Ich schluckte.

»Und wo ist dein Bruder schon wieder?«, fragte er scharf, als wäre ich persönlich dafür verantwortlich, dass Simon nicht bei uns am Tisch saß, wenn mein Vater bereit war zu essen.

»Ich weiß es nicht«, sagte ich leise und hasste mich dafür, wie dünn meine Stimme klang.

In diesem Moment stellte meine Mutter Schüsseln mit Kartoffelbrei und Rotkraut auf den Tisch, dazu aß mein Vater gern Bratwürste, also taten wir das auch. Sie verteilte die Speisen, und mein Vater hob gerade Messer und Gabel, da ging ein Rumpeln durch unser Haus. Kurz darauf polterte mein Bruder zur Tür herein.

»'tschuldigung«, brachte er raus, bevor er sich zu uns an den Tisch setzte. Mein älterer Bruder sah wie immer aus, als wäre ein Wirbelsturm durch ihn hindurchgefahren. Seine Haare standen in alle Richtungen ab, sein Pullover hatte mehrere Löcher, und er roch, als hätte er fünf Stunden in einer Pommesbude gearbeitet. So würden meine Eltern mich nie aus dem Haus gehen lassen, da war ich mir ganz sicher.

»Wo warst du denn?«, fragte meine Mutter.

»Ich musste was erledigen«, entgegnete mein Bruder vage und griff sich mit der Gabel gleich drei Würstchen. Ich durchbohrte ihn mit meinen Blicken, aber er ignorierte mich wie eh und je.

Also widmete ich mich meinem Teller, lud Kartoffelbrei auf meine Gabel und schob sie mir in den Mund.

»Was ist das da an deiner Hand?«, durchbrach mein Vater schließlich die Stille.

Ich hob den Kopf und sah erst jetzt, dass die Fingerknöchel von Simons Hand gerötet und an einer Stelle sogar aufgeplatzt waren.

»Ach, nichts.« Mein Bruder versteckte die Finger in seinem Ärmel.

»Simon«, sagte mein Vater in seiner gefährlich leisen Stimme, »zeig mir deine Hand.« Wir wussten alle, dass die Situation nun mit jeder Sekunde kippen konnte.

Simon gehorchte und streckte meinem Vater seine linke Hand entgegen.

»Die andere.« Simon wehrte sich nicht länger. Mein Vater nahm die Finger seines Sohnes unter die Lupe, als handelte es sich dabei um einen toten Fisch.

»Hast du dich etwa geprügelt?«, fragte er mit dem Scharfsinn von jemandem, der sich damit auskennt.

Simons Augen huschten zu mir. Ich hob die Augenbrauen. Was zur Hölle hatte ich damit zu tun, dass mein Bruder nach meinem Vater kam und sich mal wieder nicht im Griff hatte?

»Ich hab mich nur verteidigt«, sagte mein Bruder nun kleinlaut.

Mein Vater legte seine Gabel sorgsam neben seinen Teller. »Simon, ich finde es gar nicht gut, wenn du in der Öffentlichkeit mit so einem Verhalten auffällst.«

Simon hob die Schultern, als könnte sein Kopf so dazwischen verschwinden. »Das wird keine Konsequenzen haben, Papa, wirklich nicht. Niemand hat es mitgekriegt. Aber bitte glaub mir einfach, das war wichtig.«

Mein Vater zog die Nase hoch und nahm einen Schluck aus seinem Weinglas, das meine Mutter wie jeden Abend für ihn bereitgestellt hatte. »Mein Sohn ist also ein Schläger«, sagte er dann mit aller Ruhe.

»Nein, Papa, ich …«

»Geh auf dein Zimmer, Simon.«

»Was, ich … ich bin doch gerade erst …«

»Auf der Stelle.«

Mein Bruder schob wütend seinen Stuhl zurück und stand auf. »Ich dachte, du wärst stolz auf mich.«

»Stolz auf dich?« Mein Vater drehte ihm nicht mal ganz den Kopf zu. Er lachte auf, sprach nicht weiter und nahm noch einen Schluck aus seinem Weinglas.

»Und du auch, Romy. Aufs Zimmer.«

»Aber ich …« Ich unterbrach mich, weil meine Mutter mir einen warnenden Blick zuwarf. Also nahm ich noch eine große Gabel voll Kartoffelbrei mit Rotkraut, stand auf und ging nach oben in mein Zimmer.

Ich legte mich aufs Bett und hörte zunächst nur, wie mein Bruder im Nebenzimmer auf und ab tigerte. Aber dann drang das Geräusch zerspringenden Geschirrs durch die Bodendielen nach oben, dann noch mal und noch mal. Ich tastete unter meinem Kissen nach dem kleinen Goldfisch aus Gummi, einer Art Stressball, den mir Mads vor ein paar Wochen zu Weihnachten geschenkt hatte. Ich drückte das kleine Tier fest in meiner Faust zusammen und wünschte mich in Gedanken in diesen Moment zurück: Nach unserer dienstäglichen Schicht im Tierladen waren wir gemeinsam durch das Einkaufszentrum geschlendert, um Geschenke zu kaufen. Natürlich hatte ich nichts für ihn, ich hatte noch kein Geschenk für irgendjemanden, und wir fuhren gerade eine Rolltreppe nach unten, als ich Olga mit ihrer Mutter entdeckte. Sie kamen direkt auf uns zu und stritten miteinander, was sie eigentlich immer taten, wenn ich die beiden miteinander sah. Ich zog Mads, so schnell ich konnte, in den nächstgelegenen Klamottenladen. Wir kauerten hinter zwei Schaufensterpuppen und sahen, wie Olga und ihre Mutter ausgerechnet in genau diesen Laden kamen. »Auf in die Umkleide, da sind wir sicher!«, flüsterte ich, und diesmal folgte mir Mads in gebücktem Gang, ohne dass ich ihn hinter mir herziehen musste. Erst als ich den Vorhang hinter uns zugezogen hatte, konnte ich mich ein bisschen entspannen. Mads ließ sich auf die Sitzbank vor dem Spiegel fallen, und ich setzte mich japsend daneben.

»Warum willst du eigentlich nicht, dass deine Freundinnen uns sehen?«, fragte er mich schließlich, als wäre das eine ganz beiläufige Frage.

»Wenn die uns sehen, dann denkt bald die ganze Schule, dass wir zusammen sind oder so was.« Ich spähte durch den Spalt im Vorhang nach draußen.

Mads beobachtete mich von der Seite. »Warum sollten sie das denken?«, fragte er mich.

Ich spürte, wie meine Ohren rot anliefen, was man bei meiner durchscheinenden Haut immer besonders gut sah. »Du weißt genau, was ich meine«, murmelte ich. Ich konnte seinem Blick nicht länger ausweichen, seine hellgrauen Augen hielten mich fest.

»Romy, weißt du was?«, fragte er und legte den Kopf schief.

»Was?«

»Findest du nicht, dass sich der ganze Stress mit dem Verstecken auch lohnen sollte?«

»Was meinst du?«

»Na ja«, er hob seine Hand und strich mir eine Locke aus dem Gesicht, »wenn wir gar keinen Grund haben, uns zu verstecken, dann wär der Stress doch völlig umsonst.«

Mir stockte der Atem. Ich konnte mich nicht erinnern, jemals so nervös gewesen zu sein, nicht, als Serkan mich zum ersten Mal küsste oder ich zum ersten Mal in der Schule seine Hand hielt. Das alles war mir überraschend egal gewesen. Aber jetzt kribbelte mein ganzer Körper.

»Mads, ich glaube, ich krieg gleich einen Herzinfarkt«, stotterte ich hervor.

»Was? Kann ich was tun?« Er sah ehrlich erschrocken aus.

»Ich glaube, es würde helfen, wenn wir es einfach hinter uns bringen und du mich endlich küsst«, sagte ich, in der Schockstarre gefangen.

Mads Augen weiteten sich, als er mich verstand. Für einen Moment sahen wir uns einfach nur in die Augen, und alles um uns herum verschwamm. Die Umkleidekabine, Olga und ihre Mutter im Einkaufszentrum und vor allem meine Angst. Dann berührten sich unsere Lippen, und auf einmal legten sich meine Hände wie von selbst um seinen Hals und holten ihn näher zu mir heran. Er zog mich auf seinen Schoß und drückte mich an sich – ein Quietschen unterbrach uns.

»Was ist das?«, fragte ich, noch immer atemlos.

Mads legte einen gequälten Gesichtsausdruck auf und nestelte an seiner Jackentasche herum. »Das ist dein Weihnachtsgeschenk.« Er zog ein ziemlich ramponier-

tes Päckchen aus der Tasche, das unbeholfen in rot-weiß gestreiftes Papier eingepackt war.

»Du hast ein Geschenk für mich?«

Er zuckte mit den Schultern und lehnte den Hinterkopf gegen den Spiegel. »Ist ja wohl kein Geheimnis mehr, dass ich auf dich stehe.«

Bei diesen Worten wurde ich schon wieder knallrot und fühlte mich, als wäre ich gerade zwölf Jahre alt.

»Ich hab überhaupt nichts für dich«, sagte ich, und er lachte. »Du hast so viel mehr für mich, als du dir je vorstellen kannst.« Er beugte sich vor und gab mir noch einen Kuss auf die Lippen, der mir eine Gänsehaut über den Rücken jagte.

»Darf ich das Geschenk gleich aufmachen?«, fragte ich.

Er nickte, und ich riss das Papier entzwei. Ein kleiner orangefarbener Goldfisch aus Gummi kam daraus hervor. Als ich ihn zusammendrückte, gab er ein leichtes Quietschen von sich.

»Es ist ein Gummifisch«, stellte ich fest.

Er lachte leise. »Falls du wieder mal das Bedürfnis verspürst, Fische in Walters Laden unter die Regale zu schieben.«

Ich hielt erschrocken inne. »Du weißt davon?«

Er hob die Hände. »Ich hab ihn gefunden, als du mit dem Putzen der Aquarien fertig warst, und ihn wieder aufgepäppelt.«

Ich stieg von Mads' Schoß und setzte mich neben ihn. »Ich bin ein richtig schlimmer Mensch, oder?«, flüsterte ich.

Er lachte auf. »Vielleicht kann ich das nicht neutral beurteilen, aber du bist ungefähr der interessanteste und lustigste und netteste Mensch, den ich kenne.«

Mit dem Daumen drückte ich auf den Gummifisch in meiner Hand, was dem Armen fast die Kulleraugen aus dem Kopf quetschte. »Danke, Mads«, flüsterte ich grinsend.

Ein weiteres Geräusch drang aus dem Untergeschoss unseres Hauses zu mir nach oben und riss mich aus den Gedanken. Ich hörte, wie meine Mutter im Wohnzimmer die Scherben zusammenkehrte.

JETZT

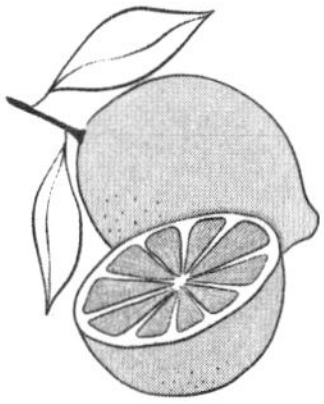

Ich zucke zusammen, als ich höre, wie jemand die Tür öffnet. Ich bin mir nicht sicher, ob ich geschlafen habe, aber jetzt bin ich jedenfalls wach. Ich drehe mich nicht um, ich weiß ohnehin, dass es Adrian ist. Ich höre seinen Atem, das leise Stöhnen, als er sich auf die Bettkante setzt. Stoff, der über seine Haut gleitet, als er sich auszieht. Ich halte meine Augen fest geschlossen, ich will nicht mit ihm reden, will nicht, dass er merkt, dass ich wach bin. Ich weiß nicht, woher meine plötzliche Abstoßung kommt, warum ich mich nicht umdrehen und ihn an mich ziehen will. Irgendetwas an seiner Reaktion auf meinen Witz hat mich getroffen, hallt immer noch wider in mir. Und ich weiß nicht, was es ist, also bewege ich mich gar nicht, damit ich es nicht herausfinden muss. Adrian schlüpft unter die Decke, drückt mir einen Kuss in den Nacken. Ich bemühe mich, langsam und tief zu atmen, so wie jemand, der schläft, eben. Er streicht mir die Haare aus dem Gesicht, und ich verspüre mit einem Mal den Drang zu weinen. Die scharfe Kante der Plastikhülle, in der die Kamera an der Wand der Toilettenkabine versteckt war, schneidet mir in die Hand, aber ich drücke nur noch fester zu. Schmerz hilft. Er hat mir schon immer geholfen. Ich habe früh gelernt, dass Schmerz einen erden kann, wenn nichts anderes mehr hilft. So haben es mein Vater und mein Bruder letztlich auch gemacht, und ich bin ihnen manchmal sogar dankbar dafür, rückblickend, so verrückt das auch klingt. Ich weiß immer, wie ich mich im Zaum halten kann, das kann ich ihnen also nicht vorwerfen.

Adrian schnäuzt sich plötzlich laut die Nase, was mich fast aus dem Bett wirft. Dann beruhigt sich sein Atem allmählich. Er legt den Arm um mich, wie jede Nacht, aber heute kann ich es gar nicht erwarten, bis er eingeschlafen ist und ich mich aus seinem Griff befreien kann.

Meine Müdigkeit ist wie weggewischt. Schmerz erdet einen nicht nur, er macht auch wach. Meine Hand pulsiert. Ich öffne meine Finger und betrachte die rote Linie, die sich über meine Handinnenfläche zieht. Noch kein Blut, das ist gut. Sonst bringt mich das morgen früh nur in Schwierigkeiten. Es geht ja gerade darum, dass man nichts sieht. Keine Spuren hinterlassen, das ist der Trick. Das habe ich von meinem Vater gelernt, aber mein Bruder hat das nie verstanden.

Ich höre ein Geräusch unter mir, ein Knarzen von Dielen. Gläser klirren aneinander. Auf einmal wird mir bewusst, dass ich Durst habe. Ich schiebe die Decke zurück und schlüpfe vorsichtig aus dem Bett, sodass Adrian nicht aufwacht. Mit nackten Zehen schleiche ich zur Tür. Auf dem Weg dorthin entdecke ich den gestohlenen Bademantel, den Adrian über die Lehne des klapprigen Stuhls geworfen hat. Ich schlüpfe kurzerhand hinein, drücke die Klinke unserer Tür vorsichtig nach unten und verlasse das Zimmer. Ich weiß nicht, wie spät es ist, habe keine Ahnung, wie lange Adrian neben mir lag, bevor ich aufgestanden bin. Ich bleibe unschlüssig vor der Badezimmertür stehen. Ich könnte einfach Wasser aus dem Hahn trinken, aber viel lieber hätte ich jetzt etwas Heißes, einen Tee, oder noch besser eine goldene

Milch. Vielleicht gibt es im Küchenschrank ja wirklich ein Döschen mit Kurkuma, wer weiß, was Olga alles an Gewürzen angeschleppt hat.

Ich habe in den letzten zwei Tagen unbewusst verinnerlicht, welche der Stufen der Treppe quietschen, und lasse sie auf dem Weg nach unten aus. Für eine solche Übung muss ich mich nicht einmal anstrengen, das ist mir zu Hause bei meinen Eltern offenbar in Fleisch und Blut übergegangen. Mein Bruder und ich konnten existieren, ohne den leisesten Laut von uns zu geben, auch wenn mein Bruder irgendwann immer häufiger das gegenteilige Verhalten an den Tag gelegt hat. Von der vorletzten Stufe aus sehe ich das Licht, das durch die angelehnte Tür der Wohnküche nach draußen suppt. Stimmen sind keine zu hören. Ich vermeide es, in den Lichtschein zu treten, als ich mich der Tür nähere. Das Licht blendet mich, ich kann nicht erkennen, was sich dahinter befindet. Für einen Moment verharre ich regungslos in dieser Position, an der angelehnten Tür – und frage mich, warum mein Herz schneller schlägt. Warum Hormone durch meinen Körper jagen und meine Handflächen schwitzen. Heute Nacht kann nichts passieren. Wovor ich Angst haben muss, ist morgen. Und bis dahin habe ich noch genug Zeit, mir einen Fluchtplan zu überlegen. Nein, es ist etwas anderes. Etwas, das sich in meinem Kopf abspielt, das dort Kreise zieht, die sich bis in die Fingerspitzen meines Körpers ausbreiten. Ich höre, wie jemand eine Buchseite umblättert. Das gibt mir den Ruck, die Tür zu öffnen. Ich blinzele in das Licht einer einzelnen Stehlampe, die den Sessel in der Ecke der Wohnküche erhellt und tiefe Schatten in Mads' Gesicht wirft.

»Romy«, sagt er.

»Warum liest du nicht im Bett?«, reagiere ich mit der ersten Frage, die sich in meinem Kopf formt. Ich mache einen weiteren Schritt auf ihn zu, damit wir nicht so laut reden müssen.

Er zuckt die Achseln und klappt sein Buch zu – beziehungsweise mein Buch. »Kommst du, um dir das hier abzuholen?«, fragt er mich und hält das Buch ins Licht. »Adrian hat es mir geliehen.«

Ich schüttele den Kopf. »War doch klar, dass ich nicht zum Lesen komme an diesem Wochenende. In meinem Kopf schwirren pausenlos die Gedanken umher. Ich weiß gar nicht, wie du dich konzentrieren kannst.«

Er legt den Kopf auf die Seite. »Kann ich auch nicht. Ich hab keine Ahnung, worum es in diesem Buch geht.«

Mir entweicht ein Glucksen. »Um Liebe in Zeiten einer Wirtschaftskrise, wenn man dem Klappentext glauben darf.«

Er verzieht das Gesicht. »Dann bin ich vielleicht ganz froh, dass ich nichts davon mitbekomme.«

»Warum liest du dann überhaupt weiter?«

Er hebt die Schultern. »Ich mag das Geräusch der Sätze in meinem Kopf.«

Ich grinse. »Du bist doch nur auf der Suche nach irgendeinem Bösewicht für deine Sammlung.«

Er sieht mich durchdringend an, ohne etwas zu antworten.

»Stehe ich mittlerweile auf dieser Liste?«, frage ich und trete an die Küchenzeile. Ich öffne den Kühlschrank und stelle eine Flasche Milch auf die Arbeitsplatte.

Ich kann Mads' Augen immer noch nicht richtig erkennen, weil das harte Licht der Stehlampe sie in dunkle Schatten taucht. Ich kann ihm also nicht ansehen, was er denkt.

Aber Mads antwortet nicht auf meine Frage, er beugt sich vor, sodass sein komplettes Gesicht im Schatten liegt, und faltet die Hände über seinem Buch. »Was hast du damit denn noch vor?«, fragt er.

»Goldene Milch«, entgegne ich, aber er schüttelt den Kopf.

»Ich meine das da.« Ich folge seinem Blick auf meine linke

Hand, die immer noch die kleine Kamera umklammert. »Wir könnten den Typen auch finden, der die installiert hat, und ihn zwingen, sie zu essen.«

Ich lächele. »Gute Idee. Man könnte sie ihm auch als Auge einpflanzen.«

»Das ist sogar noch eine bessere Idee!«, ruft er leise.

Für einen Moment sehen wir uns einfach an. Ich lege den Kopf schief, damit ich seine Augen besser sehen kann. Es ist schwer für mein Hirn, zu realisieren, dass hier tatsächlich Mads vor mir sitzt – und es tut auch ein bisschen weh. Wenn man etwas abgeschlossen hat, will man es doch hinter sich lassen, am besten ein für alle Mal. Damit bin ich immer gut gefahren. Aber dann stehe ich fünfzehn Jahre später in diesem verdammten französischen Ferienhaus und starre ihn an und fühle mich, als könnte Herr Walter jeden Moment nach uns brüllen.

»Willst du auch eine Tasse?«, frage ich ihn und drehe mich weg, um die Schränke nach Gewürzen zu durchsuchen.

»Romy, ich ...«, setzt er an, aber dann hält er inne. Ich drehe mich wieder zu ihm um. »Was ist das für ein Geräusch?«, fragt er dann und blickt in Richtung der Terrassentür.

»Ich hab nichts gehört«, flüstere ich, aber zur Wahrheit gehört wahrscheinlich auch, dass ich nicht hingehört habe, viel zu beschäftigt war mit ihm und dieser Situation.

Ich stelle die kleine Packung mit den gemahlenen Muskatnüssen ab und trete näher an die Vorhänge heran, die sich im Nachtwind blähen. Die Terrassentür steht noch einen Spaltbreit offen. Für einen Moment höre ich nur die Zirpen grillen und das Meer in der Ferne gegen die Felsen branden. Und dann: ein Keuchen. Erst bin ich mir nicht sicher – es könnte schließlich auch der Wind sein, der so nah an der Küste vermutlich immer weht. Aber da ist es wieder.

»Vielleicht ist es ein Tier?«, flüstere ich. Ich höre das Quietschen einer Holzdiele und drehe mich halb um, Mads steht direkt hinter mir. Ich kneife die Augen zusammen und blicke wieder angestrengt nach draußen.

»Hier gibt es keine wilden Tiere, die solche Geräusche machen«, flüstert Mads.

»Du würdest dich wundern«, entgegne ich. »Was ist mit Mardern? Oder Bibern?«

»Oder Seeungeheuern?«

Ich muss ein Lachen unterdrücken. »Lass uns nachsehen, okay?«

Ich deute sein Schweigen als Zustimmung und schlüpfe durch den Spalt in der Tür raus auf die Terrasse. Dort bleibe ich wieder stehen, um zu lauschen. Wie auch schon letzte Nacht hängen Wolken vor dem Mond, aber es ist nicht komplett dunkel. Ein regelmäßig heller werdender und dann wieder verschwindender Lichtschein am Horizont erhellt den Garten ein wenig. »Was ist das?«, flüstere ich und deute darauf.

»Das ist der Leuchtturm von Saint-Tropez«, kommt es wie aus der Pistole geschossen.

»Verarschst du mich gerade?«, frage ich.

»Nein«, sagt er. »Erbaut in der zweiten Hälfte des 20. Jahrhunderts, 1944 zerstört von den Deutschen. Aber viel interessanter finde ich den Leuchtturm eine Landzunge weiter auf dem Cap Camarat.«

»So, so«, sage ich. »Du sammelst jetzt also lieber Leuchttürme anstatt Bösewichte?«

Ich drehe mich zu Mads um, und er zuckt mit den Achseln. »Die Prioritäten im Leben verschieben sich eben.«

Ich will gerade weiter nachfragen, da höre ich es wieder, dieses Geräusch. Ein Keuchen, das auf einmal nicht mehr nach einem wilden Tier klingt, sondern … wie ein Stöhnen … ein menschliches Stöhnen. »Da ist es wieder«, flüstere ich.

»Es kommt von der Seite des Hauses«, ergänzt Mads.

Ich ducke mich an die raue Mauer und taste mich mit den Händen an den Steinen Schritt für Schritt nach vorne. Am Ende der Wand bleibe ich stehen und schiele um die Ecke. Ich spüre Mads' Körper, der sich über mich beugt, als er ebenfalls um die Biegung schaut.

Etwas bewegt sich im Schatten der alten Apfelbäume, direkt unter den Weinreben, die sich an der Hauswand entlangschlängeln, und es ist definitiv kein wildes Tier, sondern ein nicht aufzudröselndes Gewirr von Händen, Beinen, Fingern, Köpfen. Doch meine Aufmerksamkeit springt sofort zurück zu mir selbst. Ich spüre Mads' Atem in meinem Nacken, ganz nah, und eine Gänsehaut breitet sich auf meinem Körper aus. Ich starre regungslos auf die beiden Körper, die sich dort gegeneinanderdrängen, und erkenne als Erstes Chris, vielleicht am Grunzen, vielleicht aber auch am Durchmesser seiner Oberarme. Vielleicht haben er und Olga gern draußen Sex, vor allem an einem so schön lauen Abend wie heute, da ist ja nichts dabei. Ich weiß, wir sollten wegschauen, das hier geht uns nichts an. Aber Mads hinter mir rührt sich nicht, und ich rühre mich auch nicht. Ich weiß nicht, was es ist, das mich da festhält. Dass ich zwei anderen Menschen live beim Sex zugucken kann? Dass ich es ausgerechnet mit Mads tue? Dass die Anspannung zwischen uns beiden von Sekunde zu Sekunde wächst und ich trotzdem nicht diejenige bin, die etwas Verbotenes tut? Ich traue mich nicht, mich zu bewegen, aber ich würde so gern in sein Gesicht blicken, um herauszufinden, ob er gerade dasselbe spürt wie ich. Ich versuche mich auf die beiden Körper vor uns zu konzentrieren und werde das Gefühl nicht los, dass etwas an dem Bild nicht stimmt. Etwas hält mich fest, weil es mich irritiert. Ich blinzele gegen die Dunkelheit an, das Stöhnen der beiden tritt in den Hintergrund, der Fakt, dass Chris' nackter Arsch vor mir im Mondlicht leuchtet. Dann fällt der dumpfe Schein auf eine Strähne weißblonden Haars. Mein Magen hebt sich rasend schnell und quetscht gegen meine Rippenbögen. Das ist nicht Olga. Das sind nicht Olga und Chris. Das ist Lydia. Das sind Lydia und Chris. Lydia hat vor meinen Augen Sex mit Chris, während Olga wahrscheinlich oben im Bett liegt und schläft.

Ich höre Mads hinter mir seufzen, als hätte er in diesem Moment dieselbe Erkenntnis gehabt. Panik steigt in mir hoch. »Wir müssen wieder rein«, zische ich ihm zu. »Nicht dass sie uns sehen!«

»Sollten die beiden sich nicht lieber vor uns verstecken?«, flüstert Mads. Ich drehe mich zu ihm um, er hat seine Brauen hochgezogen, und seine hellgrauen Augen funkeln im Mondlicht.

»Mads, ich meine es ernst. Die dürfen uns nicht sehen.« Ich greife nach seiner Hand, ziehe ihn zurück ins Wohnzimmer und hinter die Kücheninsel, das erstbeste Versteck, das mir einfällt. »Falls sie hier vorbeikommen«, erkläre ich kurz angebunden. Mads leistet keinen Widerstand.

Ich kauere mich hinter der Kücheninsel zusammen und ziehe Mads an seiner Hand zu mir herunter, bis er ebenfalls hockt. Ich lasse seine Hand nicht los, sondern drücke sie noch fester. »Okay, eine Frage«, bringe ich etwas atemlos hervor.

»Ja?« Er sieht mich erwartungsvoll an. Unsere Knie berühren sich, auch wenn sein Bein mir fast doppelt so lang vorkommt wie meins. Durch die Jeans sehe ich seine seltsam geformten Kniescheiben, die es ihm schon immer schwer machen, längere Zeit zu stehen. Meine eigenen Knie sind nackt, ich habe völlig vergessen, dass ich über T-Shirt und Unterhose nur einen Bademantel trage, der mir in dieser Position von den Beinen rutscht, aber das ist mir in diesem Moment egal. Das Blut rauscht in meinem Kopf.

»Also«, flüstere ich, nachdem ich noch einmal auf die Geräusche von draußen gelauscht habe. »Du musst mir jetzt bestätigen, dass du gesehen hast, was ich gesehen habe.«

»Okay«, sagt er, ohne weiter nachzufragen. Ich drücke seine Hand immer noch fest, aber er zieht sie nicht zurück, auch wenn das bestimmt mittlerweile unangenehm ist.

»Okay«, sage auch ich. »Da draußen, das sind Chris und Lydia.«

Er nickt. »Das sind Chris und Lydia.«

»Und sie haben miteinander Sex.«

»Anscheinend.«

Ich schüttele den Kopf. »Du musst ganz präzise sein, damit ich mir später nicht einreden kann, dass ich mir das eingebildet habe.«

»Okay«, sagt er noch mal. »Chris und Lydia haben in dieser Sekunde Sex an der Mauer dieses Ferienhauses.«

Ich lasse seine Hand los und lehne mich mit dem Rücken gegen die Kücheninsel. »Oh, Scheiße«, flüstere ich, als mich die Erkenntnis trifft, was das zu bedeuten hat.

»Chris geht Olga fremd«, fasst Mads noch einmal zusammen.

Aber ich schüttele den Kopf. »Vielleicht haben sie eine offene Beziehung.«

Mads hebt die Augenbrauen. »Dann kannst du sie ja danach fragen, wenn du ihr davon erzählst.«

Ich starre ihn überrascht an. »Ich kann ihr doch nicht davon erzählen!«

»Du willst ihr nicht davon erzählen? Aber wir können doch nicht so tun, als wäre das eben nicht passiert.«

»Nein, nein!«, sage ich schnell. Doch, genau das wollte ich. Ich wollte so tun, als wäre das alles nie passiert. »Aber vielleicht sollte ich zuerst einmal mit Lydia reden«, ergänze ich zögernd.

Er nickt. »Du kennst sie besser, du wirst schon wissen, was zu tun ist.«

Ich nicke ebenfalls, aber ich glaube, wir wissen beide, dass das Vertrauen, das er in mich setzt, in dieser Hinsicht verschenkt ist. Ich bin nicht gut darin, andere Menschen zu konfrontieren. Ich verschwinde viel lieber einfach aus ihrem Leben, mache Schluss mit ihnen auf meine perfekte saubere Art.

Für einen Moment herrscht vollkommene Stille. »Sind sie fertig?«, flüstere ich.

»Scheint so«, entgegnet er. Das Stöhnen draußen ist verstummt. Kurz darauf höre ich ein Knacken im Schloss der Eingangstür, dann das Quietschen der Holztreppe. Die Schritte zweier Menschen verschwinden im Obergeschoss.

Erleichterung rollt über mich hinweg. Zumindest muss ich Lydia nicht gleich noch heute Nacht konfrontieren. »Also, du versprichst mir, dass du nichts sagst, okay?«, frage ich leise.

Mads schweigt für einen Moment. Er hat den stoppeligen Kopf gegen die Kücheninsel gelegt. »Okay«, sagt er schließlich, auch wenn er darüber nicht wirklich glücklich scheint.

Dann sitzen wir in der Dunkelheit, und ich warte darauf, dass mein Herzschlag sich wieder einigermaßen beruhigt. »Aber können wir uns denn ganz sicher sein, dass es nicht Olga mit einer blonden Perücke war?«, frage ich irgendwann.

VOR FÜNFZEHN JAHREN

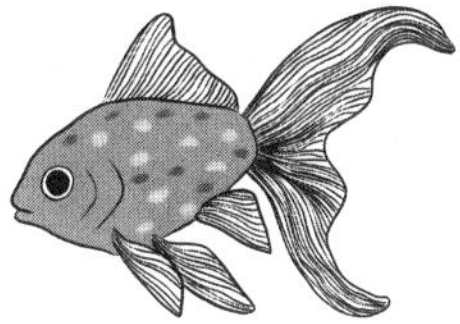

Wenn Mads und ich uns in der Schule begegneten, lief das eigentlich immer folgendermaßen ab: Wir kamen uns in den Korridoren entgegen, ich war meist mit Olga, Lydia und Nathalie unterwegs, und wenn ich ihn entdeckte, sah er mich bereits mit seinen hellgrauen Augen an.

Heute beschwerte sich Olga gerade darüber, dass sie am Wochenende wieder nicht ausschlafen können würde, weil ihre Eltern sie in ewig lange Gottesdienste schleppten, während Lydia und Nathalie darüber diskutierten, welchen Milchshake sie heute im *Shakes & Strikes* trinken sollten. Mittlerweile trafen wir uns dort jeden Nachmittag direkt nach der Schule. Lydias kleine Schwester bekam Zähne, und die Nerven in ihrem Haushalt lagen blank. Und Nathalie ging seit der Sache mit diesem Ben auch nicht mehr so gern nach Hause.

Dann, wenn Mads und ich auf dem Flur genau aneinander vorbeigingen, streckte ich meine Hand aus, und er tat es mir gleich, und für den Bruchteil eines Augenblicks berührten sich unsere Finger.

Aber heute kam es anders. Als ich meinen Blick hob und Mads

am anderen Ende der Treppe bei den Bioräumen entdeckte, blieb ich wie angewurzelt stehen. Seine hellen Augen strahlten nicht wie sonst zu mir herüber. Denn eines seiner Augen war komplett zugeschwollen und lilagelb verfärbt.

»Was ist los, Ro?«, fragte Nathalie, die in mich hineinlief, weil ich so abrupt stehen geblieben war.

Aber ich antwortete ihr nicht. Ich lief zu Mads hinauf, schob andere Schüler dabei zur Seite, bis ich vor ihm stand. »Was zur Hölle ist passiert?«, fragte ich und hob die Finger, um vorsichtig seine geschwollene Wange zu berühren. Er verzog das Gesicht, sagte aber nichts. »Mads?«, fragte ich. Er griff langsam nach meiner Hand und nahm sie von seinem Gesicht.

»Es ist okay, Romy, wirklich.«

»Mads?«, wiederholte ich. »Wer war das?« Aber eigentlich wusste ich es schon. Ich wusste es in dem Moment, als ich sein blaues Auge gesehen hatte. Das Bild von Simons roten Fingerknöcheln gestern am Abendessenstisch zuckte durch meine Gedanken.

»Verdammte Scheiße«, flüsterte ich.

»Du weißt, dass uns alle sehen können«, flüsterte er zurück, als ich erneut den Finger hob und sanft über seine aufgeplatzte Augenbraue strich.

»Jetzt ist es ohnehin zu spät«, sagte ich. »Woher weiß er es?«

Mads verzog das Gesicht und zuckte die Achseln. »Ich habe nicht die leiseste Ahnung. Aber ich kapiere jetzt, warum du das zwischen uns geheim halten wolltest.«

Er grinste mich an, und das musste schrecklich wehtun. »Ich fasse es einfach nicht«, sagte ich und musste schlucken. »Mads, das tut mir so, so leid. Ich … ich hätte nicht … ich wusste doch, was passieren würde. Ich hätte niemals zulassen dürfen, dass …«

»Du bist nicht dein Bruder, Romy. Er ist ein verdammtes

Arschloch, wenn ich das sagen darf, aber das liegt ja wohl nicht in deiner Verantwortung.«

Ich biss mir auf die Lippe. »Doch.« Ich blickte mich um, ob mein Bruder oder seine Freunde irgendwo zu sehen waren. Aber außer Nathalie am Fuße der Treppe schenkte uns niemand Beachtung. Dann beugte ich mich vor und gab ihm einen schnellen Kuss auf die Lippen, wobei mein Herz einen Hüpfer machte.

Er reagierte nicht, sondern blieb steif stehen, und ich wich zurück. »Willst du … hätte ich lieber nicht?«, flüsterte ich leise. Mein Mund war auf einmal ganz trocken. Ich hörte die anderen nicht mehr, die um uns herum ihre Pausenbrote durch die Gegend warfen und ihre Rucksäcke durch die Flure schleiften. Der Kuss hatte auch mich überrascht. Woher kam dieses Gefühl auf einmal? Dieses Gefühl, dass ich mir damit selbst die Haut abgezogen hatte. Und Mads jetzt über die wunden Stellen trampelte. Ich hatte so etwas noch nie empfunden. Auf einmal war es einfach da, und ich hatte es nicht kommen sehen.

»Nein, ich bin nur überrascht, dass du mich vor allen Leuten in der Schule küsst«, sagte er.

»O mein Gott«, keuchte ich erleichtert. »Und ich dachte schon, du machst Schluss mit mir.«

Mads legte seinen Kopf schief und grinste. Mit seinem blauen Auge sah das ziemlich lustig aus. »Dann sind wir also zusammen? So richtig?«

Ich verdrehte die Augen, und ein breites Lächeln zog sich über mein ganzes Gesicht. »Ja, gut, sind wir.«

»Dann bist du also jetzt meine *Freundin?*«, fragte er nach, nur um mich zu ärgern.

»Ja, aber komm nicht auf die Idee, mich Schatzi zu nennen«, sagte ich und strich ihm eine Strähne aus der Stirn. »Sonst kotze ich dir vielleicht aus Versehen auf die Füße.«

Er lachte leise und wollte gerade etwas erwidern, als von hinten eine Stimme erklang. »Mads Ventura, da sieh mal einer an.« Olga schnalzte mit der Zunge und legte mir einen Arm auf die Schulter. »Was gibt dir das Gefühl, dass du gut genug für unsere Romy bist?«, fragte sie.

Er hob die Schulter. »Zählt das blaue Auge, das ich mir für sie eingefangen habe?«

Nathalie schüttelte den Kopf. »Vor hundert Jahren vielleicht.«

»Dann kann ich nicht viel bieten, ich bedaure.«

»Heißt das, wir kommen ab jetzt immer auf Fabios Partys?«, fragte Olga weiter.

Mads hob die Schultern. »Solange ich deshalb nicht dort sein muss, seid ihr herzlich eingeladen.«

Olga wandte sich an mich. »Ich hab gedacht, du hast keine Lust auf was Festes, Ro. Du überraschst mich immer wieder.«

»Hab ich auch nicht«, knurrte ich leise. »Aber wenn irgendjemand ein Problem mit uns hat, dann hau ich ihm auf die Schnauze.«

Für einen Moment herrschte betretenes Schweigen. »So war das nicht gemeint«, murmelte ich.

Die anderen prusteten los, aber ich konnte mich nur zu einem kurzen Lächeln zwingen, das direkt wieder in sich zusammenschnurrte, als sie sich von mir abwandten.

JETZT

Beim Frühstück am nächsten Morgen nagele ich Mads mit meinen Augen an seinem Stuhl fest. Kein falscher Blick, keine falsche Bewegung, ich muss sichergehen, dass er niemandem etwas verrät von dem, was wir letzte Nacht gesehen haben. Erst seit gestern ist alles wieder gut, der erste Moment, in dem wir Freundinnen wieder zusammengeschweißt waren – und dann das. Das passt gerade überhaupt nicht. Was die beiden getan haben, ist schlimmer, als wenn jemand die Regeln unseres Pakts bricht. Das ist viel schlimmer als jeder Verrat, den ich je begehen könnte. Aber bei Tageslicht bin ich mir plötzlich gar nicht mehr so sicher, ob es tatsächlich passiert ist. Lydias weißblonde Haare und Chris' nackter Arsch. Klar, ich erinnere mich noch genau an die Situation, an Mads' Atem auf meinem Nacken, seine Hand in meiner, als er mir verspricht, dass er das Gleiche gesehen hat und niemandem davon erzählen wird. Aber vielleicht war das alles ja ein Traum, von Anfang bis Ende. Wie Mads da unten im Wohnzimmer sitzt und mein Buch liest, beleuchtet von einer einzelnen Stehlampe. Schon das kommt mir sehr unwirklich vor. Und dann das Gespräch zwischen uns – und wieder, sein Atem auf meinem Nacken. Ich fahre mir mit den Fingern den Hals entlang, versuche die letzten Spuren dieses Gefühls wegzuwischen und nehme einen großen Schluck Kaffee.

»Habt ihr auch so schlecht geschlafen?«, stöhnt Olga und gießt sich schon die zweite Tasse ein. »Ich könnte schwören, da lag was in der Luft.«

»Ich würde normalerweise ja davon ausgehen, dass es der Vollmond war oder irgendeine andere Sternenkonstellation«, sagt Nathalie, während sie sich Marmelade vom Finger leckt, »aber diesmal passt es nicht.«

Mein Herz setzt einen Schlag aus. Vielleicht waren Mads und ich nicht die Einzigen, die Chris und Lydia beobachtet haben! Vielleicht wurden sogar wir wiederum dabei beobachtet!

»Diesmal ist garantiert der Alkohol Schuld.« Nathalie gibt Olga einen Klaps auf den Hinterkopf. Freundschaftlich neckend, als wären wir wieder Anfang zwanzig und die engsten Vertrauten. Die Magie einer Kamera auf einer Schwimmbadtoilette, es ist nicht zu fassen. Wir vier tragen alle unsere weißen Bademäntel. Ich sehe Lydia dabei zu, wie sie beherzt in ihr Marmeladencroissant beißt, als wäre nichts geschehen. Zum Glück ist Chris noch nicht runtergekommen, von oben ist noch das Prasseln des Wassers in der Dusche zu hören.

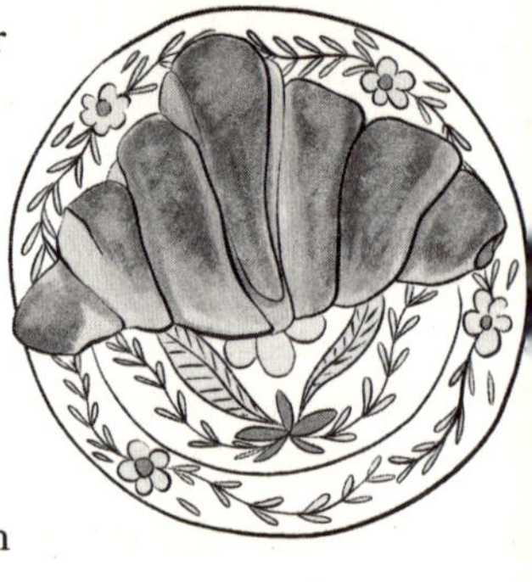

Mads erwidert meinen Blick, als wäre tatsächlich nichts geschehen, was mich schon wieder ins Zweifeln bringt. Er sitzt einfach da, streicht über das Tattoo an seinem linken Zeigefinger und trinkt seinen Kaffee. So sitzt er vermutlich jeden Morgen irgendwo. Es ist ein seltsames Gefühl, jemanden einerseits so gut zu kennen und gleichzeitig nichts über sein Leben zu wissen. Ich hätte nicht sagen können, ob er lieber Tee oder Kaffee trinkt, was die verschlungene Schlange auf seinem Finger bedeutet, verdammt, ich weiß ja nicht mal, was er arbeitet.

»Was ist eigentlich dein Job?«, rutscht es mir heraus, und ich senke schnell den Blick. Die Wörter springen quer über den Tisch, an Milchkännchen und Brotkörben vorbei – und landen direkt in Nathalies Gesicht. »Ich bin freischaffend«, antwortet sie. »Als Marketingmanagerin für mehrere lokale Unternehmen in der Stadt. Der neue Mann meiner Mutter hat Connections.« Sie zuckt die Achseln. »So schlimm ist es nicht«, fügt sie hinzu, als hätten wir irgendwas dazu gesagt. »Schließlich habe ich dadurch Jürgen bekommen.«

Lydia lässt ihr halb verspeistes Croissant sinken. »Wer ist Jürgen?«, fragt sie mit vollem Mund.

Nathalie grinst, als hätte sie nur auf diese Frage gewartet. »Mein Bulli natürlich.«

»Ich dachte schon, Jürgen wäre der Mann deiner Mutter«, sagt Olga.

»Nein, das ist Walter.« Sie lachen.

»Walter?«, frage ich. »Das erinnert mich an diesen schlimmen Typen, bei dem ich früher gearbeitet habe.«

Mads zieht eine Augenbraue hoch, er bemerkt offensichtlich, dass ich ihn nicht erwähnt habe.

»Als was hast du da gearbeitet?«, fragt Adrian nach. Er legt eine Hand auf mein Knie, so wie er es immer macht.

Mads' und mein Blick treffen sich. Ich inspiziere den Grund meiner Kaffeetasse. Kein Grund, nervös zu werden. »Ich war Aushilfe in einem Tierfachgeschäft.«

»Stimmt, jetzt, wo du es sagst, erinnere ich mich. Du hast manchmal von diesem schrägen Typen erzählt«, antwortet Nathalie. »Und du wirst es kaum glauben: Der neue Mann meiner Mutter hat auch einen Tierfutterladen.«

Ich kann nicht anders, als mit ihnen loszuprusten. An der anderen Seite des Tisches hustet Mads verlegen.

»Darf ich mitlachen?«, fragt Adrian zwischen zwei Bissen, aber niemand reagiert auf seine Frage.

»Kann es sein, dass der neue Mann deiner Mutter mit Nachnamen Walter heißt und nicht mit Vornamen?«, fragt Mads nun ernst, aber seine Mundwinkel zucken noch immer.

Nathalies Augen werden groß. »Ähm … ja, Walter ist sein Nachname.«

»Nathalie, diese Verbindung ist dir wirklich entgangen?«, frage ich.

Sie zuckt die Achseln. »Du weißt doch, dass ich bei den Männern meiner Mutter längst den Überblick verloren habe. Ich hätte auch nie gedacht, dass es zwischen den beiden so ernst wird – deswegen habe ich auch nie so richtig zugehört, wenn sie mich zum Abendessen eingeladen haben und er mich stundenlang zugeschwallert hat. Ich dachte, der verschwindet schon wieder.«

»Du kennst Nathalies Stiefvater gar nicht?«, fragt Adrian in diesem Moment dazwischen, an Mads gewandt.

Dieser schüttelt den Kopf. Ich muss daran denken, an wie viele neue Männer von Nathalies Mutter selbst ich mich noch erinnern kann, aber ich kann mir trotzdem nicht vorstellen, dass ausgerechnet der schnauzbärtige Herr Walter mit seiner Vorliebe für Zebrabärblinge und Neonsalmler bei ihr landen würde.

»Ich dachte, ihr zwei wärt zusammen?«, hakt Adrian nach.

Mads und Nathalie tauschen Blicke. »Wir denken nicht in diesen Kategorien«, sagt Nathalie schnell, aber ich bemerke, dass sie ein bisschen rot wird. Das ist ja interessant, denke ich. Seltsamerweise empfinde ich bei diesem Gedanken keinen Groll mehr.

»Also seid ihr nicht zusammen?«, fragt Adrian noch einmal nach.

Mads' Blick begegnet meinem.

»Was interessiert dich das so sehr?«, frage ich und streiche ihm über die Wange. »Ist das nicht egal, Schatz?«

Adrian sieht mich mit fragendem Blick an. »Ich dachte, hier würden immer alle ihre Partner mitnehmen, deswegen.«

»Also hätte ich nicht kommen sollen, weil ich keinen Partner habe?«, fährt Lydia plötzlich dazwischen.

Alle wenden sich ihr zu, und unter den gesammelten Blicken aller Anwesenden sinkt sie sogleich tiefer in ihren Stuhl. Ich muss an gestern Nacht denken, an das Stöhnen und ihre weißgoldenen Haare, die über Chris' muskulösen Rücken fielen.

»Nein, nein, das meinte ich nicht, das wollte ich damit überhaupt nicht sagen.« Adrian hebt entschuldigend die Hände.

Olga seufzt. »Deine Mutter hat wirklich geheiratet, Nati?«

Nathalie zuckt die Achseln. »Ich war mindestens so schockiert wie ihr. Hab auch erst hinterher davon erfahren.«

»Dabei war sie immer mein Vorbild, was Trennungen angeht«, sage ich. »Unsere Mütter hätten so viel von ihr lernen können. Aber bei meiner war es irgendwann wohl einfach zu spät.«

»Ist deine Mutter etwa tot?«, fragt Chris, der in diesem Moment in T-Shirt und Shorts und mit feuchten Haaren ins Zimmer kommt. »Das tut mir ja furchtbar leid.«

»Nein«, sage ich schnell.

»Ich glaube, sie meint eher, dass irgendwann der Zeitraum vorbei war, in dem sich ihre Mutter realistisch von ihrem Vater hätte trennen können«, erklärt Olga ihm.

»Aber ist das nicht was Gutes?«, fragt Adrian. »Meine Eltern haben sich getrennt, als ich vierzehn war, und es war danach ein ewiges Hin und Her. Wenn ich ehrlich bin, selbst heute noch.

Ich habe mir immer gewünscht, dass sie zusammengeblieben wären.«

Olga murmelt etwas Unverständliches vor sich hin.

»Wie bitte?«, fragt Adrian.

Sie wirft mir einen kurzen Blick zu. »Ich habe nur gesagt, ob du deine Mutter wohl mal gefragt hast, wie es ihr mit der Trennung geht.«

»Was meinst du damit?«

»Na ja«, Olga zuckt die Achseln, »für viele Frauen bedeutet Trennung eine Befreiung, die sie sich hart erarbeiten müssen und teuer bezahlen.«

Jetzt dreht sich Adrian vollkommen zu ihr, sein Knie bewegt sich unter dem Tisch auf und ab. Ich kenne die Anzeichen, wenn er wütend wird – obwohl das wirklich selten passiert. Ich lege ihm beruhigend eine Hand auf die Schulter, aber das scheint er nicht einmal zu bemerken. »Meine Mutter hat meinen Vater betrogen«, entgegnet Adrian nun mit halb erstickter Stimme. »Und er hat sich nie davon erholt.«

Olga hebt die Augenbrauen. »Vielleicht hat sie das auch nur gemacht, weil sie sich anders nicht befreien konnte?«

Adrian schnaubt. »Wie kommst du zu so einer Behauptung? Du kennst meine Familie doch gar nicht, Olga! Du kennst meine Mutter nicht und meinen Vater auch nicht.«

»Das stimmt«, wendet sie beschwichtigend ein. »Ich meine ja nur, dass …«

»Adrian«, ruft Chris dazwischen, »kannst du mal kurz mitkommen? Ich muss was mit dir besprechen.«

Adrian fährt sich mit den Fingern durch die Haare, um sich zu sammeln, und atmet einmal tief ein und aus. »Ja klar, was gibt's?«

Die beiden treten durch die geöffnete Terrassentür in den Garten. Wir sehen ihnen schweigend hinterher. Bei dem verkohlten Baumstumpf bleiben sie stehen, und Chris beugt sich zu Adrian vor, wie um ihm etwas zuzuflüstern. Aus der Entfernung sieht es für einen Moment so aus, als würden sie sich küssen.

Nathalie pfeift durch ihre Schneidezähne. »Da hast du ja mal was vom Stapel gelassen, Olga.«

Olga zuckt die Achseln und nimmt einen Schluck von ihrem Kaffee. »Wieso, stimmt doch. Und warum willst du Adrian eigentlich nicht erzählen, dass du mit Mads zusammen warst, Romy?«

»Was, ich?«, stammele ich überrumpelt. Mads legt den Kopf auf die Seite und sieht mich erwartungsvoll an. Seine Mundwinkel zucken wieder amüsiert. »Ich versuche nur, alles hier möglichst einfach zu gestalten. Simpel und konfliktfrei, damit alles glatt über die Bühne geht.«

»Das ist ja wohl deine Spezialität«, wendet Lydia ein, und ich weiß nicht, ob das ein Kompliment oder eine Stichelei sein soll.

Mads schnalzt mit der Zunge. »Ihr wollt das also wirklich durchziehen heute?«, fragt er.

»Warum, denkst du, sind wir sonst hier?«, entgegnet Lydia.

»Deswegen wollten gewisse Personen ja auch nicht kommen«, fügt Olga mit einem Blick in meine Richtung hinzu.

Ich tue so, als hätte ich das nicht bemerkt. »Normalerweise sollte man ja auch nicht mit jemandem zusammen sein, mit dem man Schluss machen will«, sagt Mads, an mich gewandt. Ist das ein Vorwurf oder ein Seitenhieb auf unsere gemeinsame Vergangenheit?

»Und du bist nur mitgekommen, damit noch eine aus dieser Runde mit dir Schluss machen darf?«, fragt Olga. »Ist das nicht auch irgendwie bescheuert? Im Gegensatz zu Adrian und Chris weißt du immerhin, was hier abgeht.«

Mads zuckt eine Schulter. »Ich hätte nicht gedacht, dass ihr das immer noch durchzieht.«

»Und warum hast du das gedacht?«, frage ich, auf einmal angriffslustig. »Du weißt doch selbst, wie es ist, verletzt zu werden. Und wir verhindern damit, dass wir verletzt werden. Wir passen aufeinander auf.«

Ich hoffe, er versteht den Wink, dass er die Klappe halten soll, dass wir Freundinnen das, was gestern Abend passiert ist, unter uns klären. Wir sollten uns nämlich nicht *voreinander* schützen müssen, sondern wir sollten *einander* schützen. Das war von Anfang an die Idee des Pakts. Er sollte uns davor bewahren, dass wir in dieselben Fallen tappen, in die unsere Mütter getappt sind.

»Ein bisschen stolz bin ich ja schon, dass ich der Grund bin, warum ihr selbst nach fünfzehn Jahren immer noch einen Pakt habt, alle fünf Jahre eure Beziehungen zu beenden.« Mads grinst.

Ich starre ihn verständnislos an. »Wie meinst du das?«

»Na ja.« Er sieht mich jetzt direkt an. »Offensichtlich war unsere Beziehung damals so schlimm, dass du dich daraus befreien musstest. Und wenn euch dieses Prinzip bis heute hilft, ein glücklicheres Leben zu führen, dann finde ich das gut.«

Ich spüre, dass mir bei seinen Worten Tränen in die Augen treten. Verdammt, wo kommen die denn jetzt her?

»Entschuldigt mich kurz«, sage ich und schiebe meinen Stuhl zurück. »Ich hab was im Auge.« Ich laufe aus der Wohnküche, den Flur entlang und durch die Eingangstür nach draußen. Schon wieder hängt der Himmel blau und strahlend über uns und erinnert mich an eine Hüpfburg, die über uns aufgespannt ist. Manche Assoziationen hat man einmal als Kind und kann sie nie wieder vergessen. Wenn man die Welt einmal so gesehen hat, dann kann man sie nie mehr nicht so sehen. So wie der blaue Himmel für mich eine Hüpfburg ist, so wie Liebe etwas ist, das in erster Linie wehtut, ganz egal, wie alt ich werde. Aber das hatte ich in den letzten Jahren vergessen, die Erkenntnis irgendwo in der kuscheligen Höhle vergraben, die ich mir mit Adrian gebaut habe. Adrian bedroht mich nicht, Adrian ist lieb zu mir und kümmert sich um mich. Adrian kann richtig gut kochen. Das sind doch die wichtigen Dinge im Leben, oder?

Noch während ich nach draußen laufe, höre ich Schritte hinter mir. Bitte nicht, denke ich. Nicht jetzt!

Im Seitenspiegel von Jürgen, Nathalies Bulli, wische ich mir die Tränen von den Wangen. Vielleicht bin ich ja wirklich allergisch gegen irgendwas, das von draußen hereingeflogen ist.

»Romy?« Mads tritt hinter mir in die Einfahrt.

Ich ziehe die Nase hoch und wische mit meinen Daumen unter den Augen entlang, bevor ich mich zu ihm umdrehe. »Was?«, frage ich aggressiver, als ich es eigentlich wollte.

Mads verzieht das Gesicht, er kickt mit seinen Schuhen in den Kies, wie ein Jugendlicher, der beim Rauchen erwischt wurde und dem keine Ausrede einfällt. »Es tut mir leid«, sagt er, fast schüchtern.

»Was?«, frage ich.

»Es tut mir leid«, wiederholt er.

»Nein, ich meine, *was* tut dir leid?«

Er blinzelt mir entgegen, als würde die Sonne ihn blenden, die jedoch schon hoch am Himmel steht. »Na ja, ich wusste nicht, dass unsere Beziehung damals so schlimm für dich war. Es tut mir wirklich, wirklich von Herzen leid, wenn ich dir so wehgetan habe. Ich habe es einfach nicht gemerkt, aber es wäre meine Pflicht gewesen, das zu merken.«

»Oh«, sage ich nur, völlig überfordert.

Er nickt und dreht sich auf dem Absatz um. »Das wollte ich dir nur sagen. Ich bin nicht hergekommen, um das alles wieder aufzuwirbeln. Ich …« Am Türrahmen hält er noch mal inne. »Ich arbeite übrigens als Krankenpfleger in einer Psychiatrie. Auf der Jugendstation.«

»Oh«, wiederhole ich wie eine Idiotin, weil mir die Worte fehlen. »Ich bin Getränketechnikerin«, sage ich.

»Cool«, sagt er, nickt mir noch ein weiteres Mal zu und geht dann nach drinnen. Ich lege meine Stirn auf Jürgens Beifahrerscheibe ab und kann nicht glauben, wie bescheuert ich mich gerade verhalten habe.

***

Als ich in die Küche zurückkomme, schneidet Olga gerade Papierstreifen aus der gestrigen *Le-Monde*-Ausgabe. Mads ist auch da und steht an die Küchenzeile gelehnt, trinkt Kaffee. Adrian und Chris sind von ihrer geheimen Besprechung im Garten zurückgekehrt und sitzen wieder am Tisch.

»Mädels, wir haben heute ein Abenteuer für euch geplant!«, ruft Chris und klatscht in die Hände. »Wie wäre es mit einer Schnitzeljagd?«

Er legt Olga die Hände auf die Schultern, sie blickt nicht einmal von ihrer Arbeit auf. »Das können wir gerne machen, aber jetzt steht erst mal unser traditionelles Versteckspiel auf dem Plan.«

Chris rümpft die Nase. »Versteckspiel?«

»Das gehört einfach dazu«, bestätigt Lydia. Als Chris Olgas Nacken küsst, versuche ich in Lydias Gesicht zu lesen, wie sie das findet, aber ich kann keinerlei Regung erkennen.

»Wozu gehört das?« Chris stopft sich ein halbes Croissant auf einmal in den Mund und leckt sich die buttrigen Finger ab.

»Na, zu unserer Tradition. Wir spielen an diesen Wochenenden immer mindestens einmal Verstecken.«

Das Versteckspielen ist eine dieser Traditionen, die eigentlich nie eine werden sollte, aber doch irgendwie dazugehört. Ich weiß noch ganz genau, wie ich vor fünfzehn Jahren mit meinen

Freundinnen auf dem Teppich in meinem Zimmer saß und wir uns Mut für den Pakt antranken, den wir soeben beschlossen hatten. Meine Eltern waren vor einer Stunde zu einer Geburtstagsfeier in der Nachbarschaft aufgebrochen und kamen normalerweise nie vor Mitternacht nach Hause. Aber als wir die Flasche mit dem widerlichen Schnaps aus dem Zimmer meines Bruders gerade das vierte oder fünfte Mal kreisen ließen, hörte ich einen Schlüssel in der Haustür. Dann die schweren Schuhe meines Vaters auf den Fliesen im Eingangsbereich. Da wir alle nicht mehr geradeaus gehen, geschweige denn aus dem Fenster klettern konnten, zeigte ich meinen Freundinnen panisch die besten Verstecke, die ich nach jahrelanger Übung in unserem Haus ausgemacht hatte: Hinter die Waschmaschine im Badezimmer passte Nathalie, Olga kletterte in den riesigen alten Sekretär, den ich von meiner Urgroßmutter geerbt hatte, und Lydia und ich rollten uns unter das Bett meiner Eltern. Keine von uns wollte kurz vor Weihnachten sturzbetrunken von meinem Vater erwischt werden. Wir harrten dort aus, bis er den Gegenstand fand, den er offensichtlich vergessen hatte, und wieder aus dem Haus abzog. Danach kamen wir vier uns so wagemutig vor, dass wir noch so lange kichernd auf meinem Zimmerboden lagen und weitertranken, bis Nathalie sich übergeben musste. So entstehen manchmal die besten Traditionen.

»Ich würde sagen, wir losen aus, wer suchen muss«, sagt Olga und schüttelt die kleinen, nun mit unseren Namen beschrifteten Zeitungsfetzen in ihren hohlen Händen.

»Wer darf ziehen?«, fragt Nathalie.

Olga grinst. »Kasper!«, ruft sie, und schon kommt ihr Hund angerannt, mit fliegenden Ohren und hechelnder Zunge. Er springt ihr mit zwei Pfoten auf den Schoß, reißt dabei die Zeitung zu Boden und meinen Teller fast mit. Chris bekommt einen Schwall Kaffee auf die Hose und flucht, aber alle Aufmerksamkeit ruht auf Kasper und seiner feuchten Schnauze, die er sofort zwischen Olgas Finger steckt. »Nur eins, nur eins, langsam, mein Schatz«, beruhigt Olga ihn, aber Kasper ist viel zu aufgeregt, um auf sie zu hören. Er zieht einen Zettel aus der Hand, dann einen zweiten und einen dritten und kaut fröhlich auf ihnen herum. »Stopp, langsam!«, ruft Olga und streichelt ihm lachend den Kopf.

Zum ersten Mal an diesem Wochenende sehe ich meine frühere beste Freundin tatsächlich unbeschwert, zum ersten Mal lacht sie wirklich aus vollem Herzen. Vielleicht würde es ihr besser gehen, wenn wir mehr über andere Dinge sprechen würden, denke ich. Nicht ständig über irgendwelche Beziehungen, oder über früher. Vielleicht würde es uns dann allen besser gehen.

»Spuck's aus, Kasper, ja, so ist's recht.« Von den drei Zetteln, die der Hund im Mund hatte, spuckt er genau einen wieder aus. Der letzte Buchstabe fehlt, und der Kugelschreiber ist ziemlich verwischt, aber es ist immer noch eindeutig, was dort steht: Adrian. Olga klatscht in die Hände. »Der heilige Sankt Kasper hat entschieden.«

»Also darf ich suchen?«, fragt Adrian. Er sieht mit der Wahl ziemlich zufrieden aus, und ich bin froh, dass er durch das Spiel abgelenkt wird. In meinem Kopf ist so viel los, dass ich nicht auch noch auf ihn aufpassen kann. Und die Gefahr, dass ihm jemand etwas erzählt, das er nicht erfahren soll, scheint mir allmählich nicht mehr ganz so groß. Sonst wäre es vielleicht auch einfach schon längst geschehen.

Nathalie sieht ihn stirnrunzelnd an. »Wer will denn bitte freiwillig suchen? Das ist doch total langweilig.«

Adrian zuckt die Achseln. »Wenn jemand nach mir sucht, sterbe ich vor Aufregung.«

Alle lachen.

»Aber kann ich noch schnell meinen Kaffee trinken?«, fügt er hinzu.

Nathalie verdreht die Augen, nimmt dann aber selbst auch noch ein Brötchen. Wir greifen alle noch mal zu. Denn die Mehrheit am Tisch weiß, dass wir an diesem Tag alle Kraft gebrauchen können.

Sobald der letzte Bissen in Adrians Mund verschwunden ist, klatscht Olga in die Hände. »So, die Spielregeln sind folgende: Das gesamte Grundstück ist das Spielfeld, wir haben fünfzehn Minuten Zeit, um uns zu verstecken, bevor Adrian suchen darf.«

»Was heißt, das ganze Grundstück?«, hakt Chris direkt ein. Er steht mitten im Wohnzimmer und dehnt sich, hat seine Ärmel bis zum Ellenbogen hochgekrempelt.

»Na, das ganze Grundstück eben«, antwortet Olga schulterzuckend.

»Also würde … ganz theoretisch auch die Außenseite der Grundstücksmauer noch gelten?«, fragt Chris mit verschwörerisch zusammengezogenen Augenbrauen.

Olga runzelt die Stirn. »Solange du dort nicht den Boden berührst, denke ich, das geht klar.«

Chris nickt und tritt von einem Bein aufs andere, es fehlt wirklich nur noch, dass er mit den Hufen scharrt. »Okay, verstanden«, sagt er, als handele es sich bei Olga um seinen Fußballcoach.

»Und wir dürfen währenddessen auch unsere Verstecke wechseln, richtig?«, fragt Lydia, aus ihrer Stimme klingt auf einmal ein ziemlicher Kampfgeist.

Olga blickt fragend in die Runde. »Von mir aus. Ich glaube, wir hatten nie weitere Regeln festgelegt.«

»Und was bekommt man, wenn man gewinnt?«, fragt Chris jetzt.

»Darüber haben wir uns auch noch nie Gedanken gemacht«, antwortet Olga.

»Nicht gefunden werden war eigentlich immer unser Preis«, füge ich hinzu.

Olga lacht und schüttelt wieder den Kopf, aber Chris sieht tatsächlich ein bisschen enttäuscht aus,

»Mir fällt noch eine Sache ein«, sagt Mads auf einmal. »Was ist mit Kasper? Was, wenn er uns findet?«

»Dann muss Adrian eben noch einmal zwei, drei Minuten die Augen zumachen, und die erwischte Person hat die Möglichkeit, sich woanders zu verstecken.« Olga tätschelt Kaspers Kopf. »Aber dieser Schatz hier hat jetzt bestimmt Lust auf ein Nickerchen. Nicht war, Kasperli?« Sie drückt ihm einen Kuss auf die flauschige Stirn. »Mach Platz. Hier hast du ein Leckerli. So ist fein. Und jetzt bleib ein bisschen liegen, und genieß die Sonne.« Brav faltet sich Kasper im Halbschatten unter dem Tisch zusammen, aber ich sehe genau, dass er nach oben zu den restlichen Croissants auf dem Tisch schielt, und kann ein Grinsen nicht unterdrücken.

»Alle bereit?«, fragt Lydia nun in die Runde.

Wir nicken. Adrian kippt den letzten Schluck seines Kaffees runter. »Ja!«, brüllt Chris.

»Na dann: Auf die Plätze, fertig, los!«

Wir fahren alle auseinander, als hätte dort, mitten auf dem Tisch, zwischen der an der Marmelade leckenden Wespe und der Kaffeekanne, eine Bombe eingeschlagen.

Ich habe noch gar nicht darüber nachgedacht, wo ich mich verstecken könnte. Ich habe noch nicht einmal alle Räume des Hauses gesehen und keinen Schimmer, in welche Richtung ich am besten laufen sollte. Adrian liegt mit dem Kopf auf dem Tisch, neben ihm ein Handy, auf dem ein Timer abläuft. Mads, Nathalie und Lydia laufen durchs Haus, Olga in die entgegengesetzte Richtung in den Garten. Aus dem Augenwinkel sehe ich Chris tatsächlich über die unregelmäßige Mauer steigen, die den Garten umsäumt. Ich folge ihnen nach draußen, laufe eine Runde an der Mauer entlang und kehre dann zurück zu den Überresten des vom Blitz getroffenen Baums. Vielleicht wäre es eine gute Idee, mich direkt hier zu verstecken, viel zu nah an Adrians Ausgangspunkt. Er wird bestimmt erst mal grob das Haus und den Garten absuchen und dann erst wieder hierher zurückkehren. Ich umrunde den dicken zerfetzten Stumpf, hebe ein paar zerhackte Scheite nach oben, die sofort zwischen meinen Fingern zerfallen. Nein, das wäre wohl doch keine so gute Idee.

Dann laufe ich zurück in die Wohnküche.

»Romy, bist du das?«, fragt Adrian leise, ohne aufzublicken.

»Schscht«, gebe ich zurück. Und dann: »Woher weißt du das?«

»Du atmest laut beim Denken, nur so als Tipp.«

»Warum hat mir das noch nie jemand gesagt?«, gebe ich überrascht zurück.

»Willst du dich nicht lieber verstecken?«

Ich schnaube sauer, woraufhin ein leises Kichern vom Tisch ertönt. »Du wirst mich eh nicht finden«, murre ich. »Keine Chance.«

»Das werden wir ja wohl sehen«, gibt Adrian mit einem Selbstvertrauen zurück, das mich anspornt.

Ich laufe aus dem Zimmer in den Flur und sehe dort gerade noch, wie Lydias blonde Haare in der Truhe unter der Garderobe verschwinden. Das ist so vorhersehbar, ich würde sie direkt entdecken. Lydia greift immer nach dem erstbesten Sicherheitsanker, so war sie früher auch schon. Im Flur bleibe ich kurz an der Kellertür stehen. Aber auch das wäre ein viel zu offensichtliches Versteck, oder? Olga, Nathalie, Lydia und Mads, ja sogar Chris haben bei diesem Spiel einen entscheidenden Vorteil, denn Adrian kennt sie nicht. Nicht so gut wie mich auf jeden Fall, und er kennt mich viel zu gut. Zumindest die Romy der letzten vier Jahre. Mit klopfendem Herzen bleibe ich im Flur stehen und überlege, was die jüngere Romy gemacht hätte, die mutige Romy. Wäre sie aufs Dach geklettert, oder hätte sie sich draußen in die Gartenabfälle eingegraben, hätte sie alles dafür gegeben, nicht gefunden zu werden?

Ich höre ein Rumpeln im Keller, dann springe ich die Treppe nach oben, nehme zwei Stufen auf einmal. Wie viel Zeit habe ich noch, fünf Minuten?

Aber meine Erinnerung trügt mich nicht. In die Decke des Obergeschosses ist eine Luke eingelassen, die wahrscheinlich zu einer Art Dachboden führt. Sie ist ebenso weiß gestrichen wie der Rest des Ganges. Unbewusst habe ich sie direkt bei unserer Ankunft bemerkt, aber sie fällt wahrscheinlich nur jemandem wie mir auf. Jemandem, der seine Kindheit damit zugebracht hat, nach Versteckmöglichkeiten und Fluchtwegen zu suchen. Jetzt brauche ich allerdings noch einen Stab mit Haken oder etwas Ähnliches, um die Luke zu öffnen. Und eine Leiter, wenn sich keine auf der anderen Seite der Luke befindet, die automatisch mit herunterklappt. Unschlüssig drehe ich mich in alle Richtungen und öffne dann die Tür zum nächstbesten Schlafzimmer, das ich noch nicht kenne. Es ist das von Olga und Chris, ich sehe sein weißes Hemd, das er sorgsam über die Lehne des Stuhls gefaltet hat, das gemachte Bett, einen großen aufgeklappten Koffer, in dem sowohl Olgas Sommerkleider als auch Chris' Hosen liegen. Ich runzele die Stirn. Wie hat Olga vor, alleine zurückzukehren, wenn sie nur mit einem gemeinsamen Koffer gekommen sind? Zum ersten Mal denke ich darüber nach, ob Olga überhaupt vorhat, sich selbst an unseren Pakt zu halten. Der gemeinsame Koffer lässt mich daran zweifeln, aber muss das wirklich etwas bedeuten? Plötzlich kommt mir der Gedanke, dass sie vielleicht auch schon längst über Lydia und Chris Bescheid wissen könnte und in einer wirkungsvollen Zeremonie mit ihm Schluss machen will, im Beisein von uns anderen. Mit ihm und mit Lydia. Dieser Gedanke lässt mich erstarren. Es würde einen weiteren Keil zwischen uns vier treiben. Aber andererseits würde das immerhin auch bedeuten, dass ich Olga überhaupt nichts erzählen muss, dass ich nicht wieder diejenige sein muss, die den Frieden kaputt macht.

Auf dem Weg zum Schrank stolpere ich über ein Spielzeug von Kasper, einen schon etwas mitgenommenen Dinosaurier aus Plüsch, der dabei ein lautes Quietschen von sich gibt. Die Schranktür steht offen, und auch dort sehe ich Klamotten von beiden. Chris und Olga haben tatsächlich Sachen im Schrank aufgehängt, sorgsam auf jeden Bügel ein T-Shirt, eine Hose, ein Kleid. Es kommt mir fast so vor, als wollten sie hier einziehen. Aber vielleicht ist das auch einfach nur das normale Verhalten erwachsener Menschen, die nicht nur vorneherum so tun, als hätten sie ihr Leben im Griff, sondern die es tatsächlich im Griff haben. Trotzdem war Olga eifrig dabei, dieses Wochenende zu planen, das ihr Leben aus dem Lot werfen würde. Die Gedanken schwirren in meinem Kopf umher, und ich habe keine Ahnung mehr, was ich von Olga halten soll. Was hat sie vor? Ist sie nun auf Versöhnung aus, oder ist es nur eine Frage der Zeit, bis sie ihre Maske gänzlich abwirft und uns alle mit in den Abgrund zieht? Früher konnte ich immer vorhersagen, was meine Freundinnen machen würden, sie waren mir so vertraut, wie meine eigene Familie es nie sein konnte. Zwischen uns herrschte diese geruhsame Langeweile, zu der man sich immer wieder zurückziehen konnte. Sie war ein Schutzpanzer gegen die chaotische Außenwelt, die immer wieder versuchte, durch die Risse zwischen uns zu drängen. Aber wir ließen es nicht zu. Wir hielten uns gegenseitig fest. Bis ich losgelassen habe und alles eingestürzt ist. Ich frage mich, ob etwas von dieser Vertrautheit zwischen den anderen noch da ist.

Ich reiße mich aus der Starre und sehe mich hektisch im Raum nach dem Stab um, mit dem ich die Luke zum Dachboden öffnen kann. Ich schaue hinter den Schrank, unters Bett, hinter die Tür, aber ich finde nichts. Also verlasse ich das Zimmer wieder, schließe vorsichtig die Tür und gehe zum nächsten Raum. Es ist das Zimmer von Nathalie und Mads, in das ich vorgestern Nacht vom Balkon aus hineingesehen habe. In Gedanken höre ich wieder das Prasseln des Regens, sehe das Leuchten seiner Zigarette.

Mein Blick huscht über das Chaos im Zimmer, und ich kann nicht sagen, ob es von Nathalie oder Mads stammt. Überall auf dem Boden liegen Kleidungsstücke verteilt, und ich frage mich automatisch, ob sie vielleicht in einem Sturm der Leidenschaft zu Boden geworfen wurden. Ich stelle mir vor, wie die beiden küssend von der Tür zum Bett wanken und mit verschlungenen Gliedern darauf landen. Ich fahre mir mit den Händen durchs Gesicht und beginne nach dem Stab für die Dachbodenluke zu suchen. Auf dem einen Nachttisch liegt ein Magazin über Astrologie, auf dem anderen das illustrierte Buch mit dem Leuchtturm auf dem Cover. Ich will mich gerade flach auf den Boden legen, um unters Bett zu sehen, da fällt mir das Bild auf, das als Lesezeichen zwischen den Seiten steckt und zur Hälfte herausragt. Ich kann nur die Hälfte eines kleinen Körpers erkennen, dick eingepackt in eine rote Winterjacke, die Hände in zu großen Fausthandschuhen. Ich versuche, dem Drang zu widerstehen, aber dann strecke ich doch meine Finger aus und ziehe das Foto vorsichtig weiter heraus. Jetzt sehe ich, dass auf dem Foto noch eine zweite Person zu sehen ist, die das kleine Mädchen im Arm hält. Es ist Mads. Die beiden lächeln sich an, Nasenspitze an Nasenspitze. In diesem Moment ertönt von unten das schrille Ringen des Weckers, der Adrians Wartezeit beendet. Ich springe so schnell auf, dass ich das Buch samt Lesezeichen mit dem Knie zu Boden befördere, das Bild segelt durch die Luft und rutscht unter das Bett.

»Scheiße.« Auf einmal ist die Suche nach der Stange für die Dachluke völlig vergessen, ich lege mich auf den Boden und strecke mich nach dem Foto. Sosehr ich auch nicht direkt von Adrian gefunden werden will – es wäre sehr viel schlimmer, von Mads entdeckt zu werden, wie ich in seinen Sachen herumwühle. Jetzt höre ich Schritte unten im Wohnzimmer, langsam und schwer, so wie man sich die von einen Serienkiller vorstellt, der seine Opfer zielsicher einkreist. Dann quietscht die Holztreppe nach oben. Ich springe auf. »Scheiße«, entwischt es mir. Ich reiße die erstbeste Schranktür auf und quetsche mich zwischen die alten Bettbezüge, die dort wie blasse Geister auf den Bügeln hängen. Mit beiden Händen ziehe ich die Schranktüren wieder zu und atme tief durch. Das hier ist ein bescheuertes Versteck, aber vielleicht ist es so be-

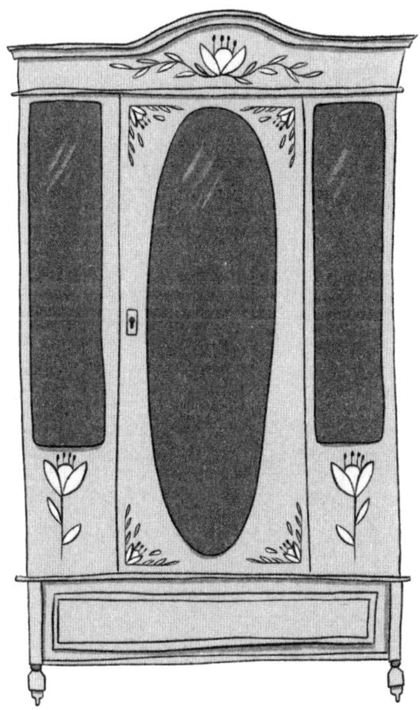

scheuert, dass Adrian mich nicht gleich findet. Ich atme konzentriert langsam ein und aus, damit sich mein Herzschlag ein bisschen beruhigt. Gerade kommt es mir nämlich so vor, als würde bei jedem Pulsschlag der Schrank wackeln. Hat Adrian recht, und ich atme tatsächlich beim Denken lauter? Ich schließe die Augen – und erst dann merke ich, dass ich das gar nicht bin. Irgendetwas bewegt sich direkt neben mir, und ich zucke vor Schreck zusammen.

»Hi«, flüstert eine raue Stimme direkt neben meinem Ohr. »Gutes Versteck«, sagt Mads.

VOR FÜNFZEHN JAHREN

Es war eine Donnerstagnacht, und er küsste mich. Ich spürte die einzelnen Pellets des Kaninchenstreus unter meinem Rücken, die sich durch die Plastikfolie gruben, aber das störte mich nicht. Im Lager von Walters Zoofachgeschäft war es ziemlich kalt, aber wir steckten gemeinsam in meinem Schlafsack, und ich genoss die Wärme, die von Mads Körper ausging.

»Hast du Kondome dabei?«, fragte ich zwischen zwei Küssen.

Er betrachtete mich ernst im Licht von Walters Schreibtischlampe. »Bist du sicher?«, fragte er mich.

Ich nickte. »Und du?«

»Ja«, flüsterte er und küsste mich wieder. Ein Prickeln wanderte über jeden Zentimeter meiner Haut. »Ist das dein erstes Mal?«

Ich schüttelte den Kopf. »Und deins?«

Mads nickte, und ich strich ihm mit den Fingern über die Wangen. »Hast du Angst?«, fragte ich leise.

»Nein«, sagte er. »Ich will dir so nah sein, wie's nur geht.«

Er löste sich kurz von mir, streckte sich und zog ein Kondom aus seiner Hose, die neben uns auf unserer provisorischen Matratze lag.

»Hast du dir dein erstes Mal anders vorgestellt?«, fragte ich, und auf einmal spürte ich Nervosität in mir aufsteigen. Es war tatsächlich nicht mein erstes Mal, aber damals, mit meinem Kurzzeitfreund Serkan, hatte es ziemlich wehgetan, und ich hoffte, dass ich es diesmal einfach genießen konnte.

Er zog die Augenbrauen zusammen und hielt inne, das verpackte Kondom noch in der Hand. »Wie meinst du das?«

»Na ja, vielleicht nicht auf Tierstreu in einem Ladenlager«, lachte ich und warf einen Blick durch den vollgestellten Raum.

Nun lächelte er ebenfalls. »Das ist mir so was von egal.«

»Mir auch«, flüsterte ich.

Er legte das Kondom neben uns und nahm mein Gesicht in seine Hände. Ohne ein weiteres Wort zu sagen, küsste Mads mich wieder, und ich küsste ihn, und dann küssten wir uns beide, während unsere Finger nach unten wanderten. Er schob mein T-Shirt hoch, und ich hakte meine Finger in den Bund seiner Boxershorts. Mit einer Hand zog ich mir das T-Shirt über den Kopf. Mein ganzer Körper pulsierte, seine Finger strichen über meine Haut, folgten der Kurve meines Schlüsselbeins, bis er auf einmal innehielt.

»Was ist?«, fragte ich ihn, ein bisschen atemlos. »Hab ich irgendwas falsch gemacht?«

Ich senkte den Blick und sah aus den Augenwinkeln den blauen Fleck unter meinem Schlüsselbein, bei dem Mads' Finger verharrten.

»War das dein Bruder?«

Ich schob seine Hand weg und zog mein T-Shirt hastig wieder an.

»Romy«, sagte er, »bitte rede doch mit mir.«

Aber ich drehte mich von ihm weg, mein ganzer Körper glühte vor Scham. Ich konnte nicht reden, selbst wenn ich es gewollt hätte, ein dicker Kloß versperrte meinen Hals.

JETZT

Auf einmal füllt sich die Dunkelheit neben mir mit einem zweiten Körper. Ein leises Klirren ertönt, als die Kleiderbügel sich berühren. Mads zieht sich einen Kissenbezug vom Kopf.

»Beim Anblick dieser seltsam aufgehängten Bettwäsche hätte ich gleich misstrauisch werden müssen«, flüstere ich.

Um seinen Körper hat er einen Deckenbezug gewickelt wie eine Toga. Nur seine langen Beine in geringelten Socken gucken unten aus der Bettdecke hervor. »Zieh dir lieber auch einen Bezug über, bevor Adrian kommt«, sagt er leise. »Hier.« Er zieht hinter sich noch einen Bettbezug von einem Bügel. Diesmal klappert es noch lauter, aber ich höre Adrian nicht näher kommen, noch nicht. Oder pirscht er sich gerade völlig geräuschlos an uns heran, um jeden Moment die Schranktür aufzureißen? Ich weiß nicht, wie Mads es schafft, sich überhaupt zu bewegen, so eng wie es hier drinnen ist. Er muss sogar den Kopf einziehen, um nicht an die Massivholzdecke dieses alten Dings zu stoßen. Aber trotzdem schafft er es irgendwie, den Bettbezug um mich zu wickeln wie ein Leichentuch. »Du kannst den Kopf schon rausstrecken«, sagt er, und ich höre das Grinsen in seinem Gesicht durch das geblümte Stoffmuster. Ich ziehe das Betttuch fester um mich, bis ich einen Rand finde und meinen Kopf herausschiebe. »Gar nicht mal so übel«, sagt er und mustert mich von oben. Ich weiche seinem Blick aus. Ich tue so, als würde ich auf Adrians Schritte lauschen, aber eigentlich denke ich fieberhaft darüber nach, ob es sein kann, dass Mads mich durch den schmalen Spalt in der Schranktür die ganze Zeit beobachtet hat. Soll ich einfach so tun, als wäre nichts passiert?

Aber mein Mund ist schneller als ich. »Tut mir leid, dass mir das Foto unters Bett gerutscht ist.«

Mads zuckt die Achseln, was das ganze Möbelstück zum Wackeln bringt. »Nicht schlimm. Ich komm da mit meinen Armen schon dran.«

»Aber tut mir leid, dass ich es überhaupt … rausgezogen habe«, murmele ich noch schnell hinterher. Ich bin froh, dass er im Halbdunkel nicht sehen kann, wie rot ich geworden bin.

»Entschuldigst du dich etwa bei mir?«, fragt er.

Ich blinzele zu ihm hoch und schnell wieder runter. Er hat die Augenbrauen ein bisschen spöttisch nach oben gezogen.

»Scheint so«, murmele ich leise.

»Und, tut's weh?«

Ich rolle mit den Augen. »Strapaziere meine Freundlichkeit lieber nicht über, Mads.«

Er entgegnet nichts mehr, und ich bereue direkt, was ich gesagt habe. Ich spreche mit ihm wieder wie damals, als wir sechzehn waren, dabei gibt es nichts zwischen uns, was diese Vertrautheit rechtfertigen würde. Und doch kann ich mich nicht dagegen wehren. Für einen Moment herrscht Stille zwischen uns. Jetzt höre ich Adrian wieder. Er ist immer noch im Erdgeschoss, jedenfalls glaube ich, dass das, was ich in diesem Moment höre, die Kellertür ist, die geöffnet wird. Ein Rucken geht durch das uralte Haus.

Ich schließe die Augen und versuche mir vorzustellen, dass ich alleine in diesem Schrank bin. Aber es funktioniert nicht eine Sekunde lang. Unsere Arme berühren sich, wir stehen ganz nah nebeneinander. Ich spüre, wie sich sein Körper neben meinem ganz leicht bewegt. Mads stand schon immer unter einer gewissen Anspannung, als wäre er die ganze Zeit unter Strom.

»Wer ist das Mädchen auf dem Bild?«, flüstere ich irgendwann und will mir im nächsten Moment auf die Zunge beißen. Ich schließe wieder die Augen. »Ich wollte nicht, also, wenn es zu privat ist, das ist völlig …«

»Lotta«, sagt er, »meine Tochter.«

»Oh«, sage ich.

»Das war auch meine Reaktion auf sie«, sagt er, und ich muss grinsen.

»Wie alt ist sie?«

»Dreieinhalb.«

Ich atme tief ein und aus.

»Was?«, fragt er.

»Du bist Vater.«

»Jep«, antwortet er.

»Krass.«

»Wieso?«

»Na ja, ich dachte nicht … ich dachte irgendwie nicht …«

»Dass irgendwas im Leben anderer passiert, wenn du nicht dabei bist?«, fragt er. Im ersten Moment kommt mir das vor wie eine Beleidigung, aber es klingt nicht wie eine. Seine Stimme trägt keinen Vorwurf in sich.

»Ja«, gebe ich also zu.

Mads brummt leise, wie er es früher schon immer getan hat. »Und ich hätte dich auf den ersten Blick fast nicht erkannt. Du hast dich auch ziemlich verändert, Romy.«

»Was, ehrlich?«

Er lacht leise. »So ein Quatsch. Deine Haare leuchten bis auf mehrere Kilometer, schätze ich.«

Ich knuffe ihn in die Seite. »Wo ist Lotta jetzt?«

»Bei ihrer Mutter.«

»Ach so.«

Ich wage im Halbdunkel noch einen Blick zu ihm hoch, er grinst zurück. »Frag ruhig. Wenn du willst.«

»Bist du noch mit ihr zusammen?«

Er schüttelt den Kopf. »War ich auch nie. Sie ist schon lange eine gute Freundin, und wir wollten beide gern ein Kind. Wir arbeiten zusammen in der Psychiatrie.«

»Cool«, sage ich.

Er sieht mich mit zusammengezogenen Augenbrauen an.

»Das hast du vorhin auch schon gesagt.«

»Was? Wann?«

»*Cool,* als ich dir von meinem Job erzählt hab.«

»Na ja, was soll ich auch dazu sagen? Ich kenne mich mit diesem Thema nicht aus, und du unterliegst bestimmt irgendeiner Art Schweigepflicht.«

»Oder du wolltest nicht fragen, weil dir das alles unangenehm ist.«

»Was?«

»Na ja, die Jugendlichen, mit denen ich dort arbeite, die haben ganz schön viel Scheiße erlebt. Missbrauch, häusliche Gewalt und so weiter. Du weißt schon … Aber es ist ein gutes Gefühl, dass man ihnen helfen kann und dass viele von ihnen trotzdem irgendwann ein erfülltes Leben führen.«

Ich verenge meine Augen zu Schlitzen. »Okay«, sage ich. *»Cool.«*

Er lacht leise.

Einen Moment schweigen wir beide. Aus dem Garten ist

Adrians Stimme zu hören, aber ich kann nicht verstehen, was er sagt.

»Und wie gefällt es dir bis jetzt?«, fahre ich fort. »Das Vatersein?«

Ich sehe ihn im Halbdunkel grinsen. »10 out of 10, would recommend«, sagt er.

»Ehrlich?«, frage ich.

»Ja, sie ist unglaublich«, antwortet er. »Auch wenn sie gerade eine ziemliche Leuchtturm-Phase durchmacht.«

»Lotta liebt Leuchttürme?«, frage ich. »Hast du deswegen das Buch zu dem Thema gelesen?«

Er nickt. »Du kannst dir gar nicht vorstellen, was für Fragen sie mir darüber stellt.«

»Was denn zum Beispiel?«

»Na, wie festgelegt wird, in welche Richtung sich das Leuchtturmlicht dreht, beispielsweise.«

»Und?«

Er hebt die Schultern. »Das habe ich bis jetzt nicht rausfinden können. Aber ich hoffe, sie gibt sich auch mit Fotos von französischen Leuchttürmen zufrieden. Ich muss unbedingt noch zum Cap Camarat, bevor ich hier abreise. Das habe ich ihr versprochen.«

»Ist das der Leuchtturm, von dem du gestern Nacht erzählt hast?«

Er nickt. Ob er auch wieder daran denken muss, was wir gestern Abend gesehen haben? Das schlechte Gewissen überrollt mich. Ich habe Olga immer noch nichts davon erzählt …

»Mads?«

»Ja?«

»Ich wollte mich auch noch bei dir entschuldigen.«

»Wofür?«

»Dafür, dass ich dich so behandelt habe, damals.«

Er seufzt. »Ja, aber mittlerweile verstehe ich es, Romy. Du hast eben diesen Pakt mit deinen Freundinnen, und der geht über alles.«

»Nein, so ist es nicht.« Ich beiße mir auf die Zunge. Ich weiß nicht, wie ich ihm das alles erklären soll.

»Das ist so lange her.« Mads hebt eine Hand und zupft an meiner Schulter mein Kostüm zurecht, wo die rote Bluse darunter zu sehen war. Dann verharrt seine Hand noch für einen Moment unter meinem Kinn, kurz über meinem Schlüsselbein. »Und mir tut es leid, dass ich hergekommen bin.«

Meine Augen huschen zu seinen nach oben, die im schwachen Licht in diesem Kleiderschrank fast farblos aussehen. »Warum bist du denn hergekommen?«

»Ich wollte Nathalie einen Gefallen tun«, sagt er. »Das zwischen uns ist überhaupt nichts Ernstes, aber wir sind mittlerweile auch gut befreundet.« Und dann: »Aber eigentlich wollte ich dich wiedersehen.«

»Und warum?«, frage ich so leise, dass meine Stimme bricht.

»Es war eine Kurzschlussreaktion«, gesteht er, »es war ein dummer, tollkühner Moment. Ich habe nicht nachgedacht.«

Ich spüre, wie mein Herz schneller schlägt. Im Halbdunkel des Schrankes muss ich unwillkürlich an damals denken, als wir beide im Tierfutterladen übernachtet haben. Und an damals, als er mich beim Versteckspiel in der Umkleidekabine zum ersten Mal geküsst hat.

Mads hebt die Schultern. Er blickt nach oben, sodass ich den Ausdruck in seinen Augen nicht erkennen kann. »Damals, als wir sechzehn waren … Ich weiß nicht, wie es dir ging, aber ich dachte mir damals, dass ich bestimmt wieder jemanden finde würde wie dich. Auch wenn es verdammt wehgetan hat.«

Ich nicke. »Das dachte ich auch über dich«, flüstere ich.

»Ich meine, woher sollten wir das auch wissen?« Nun legt er

den Kopf schräg und die Stirn in Falten. »Du warst meine erste Liebe, Romy«, flüstert er. »Durch dich habe ich gelernt, was Liebe ist – und ich dachte, Liebe ist immer gleich. Immer gleich bombastisch, allumfassend, wundervoll.«

»Aber das ist sie nicht«, murmele ich.

Mads seufzt. »Richtig«, sagt er leise und nimmt einen tiefen Atemzug. »Das ist sie nicht.«

Dann senkt er den Kopf und blickt mich direkt an, unsere Nasenspitzen berühren sich fast.

»Romy.« Ich spüre bei diesem Wort seinen Atem auf meinen Wangen.

»Mads?«

Unsere Lippen bewegen sich wie automatisch aufeinander zu, berühren sich nur für den kürzesten Augenblick, dann halten wir inne.

»Ro…«, setzt er wieder an, aber diesmal lasse ich ihn nicht aussprechen. Unsere Lippen treffen sich, und etwas zerreißt in mir. Ich hatte schon komplett vergessen, wie sich das anfühlt, jemanden zu küssen, der nicht Adrian ist. Seine Lippen sind viel fester als die von Adrian, seine Nase drückt sich in meine Wange, ich ziehe ihn nur noch näher zu mir heran, unsere Zungen umschlingen sich wie unsere Körper. Seine Hände graben sich durch die Schichten der alten, nach Lavendel riechenden Bettwäsche bis zu meiner Bluse und schlüpfen darunter, als hätten sie nie etwas anderes getan. Seine Fingerspitzen wandern auf meiner nackten Haut entlang. Diesmal ist sie glatt, keine Schürfwunden mehr, nur noch Narben. Ihm entweicht ein leises Stöhnen – oder war es ein Knarzen des alten Schrankes? Ich bin mir nicht sicher.

Plötzlich ertönt ein lautes Knarzen, direkt vor uns. Als würde unser Haus noch einmal vom Blitz getroffen, fahren wir auseinander.

Adrian reißt die Schranktür auf. »Ha!«, ruft er. »Gleich zwei auf einen Schlag!«

Ich bin wie versteinert, mein Hirn kann die Situation nicht angemessen schnell verarbeiten. Der Schreck hat uns auseinandergetrieben, aber ich spüre immer noch Mads' Lippen auf meinen und seine Zunge in meinem Mund.

»Juhu, ihr seid die Letzten!«, ruft Adrian. »Dabei ist euer Versteck wirklich beschissen.« Er klatscht in die Hände. »Wohooo!«, jubelt er. »Olga? Wo ist Olga? Ich hab gewonnen! Wie lange hat das gedauert? Zehn Minuten?«

Ich kann mich nicht bewegen. Mein Hirn kann nicht verarbeiten, was hier gerade passiert ist. Ich habe Mads geküsst. Adrian, Mads und ich befinden uns in einem Raum. Wenn meine Berechnungen stimmen, müsste jetzt meine Realität implodieren. Aber das tut sie nicht. Ich muss, so schnell es geht, raus aus dieser Situation. Ich winde mich aus meinem Bettlaken, reiße dabei mehrere Kleiderbügel von der Stange und stolpere nach draußen. Adrian streckt mir eine Hand entgegen, und ich lasse mich wie automatisch in seine Arme fallen, auf einmal völlig ermattet. Ich schlinge meine Hände um seinen Hals, und er muss mich festhalten, damit ich nicht umfalle. »Romy, was ist denn los? Du wirkst ja fast so, als hätte ich dich gerettet.« Er lächelt mich stolz an. Ich reiße mich zusammen und löse mich von ihm, doch mir ist noch immer schwindelig. Ich drehe mich nach Mads um, aber er ist verschwunden. Dann ducke ich mich unter Adrians Armen hindurch und laufe ins Bad, schließe die Tür mit zitternden Händen hinter mir ab und setze mich auf den geschlossenen Klodeckel. Genau so saß ich gestern Nachmittag in der Toilettenkabine des Wellnessresorts, als es mir alles zu viel wurde. Es ist einfach alles viel zu viel. Kapieren die anderen Menschen in diesem verdammten Haus nicht, dass ich mich nicht grundlos von ihnen ferngehalten habe? Dass ich es einfach nicht aushalte, wenn alle

Erinnerungen, all meine Taten und Erfahrungen, auf mich einprasseln? Ich lehne den Kopf gegen die kühle, unregelmäßig verputzte Badezimmerwand. Verdammte Scheiße, was ist da eben passiert? Für den Bruchteil eines Augenblicks bin ich mit mir selbst verschmolzen, mit der Romy, die ich seit fünf Jahren erfolgreich von mir abgespalten habe. Mit der kaputten Romy, die alles zerstört, was sie anfasst. Die Romy mit den Wunden und der Schlaflosigkeit. Wo ist meine Arbeit der letzten fünf Jahre hin, in denen ich jeden Tag damit zugebracht habe, ein gemütliches Schloss um mich herum zu errichten? Mit dicken Mauern und hohen Türmen, in die keiner von außen hineindringen kann?

Adrian klopft von außen an die Badtür. »Alles okay, Romy?«

»Ja«, rufe ich zurück, »ich hab nur meine Tage bekommen, und mir ist übel!«

»Soll ich dir eine Schmerztablette besorgen?«, fragt er zurück.

Ich beiße mir auf die Lippen, aber die Tränen schießen mir ganz von selbst in die Augen. »Nein, alles gut, ich komme gleich«, gebe ich mit möglichst gefasster Stimme zurück. »Geht schon mal runter, okay?«

»Bist du sicher?«

Ich stehe auf und stütze beide Hände an die Seiten des Waschbeckens, starre mein zerzaustes Spiegelbild an. Die Sommersprossen überall auf meiner Haut wirken dunkler und lassen mich noch blasser aussehen. »Ja, alles gut, danke, Adrian.«

Er verharrt noch einen Moment vor der Tür, und ich schließe erleichtert die Augen, als ich im nächsten Moment Schritte auf der Treppe nach unten höre. Ich überprüfe, ob ich die Tür auch wirklich abgeschlossen habe, dann laufe ich auf den wenigen Quadratmetern des kleinen Badezimmers auf und ab. »Scheiße«, flüstere ich vor mich hin, als würde das irgendetwas besser machen, »Scheiße, Scheiße, Scheiße!« Ich weiß, dass ich mich zusammenreißen und wieder beruhigen muss, bevor ich diesen Raum verlassen kann, aber ich habe in diesem Moment nicht die leiseste Ahnung, wie ich das anstellen soll. Es fühlt sich an, als wäre etwas in mir aufgebrochen. Als wäre meine Brust aufgeschnitten worden und darunter mein wahres Ich zum Vorschein gekommen. Das Chaos der Welt strömt durch diesen Schnitt in mich ein, ich kann es nicht aufhalten. Dabei habe ich doch eigentlich alles so gut im Griff. Ich wische mir mit den Handrücken die Tränen von den Wangen und spüre, wie mein Atem schneller wird, ruckartiger. Diesmal beiße ich mir auf die Lippen, bis ich Blut schmecke, das beruhigt mich zumindest ein bisschen. Mit fahrigen Fingern nehme ich meinen großen Kulturbeutel aus dem Schrank unter dem Waschbecken, ziehe den Reißverschluss auf und greife ganz tief hinein. Unter den Tuben und Döschen liegt ganz unten in der kleinen grün-weiß gemusterten Plastiktüte der Schwangerschaftstest. Mit zittrigen Fingern hole ich ihn aus der Packung und setze mich aufs Klo. Aber ich bin zu nervös, es kommt einfach nichts. Ich schließe die Augen, atme tief durch und versuche meinen Körper zu entspannen. Als es endlich klappt, fühle ich mich vor Erleichterung auf einmal den Tränen nah und muss gleichzeitig über mich selbst lachen. Ich sitze hier in einem französischen Ferienhaus und lachweine, weil ich es geschafft habe zu pinkeln. Wie schnell kann der Abstieg eines einzelnen Menschen gehen? Dann ziehe ich den Schwangerschaftstest zwischen meinen Beinen hervor, verschließe die Kappe und starre auf das kleine Display. Ich traue mich nicht zu blinzeln, auch nur einen Moment wegzuschauen, als sich nach und nach zwei Striche aus dem Nichts schälen.

VOR FÜNFZEHN JAHREN

»So, einmal einen Schoko-Banane-Milchshake für Olga«, sagte Nathalie und stellte das kleine Tablett mit dem randvollen Glas auf dem Tisch ab. Ein Schluck des Milchshakes landete auf dem Tisch. »Ups, ’tschuldigung, ich hol gleich einen Lappen«, murmelte sie.

»Alles gut«, sagte Olga und nahm ihren Milchshake.

»Und einmal der Zuckerwatteshake für dich, liebe Romy.« Stolz platzierte Nathalie ihre Kreation vor mir. Auf dem Gemisch aus Zuckerwatte und Sahne saß eine ziemlich schiefe Kirsche. »Danke, Nathalie.«

Olga sah angewidert zu mir herüber. »Ich verstehe nicht, wie du so was trinken kannst.«

Ich stocherte in meinem Getränk herum. »Zucker ist einfach meine liebste Geschmacksrichtung«, gab ich zurück.

»Was ist noch mal mit Lydia?«, rief Holger von der Theke zu uns herüber, wo er gerade ziemlich überfordert mit einer Schlange an Menschen war, die sich Bowlingschuhe ausleihen wollten.

»Hab ich dir doch schon zweimal gesagt«, seufzte ich. »Sie ist beim Arzt.« Ich checkte meine Armbanduhr. »Und ich muss sie gleich abholen. Sie wollen sie nämlich nicht alleine nach Hause gehen lassen.«

»Was wird ihr noch mal entfernt?«, fragte Olga jetzt.

»Irgendeine Zyste oder so was in der Art.«

Olga nahm einen großen Zug aus ihrem Milchshake, während Nathalie zu uns auf die Bank rutschte, obwohl sie eigentlich Lydia vertreten und Holger entlasten sollte.

»Aber Olga, du bleibst noch ein bisschen, oder? Ich bin hier bald fertig, aber meine Mum und ihr neuer Freund sind gerade bei uns, und ich hab wirklich keinen Bock, neben denen auf dem Sofa zu sitzen.«

Olga warf ebenfalls einen Blick auf die Uhr. »Meine Mutter dreht durch, wenn ich noch lange wegbleibe.«

Nathalie seufzte und vergrub ihr Gesicht in ihrem Ellenbogen auf der Tischplatte. »Wenn ich meine Mutter nur irgendwie zur Vernunft bringen könnte. Was will sie denn nur immer mit diesen komischen Typen?«

»Und kann meiner Mutter bitte mal jemand verklickern, dass es Jesus egal ist, mit wem ich rumknutsche?« Olga seufzte und nahm einen tiefen Schluck von ihrem Milchshake.

»Und meiner, dass sie sich endlich von meinem Vater trennen muss?«, fügte ich tonlos hinzu.

Einen Moment saßen wir schweigend da.

»Können wir uns bitte eines versprechen?«, fragte Nathalie dann. »Wenn wir jemals auch nur annähernd so werden wie unsere Mütter, dann müssen die anderen das verhindern.«

Ich lachte. »Und wie sollten wir das anstellen?«

»Hm.« Olga überlegte. »Aber wisst ihr was?«, fragte sie dann und legte ihre Arme um uns. »Unsere Mütter haben auch nicht so gute Freundinnen, wie wir es sind. Uns wird das alles nicht passieren. Wir werden nie so abhängig von Männern werden.«

»Ist deine doch gar nicht«, warf Nathalie ein.

»Jesus ist auch ein Mann«, hielt Olga grinsend entgegen, und ich pflichtete ihr bei.

Nathalie runzelte mürrisch die Stirn. »Ich glaube nicht, dass das so einfach ist. Unsere Mütter haben sich doch auch nicht absichtlich in diese Lage gebracht.«

»Umso mehr müssen wir aufeinander aufpassen«, meinte Olga und rüttelte an ihrer Schulter.

Nathalie blickte zu mir auf. »Dann bist du wohl schon verloren«, sagte sie. »Wenn ich mich recht entsinne, bist du schließlich die Einzige von uns, die einen Freund hat.«

Ich zuckte die Achseln. »Heißt das irgendwas?«

Olga legte den Kopf schief und sah mich aus zusammengezogenen Augen an. »Vielleicht. Das sollten wir besser mal im Auge behalten.«

Ich gab ihr einen spielerischen Klaps auf den Hinterkopf und nahm einen tiefen Schluck aus meinem Milchshake. Die süße Brühe lief meinen Hals hinab und verwandelt meine Arme in Zuckerstangen.

»Nathalie?«, brüllte Holger jetzt von der Theke herüber.

Nathalie verdrehte die Augen. »Ich muss dann mal wieder.«

Ich warf noch mal einen Blick auf meine Uhr. »Scheiße, ich auch.«

Ich gab Olga einen schnellen Kuss auf die Wange und rutschte nach Nathalie aus der Sitzbank hinaus.

JETZT

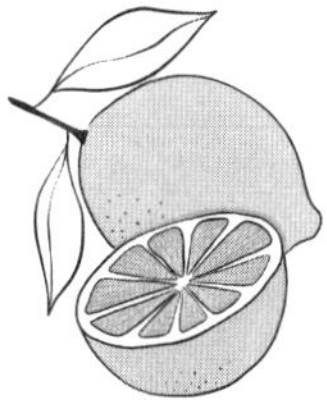

Ein zweites Klopfen an der Tür reißt mich aus meinen Gedanken.

»Romy, mach auf.« Olga versucht es gar nicht erst mit sanften Fragen.

Ich weiß nicht, was ich darauf antworten soll, also bleibe ich stumm und rühre mich nicht.

»Los, Romy, mach die Tür auf«, wiederholt Olga mit fester Stimme. Nun stehe ich wie ferngesteuert auf, gehe zur Tür und drehe das Schloss um. Sie wartet nicht, bis ich die Tür öffne, sondern kommt direkt herein und schließt die Tür hinter sich wieder.

»Was ist passiert?«, fragt sie nun leise.

Ich wickle mich wieder in das Bettlaken und kauere mich auf dem Boden vor der Badewanne zusammen.

»Was ist passiert, Romy?«

Ich schüttele nur den Kopf. Ich will nicht hier sitzen wie ein jämmerliches Häufchen Elend. Ich muss mich im Griff haben, ich muss selbst auf mich aufpassen. »Geh zurück zu den anderen, okay? Ich komm gleich. Ich krieg nur meine Tage, da bin ich immer ein bisschen emotional.«

»Wer's glaubt.« Olga geht vor mir auf die Knie und legt ihre Hände an meine Wangen. Ich sehe auf. »Na?«, fragt sie.

Sie blickt mich streng an, und ich erinnere mich, wie wir früher gegenseitig so unsere Gesichter hielten, vor einem halben Leben, als wir niemanden hatten außer uns. Streng und liebevoll, so wir uns immer vorgestellt hatten, dass eine Mutter sich verhalten sollte. Olga ist genau so geworden – und ich, was bin ich geworden? Ein Wrack.

Ich wische mir mit dem Handrücken über die Nase und winde mein Gesicht aus ihren Händen. »Ich kann's dir nicht sagen.«

»Wieso nicht?«

»Weil ich nicht weiß, wie. In welcher Reihenfolge.«

»Es sind also gleich mehrere Dinge?«, fragt Olga, und ihre Stimme klingt so pragmatisch, als würde sie im nächsten Moment einen Stift zücken und eine Mindmap auf den Badezimmerfliesen erstellen, um dieses Problem zu lösen. »Okay, dann direkt mit allem raus.«

Ich nage an meiner Unterlippe, die immer noch ein bisschen nach Blut schmeckt. Ich hole tief Luft und drücke die Augen zu. »Ich hab Mads geküsst, und ich bin schwanger«, presse ich, so schnell ich kann, hervor. Dann schlage ich die Hand auf den Mund, als könnte ich die gesagten Wörter damit wieder zurücknehmen.

Olga starrt mich für einen Moment stumm an, dann bricht sie in Lachen aus. Sie hält sich den Bauch und lässt sich neben mir gegen die Duschwand sinken. Ein etwas muffiger Geruch steigt von der Matte empor, die vor der Badewanne liegt.

»Warum lachst du?«, frage ich sie, weil ich es mir beim besten Willen nicht erklären kann.

Olga wischt sich die Tränen aus den Augenwinkeln. »Romy, du weißt schon, dass man vom Knutschen nicht schwanger wird, oder?«

Ich greife nach hinten und ziehe den Schwangerschaftstest aus meiner hinteren Hosentasche. »Hier«, sage ich und halte ihn ihr hin.

Olga wirft einen langen Blick auf das kleine Display. »Oh«, sagt sie. Jetzt weiß sie genauso wenig wie ich, was sie dazu sagen soll. »Und das ist von Mads, oder was?«

Ich schüttele irritiert den Kopf. »Nein, was? Wie kommst du denn darauf! Natürlich nicht.«

»Ach so.«

»Wie soll ich denn innerhalb der letzten zwei Tage schwanger geworden sein?«

Olga zuckt die Achseln. »Ich hab gestern Nacht so Geräusche gehört, dachte ich.«

Ich schlucke und weiß nicht, was ich darauf sagen soll, aber sie wundert sich nicht über mein Schweigen.

»Der Schwangerschaftstest könnte falsch-positiv sein«, schießt Olga jetzt hervor.

Ich nicke. »Oder er ist einfach nur positiv.«

»Haben Adrian und du denn nicht verhütet?«, fragt sie.

»Nein, haben wir nicht, weil wir ein Baby bekommen wollten, verdammt.«

»Also … verstehe ich das richtig … ihr habt versucht, ein Baby zu bekommen, und jetzt bist du schwanger und willst es nicht mehr?«

Ich verziehe das Gesicht und vergrabe es zwischen meinen Knien. »Ich weiß es doch auch nicht.«

»Aber es ist schon von Adrian, oder?«, fügt sie noch hinzu.

Ich werfe ihr einen bösen Blick zu. »Natürlich ist es von Adrian, was denkst du denn von mir?«

Sie hebt die Arme. »Na ja, du hast mir im gleichen Moment gesagt, dass du mit Mads rumgeknutscht hast.«

»Aber das war Mads, verstehst du?«

Ein winziges Grinsen zuckt in Olgas Mundwinkeln. »Magst du das ausführen?«

»Nein«, brumme ich.

Olga nimmt meine Hand fest in ihre und streicht mit dem Daumen über meinen Handrücken. »Romy, jetzt hör mir mal zu. Ich glaube, wir haben alle so einen Menschen.«

»Was für einen Menschen?«

»Na ja, einen, bei dem alle Regeln nicht gelten, bei dem man einfach nicht anders kann. Die ganz große Liebe sozusagen.«

»Sagst du gerade, dass Mads meine große Liebe ist?«

Sie zuckt die Achseln und überlegt einen Moment. »Ich meine ja nur, du musst dir nicht so einen Kopf drum machen. In diesem speziellen Fall.«

»Ich habe keine Ahnung, was du damit meinst«, sage ich und sehe sie an. »Wer ist dein Mensch?«

»Jasmin«, entgegnet Olga wie aus der Pistole geschossen und mustert die Fliesen an der Wand.

Ich beiße mir schon wieder viel zu fest auf die Unterlippe. »Und warum ist sie dann nicht hier?«, frage ich leise.

»Weil sie nicht will«, antwortet Olga mit einer plötzlichen Schärfe in der Stimme. »Und ich kann sie ja wohl nicht zwingen, mit mir zusammen zu sein.«

»Das tut mir leid«, flüstere ich.

»Muss es nicht«, entgegnet sie. »Nur so habe ich schließlich Chris gefunden.«

Sofort steigt mir die Hitze in die Wangen. Olga bemerkt meine Verlegenheit, aber interpretiert sie zum Glück falsch. »Ich weiß schon, dass du ihn nicht sonderlich magst, Romy, aber er ist wirklich kein übler Kerl.«

»Okay.«

»Okay?«

»Ja«, bekräftige ich, »ich glaube dir. Und ich kenne ihn wirklich nicht.« Und doch weiß ich viel zu viel über ihn ... Und ich weiß, dass das der Moment wäre, der Moment, ihr die Wahrheit zu sagen.

»Und meine Eltern lieben ihn«, spricht sie weiter. »Er ist auch gläubig, weißt du? Und seine Eltern sind so nett, wir waren kürzlich sogar mit ihnen im Urlaub.«

»Seit wann bist du gläubig?«, frage ich.

Olga verdreht die Augen. »Darum geht es doch gar nicht. Aber meine Eltern freuen sich, seine Eltern freuen sich, du weißt schon.«

»Und warum willst du dich dann von ihm trennen?«, frage ich mit hochgezogenen Augenbrauen.

Olga hebt die Schultern. »Ich habe gar nicht darüber nachgedacht, wenn ich ehrlich bin«, sagt sie kleinlaut. »Ich wusste, dass dieses Wochenende meine einzige Chance war, an dich ranzukommen. Das war das Wichtigste, ich wollte es ein letztes Mal versuchen, dich zu sehen. Dir in die Augen gucken und zu verstehen, warum du die letzten Jahre einfach verschwunden bist. Warum du einfach mit mir Schluss gemacht hast.«

Ich senke den Blick. »Tut mir leid«, bringe ich mühsam hervor. »Ich habe mich einfach so geschämt für mein Verhalten, und ich wollte nichts mehr damit zu tun haben. Mit ... mit der Romy, die ich damals war. Und das ging wohl nur, indem ich auch mit euch nichts mehr zu tun habe.« Ich zupfe eine weiße Fussel vom Badteppich. Mit einem Mal schießen mir Tränen aus den Augen. Ein Schluchzen entfährt mir. »Ich wünschte, ich könnte die Zeit irgendwie zurückdrehen. Aber ich bin einfach nicht mehr die Romy von damals. Verstehst du, Olga? Ich kann nicht so tun, als hätte ich mich in den letzten Jahren nicht verändert. Aber du darfst nicht glauben, dass du mir egal wärst.« Olga senkt den Blick und sagt nichts. »Ich weiß gerade einfach nicht, wie es weitergehen soll.« Ich ziehe geräuschvoll die Nase hoch. »Mit uns beiden. Mit Adrian. Mit diesem Baby …«

»Ich will dich nur um zwei Dinge bitten, Romy.«

»Und die wären?«

»Dass du ehrlich zu dir selbst bist. Und dass du mir versprichst, dass du nie wieder einfach so abhaust. Dass du es ernst meinst mit deiner Entschuldigung.«

»Das tue ich«, bekräftige ich.

Für einen Moment schweigen wir. »Weißt du, was ich mich manchmal frage?« Olga legt den Kopf auf meine Schulter.

»Was?«

»Ob wir das alles damals vielleicht einfach falsch verstanden haben.«

»Was genau?«

»Das mit der Abhängigkeit.«

»Was meinst du?«

»Na, ich frage mich, ob wir jemals wirklich unabhängig sein können. Also, ob wir das wirklich wollen, oder ob uns das nur traurig machen würde.«

»Aber was ist die Alternative?«

Olga seufzt. »Vielleicht ist es gar nicht der Schlüssel, unabhängig zu sein. Sondern sich in eine frei gewählte Abhängigkeit zu begeben.«

»So wie wir es voneinander sind?«, frage ich und lächele sie mit tränenverhangenem Blick an. »Olga?«

»Ja?«

»Ich muss dir noch was sagen.«

»Kommt jetzt eine Liebeserklärung?« Sie grinst mich an. Dann legt sie mir eine Hand auf die Wange. »Wir schaffen das schon, Romy. Lass uns wieder zu den anderen gehen und später noch mal ganz in Ruhe darüber reden, was wir jetzt damit machen.«

»Bevor oder nachdem ich mit Adrian Schluss gemacht habe?«

Olga verdreht spielerisch die Augen. Sie will gerade etwas erwidern, da klopft es zum dritten Mal an der Tür.

»Romy? Olga? Seid ihr hier drin? Habt ihr Mads gesehen?«

Ich springe auf, vergrabe den Schwangerschaftstest wieder ganz unten in meinem Waschbeutel und schließe dann die Tür auf. Nathalie hält ihr Handy in der Hand, aus dem ein regelmäßiger Piepton dringt. »Wieso?«, frage ich schnell. Ich fühle mich ertappt.

»Weil ich ihn nirgends finden kann«, gibt Nathalie zurück und blickt neugierig über meine Schulter zu Olga, die immer noch auf dem Badezimmerboden sitzt.

»Hier ist er jedenfalls nicht«, sage ich schnell. »Sollen wir suchen helfen?«

»Wäre vielleicht gar keine schlechte Idee«, sagt Nathalie. »Langsam mache ich mir Sorgen. Nicht dass ihm etwas passiert ist.«

Ich erstarre. »Wieso sollte ihm was passiert sein?«

»Jetzt guck doch nicht gleich so erschrocken«, sagt Nathalie und verdreht die Augen, »deinem Liebsten wird schon nichts passiert sein.«

»Was redest du da?«, zische ich sie an und bedeute ihr mit einer Handbewegung, leiser zu sein. Hat Nathalie unseren Kuss etwa mitbekommen? Hat Mads ihr davon erzählt? Ist das wirklich keine ernste Sache zwischen den beiden, oder bricht in diesem Moment schon die nächste Katastrophe über mich herein?

Nathalie hebt die Augenbrauen. »War doch nur ein Scherz. Ist alles okay, Romy? Du wirkst irgendwie durch den Wind.«

»Alles okay«, sage ich ein bisschen außer Puste und merke, dass ich unwillkürlich den Atem angehalten habe. »Kannst du mir Mads' Handynummer geben?«

Für einen Moment sieht Nathalie mich überrascht an, aber sie fragt nicht weiter nach. »Klar«, sagt sie dann amüsiert. »Ich schick sie dir bei WhatsApp.«

»Was grinst du so?«, frage ich sie.

Nathalies Gesicht wird wieder ernst. »Du weißt schon, dass er nur wegen dir hierhergekommen ist?«, sagt sie dann. »Ich hab ihn zwar darum gebeten, mitzukommen, aber der Grund, warum er Ja gesagt hast, warst du.«

Ich runzele die Stirn. »Ich weiß nicht, wovon du redest«, sage ich und schiebe mich an ihr vorbei in den Flur. Nathalie seufzt. »Und da tust du es wieder.«

»Was?« Ich bleibe stehen und drehe mich zu ihr um, den einen Fuß schon auf der Treppe.

»Du blockst alles ab, nur um dich selbst zu beschützen, wie du es schon immer gemacht hast.« Sie sieht mir fest in die Augen. »Und damit machst du alles kaputt.« Nathalie dreht sich weg und geht den Gang entlang davon zu ihrem Zimmer.

Ich blicke zu Olga, aber sie steht nur wortlos auf und geht an mir vorbei die Treppe hinunter. Und dann bin ich wieder allein.

Als ich nach unten ins Erdgeschoss komme, ist die Suche nach Mads schon in vollem Gange. Es kommt mir fast so vor, als würden wir noch immer Versteck spielen, nur dass er sich diesmal so perfekt versteckt hat, dass niemand ihn findet. Ich trete in die Terrassentür. Als Adrian mich sieht, kommt er quer durch den Garten auf mich zu. Ich halte schon wieder die Luft an. Kommt jetzt der Moment, in dem alles in die Luft fliegt? Aber er gibt mir nur einen Kuss und streicht mir über die Haare. »Alles wieder okay?«

»Ja, wieso?«, antworte ich.

»Ich dachte, Olga wollte dir eine Schmerztablette bringen?«

»Ach so, ja«, sage ich schnell. »Ja, die hilft total.« Ich ringe mir ein Lächeln ab.

Er küsst mich noch einmal, dann hält er mich an den Oberarmen ein Stückchen von sich weg. »Sag mal, blutest du?«

Ich fasse mir an die Lippe, die durch seinen Kuss offensichtlich direkt wieder aufgeplatzt ist. »Das ist nichts, ich habe nur ziemlich trockene Lippen«, krächze ich und versuche, schnell das Thema zu wechseln. »Wo ist eigentlich Chris?«

»Oh«, sagt Adrian. »Den habe ich ja total vergessen.« In diesem Moment kommt Lydia aus dem Haus auf uns zugelaufen. »Kommando zurück! Ich muss noch Chris finden.« Er sieht ein bisschen zerknirscht aus und kratzt sich an der Augenbraue. »Dann habe ich wohl doch nicht gewonnen«, flüstert Adrian, mehr zu sich selbst.

Wir finden Chris tatsächlich an einer der Mauern hängend, die sich einmal komplett um das Grundstück ziehen. Ich bin froh, dass er in seinem Eifer nicht an der Stelle über die Mauer gesprungen ist, hinter der es steil nach unten zu den Klippen geht. Chris hat die Finger oben in die Ritzen zwischen den Steinen gebohrt und die nackten Zehen weiter unten. Sein Kopf ist mittlerweile rot angelaufen, aber selbst als wir die Köpfe über die Mauer strecken, bleibt er noch eine Weile hängen und lässt dann zischend die Luft aus seinen Backen weichen. »Ich berühre den Boden nicht, seht ihr das?«

»Du hast gewonnen, Kumpel!«, sagt Adrian und klopft ihm auf die Schulter.

»Also kann ich jetzt loslassen?«

»Du kannst loslassen«, sage ich.

Wie ein nasser Sack fällt er hinter der Mauer ins Gras. »Puh!« Er atmet schwer und blinzelt nach oben in die Nachmittagssonne, als wäre er gerade einen Marathon gerannt. »Ich hab gewonnen«, flüstert er, und ein zufriedenes Strahlen breitet sich auf seinem Gesicht aus. »Du kannst dir bei Olga einen Kuss abholen«, sagt Adrian und streckt eine Hand aus, an der Chris sich jetzt nach oben zieht. Immer noch leichtfüßiger, als ich es je könnte, klettert Chris über die Mauer und trabt über die Wiese davon zum Gartentisch und den verkohlten Überresten des Baums, in denen Lydias Girlanden im Wind wehen.

Aber von Mads fehlt immer noch jede Spur. Wir finden ihn nicht in den Autos in der Einfahrt oder irgendwo sonst im Garten, nicht im Keller und auch nicht versteckt in den Wandschränken in der Küche (wir gucken wirklich überall nach). Doch schließlich kommt Nathalie die Treppe aus dem Obergeschoss herunter, immer noch das Handy in der Hand. »Mads hat mich gerade angerufen«, sagt sie. »Felicitas hat angerufen, Lotta ist vorhin von der Schaukel gefallen und im Krankenhaus, er musste sofort los.«

»Oh, Scheiße«, sagt Chris. »Ist Lotta seine Katze?«

»Seine Tochter«, sage ich. Die anderen drehen sich überrascht zu mir um, nur Nathalie weiß, wovon ich spreche. »Lotta ist Mads Tochter.«

Lydia pfeift durch die Zähne. »Ich hätte nie gedacht, dass er mal der Erste von uns ist, der Kinder hat.«

»Warum das?«, fragt Nathalie.

»Na ja, ehrlich gesagt dachte ich, dass ich diejenige wäre«, gesteht Lydia und schlägt die Augen nieder.

Olga legt ihr einen Arm um die Schultern. »Keine Sorge, mein Schatz, die Bälger nerven uns noch früh genug.« Die Art, wie Olga Lydia umarmt, verrät mir alles, was ich wissen muss. Dass sie keine Ahnung von dem hat, was zwischen Chris und Lydia vorgeht. Oder ist sie so abgebrüht, dass sie Lydia in Sicherheit wiegt? Aber dann denke ich wieder an unser Gespräch im Bad vorhin und schüttele unweigerlich den Kopf.

»Können wir über was anderes reden?«, frage ich dazwischen.

Mein Magen zieht sich zusammen, oder ist das die Gebärmutter, das Organ, in dem jetzt plötzlich ein kleiner Mensch heranwachsen soll? Aber Olga hatte recht. Schwangerschaftstests können auch falsch-positiv sein, das passiert doch bestimmt ständig. Oder? Genau so, wie es auch nur ein Traum gewesen sein kann, wenn man Lydia und Chris heimlich im Garten vögeln sieht.

»Aber der Bulli steht doch noch in der Einfahrt – wie ist er denn von hier weggekommen?«, fragt Olga stattdessen, worüber ich dankbar bin. »Er hat sich ein Taxi genommen und fährt gerade zum nächsten Bahnhof«, sagt Nathalie.

»Okay«, sagen wir und stehen alle ein bisschen planlos herum. Nur Chris lässt sich davon nicht die Laune verderben. »Dann können wir ja jetzt die Schnitzeljagd machen, oder?«

Ich tausche Blicke mit Olga und freue mich für einen Moment, dass die Achse zwischen uns wieder funktioniert. »Du willst wirklich eine Schnitzeljagd machen? Und danach noch eine Runde Topfschlagen, oder was?«, fragt sie Chris, weil sie offensichtlich keine Lust darauf hat.

»Na komm schon, Olga. Was denkt ihr denn, was wir gestern Nachmittag die ganze Zeit organisiert haben?«, springt Adrian ihm zur Hilfe.

»Ich finde, wir sollten es machen«, schaltet sich Lydia ein. »Wie sollen wir sonst die Zeit bis heute Abend rumbekommen?«

»Was steht heute Abend denn an?«, fragt Chris und kratzt sich am Kopf.

»Na, das große Abendessen!«, ruft Nathalie empört. »Der Höhepunkt dieser ganzen Veranstaltung.«

»Okay, wir versprechen euch, dass wir bis dahin mit der Schnitzeljagd fertig sind«, sagt Chris. »Einverstanden?«

Olga nickt und lässt sich von ihm auf die Wange küssen. »Einverstanden.«

»Was brauchen wir dafür?«, fragt Lydia. »Irgendwelche Ausrüstung?«

»Wir werden ein bisschen gehen müssen, also feste Schuhe«, sagt Adrian. »Und eine Schicht Sonnencreme kann auch nicht schaden.«

Nathalie klatscht in die Hände. »Und am Ende kriegen wir einen Preis?«

»Was habt ihr alle nur immer mit euren Preisen?«, lacht Olga.

Aber Chris wird plötzlich ernst. »Es wird der beste Preis, den ihr euch vorstellen könnt.«

Ich sehe, wie Nathalie und Olga mir einen fragenden Blick zuwerfen, nur Lydias Blick weiche ich aus. Ich kann nicht fassen, dass sie hier so ruhig sitzt und so tut, als wäre nichts passiert, ganz so, als hätte sie das schon tausendmal gemacht.

»Na dann, los geht's«, ruft Chris nun wieder fröhlich und klatscht aufgeregt in die Hände. »Ich fahre schon mal vor und bereite den Schatz vor, Adrian lotst euch ein bisschen durch die einzelnen Stationen, falls ihr Hilfe braucht.«

Nathalie schnaubt. »Als würden wir Hilfe brauchen.«

Adrian verbeugt sich. »Dann betrachtet mich als euren Butler.«

Wir lachen alle, auch wenn es aus meiner Kehle ein bisschen schief klingt. Chris geht nach draußen, und kurze Zeit später höre ich den Motor seines Wagens aufheulen.

Ich steige die Treppen hoch ins Obergeschoss, und Lydia folgt mir, während die anderen unten darüber reden, ob sie wohl auch Badesachen einpacken sollten. Ich höre, wie Adrian mit Kasper spielt. Ich gebe vor, Lydia hinter mir nicht bemerkt zu haben, und gehe direkt in mein Zimmer. Dort lasse ich mich aufs Bett fallen. Alles dreht sich um mich herum. Mein Hirn rast, und ich kann keinen zusammenhängenden Gedanken mehr fassen. Was mache ich jetzt nur? Was, wenn ich wirklich schwanger bin? Ich weiß, dass ich unbedingt ein Kind wollte, aber jetzt bin ich mir auf einmal gar nicht mehr sicher. Dieses Wochenende hat mich mit voller Wucht aus meiner Blase gerissen, und ich fühle mich wie ausgespuckt. Aber kann ich Adrian das antun? Kann ich *uns* das antun? Ich bin eine Frau Anfang dreißig, ich habe mein Leben im Griff, alles verläuft in den Bahnen, in denen es verlaufen soll. Ich habe einen Partner, der mich liebt, ich habe einen Job, den ich gern mache, ich zahle meine Steuern, ich fahre in den Urlaub, ich will ein Kind. Alles stimmt, ich habe mich doch so bemüht, alles richtig zu machen. Warum gibt mir der zweite Strich auf dem Schwangerschaftstest dann das Gefühl, dass ich gleich kotzen muss? Oder ist das nur die Schwangerschaftsübelkeit, von der alle immer reden?

Tief durchatmen, Romy, sage ich mir. Tief durchatmen. Das ist nur die Aufregung. Lass das alles erst einmal sacken.

Ich drehe mich auf dem Bett hin und her, die Hand auf meinem Bauch, der plötzlich nicht mehr nur mein Bauch ist. Fühlt es sich so auch an, einen Tumor zu haben? Im nächsten Moment schäme ich mich für diesen Gedanken. Das ist es doch, was du wolltest, Romy, das ist es doch, was du die ganze Zeit wolltest, also komm mal mit den Konsequenzen deines eigenen Handelns klar!

Ich drehe den Kopf zur Seite, um aus dem Fenster zu blicken, wo sich die blaue Hüpfburg wolkenlos über uns spannt. Etwas pikst mich seitlich in den Kopf. Ich taste mit den Fingern mein Kissen ab und spüre ein Stück zusammengefaltetes Papier, das darunter herausragt. Ich ziehe es hervor und setze mich auf.

»Romy«, steht darauf, in einer Handschrift, die ich nicht kenne. Adrians ist es jedenfalls nicht. Ich falte das Blatt vorsichtig auf.

Romy,

Lotta geht es gut, sie ist gar nicht von der Schaukel gefallen. Das war eine Lüge, für die ich mich erst mal entschuldigen will. Seine eigene Tochter als Ausrede vorzuschieben, ist schon ein ziemlich fieser Move, oder? Aber dafür bekommt man schließlich Kinder … oder so ähnlich. Jedenfalls, ich verzettele mich schon wieder… Ich bin nicht wegen Lotta gefahren, sondern wegen dir. Wegen uns. Es war ein Fehler, hierherzukommen und zu glauben, dass mich das alles kaltlassen würde. Und als es mich nicht kaltgelassen hat, war es ein Fehler, hierzubleiben und so zu tun, als ob fünfzehn Jahre nichts bedeuten. Fünfzehn Jahre, in denen wir getrennte Leben geführt haben und zu anderen Menschen geworden sind. Aber ich weiß, warum ihr hier seid, und ich gehöre hier nicht hin.

Trotzdem – es war wunderschön, dich wiederzusehen.

Mads

Ich lasse den Brief in meiner Hand sinken und werfe mich zurück aufs Kissen.

»Romy? Kommst du?«, höre ich Adrians Stimme von unten.

Ich springe auf und stecke den Zettel in meine hintere Hosentasche. »Schon da!«, rufe ich.

Ich laufe die steilen Stufen nach unten, aber halte auf der untersten noch einmal inne. Die anderen stehen schon abfahrbereit draußen in der Einfahrt. »Adrian, kommst du mal schnell?«, frage ich. Mein Herz schlägt mir bis zum Hals und darüber hinaus, als wollte es nach meiner Zunge schnappen, bevor ich noch weitere Dummheiten von mir geben kann.

Adrians Kopf taucht im Türrahmen auf. Er grinst mich an. »Was gibt's, Schatz?« Ich nehme seine Hand und ziehe ihn hinter mir her in die Wohnküche, dann schließe ich die Tür. Irritiert zieht er die Augenbrauen zusammen. »Hey, was ist denn los?«

Ich hole tief Luft. »Ich muss dir was sagen.«

Schwarze Flecken tanzen vor meinen Augen. Adrian zieht mich zu sich heran, damit er mir in die Augen sehen kann. »Und was?«, fragt er.

»Ich muss dir sagen, warum wir an diesem Wochenende alle hier sind.«

»Okay?«, sagt er langsam.

»Vor … vor fünfzehn Jahren«, stottere ich und weiche seinem Blick aus, »vor fünfzehn Jahren haben meine Freundinnen und ich einen Pakt geschlossen.«

»Romy? Adrian? Wo bleibt ihr?«, dringt Nathalies Stimme von draußen zu uns herein.

»Kommen gleich!«, ruft Adrian zurück.

Ich blinzele nervös, aber das beruhigt mich nicht. »Vor fünfzehn Jahren«, wiederhole ich, »haben wir also diesen Pakt geschlossen, dass wir uns alle fünf Jahre …«, ich schlucke, »von unseren Partnern trennen, weil wir niemals abhängig von einem Mann in irgendeiner Beziehung festsitzen wollten wie unsere Mütter. Und diese fünf Jahre sind heute vorbei.«

Jetzt ist es raus. Die Worte klingen im Raum nach, als hingen sie noch zwischen den Wänden fest. Sie stehen neben uns rum, zackige und kringelige Wahrheiten, die ich nicht mehr zurücknehmen kann. Für einen Moment starrt Adrian mich einfach nur ausdruckslos an. Dann stupst er mich mit der Nase an. »Ist das schon wieder ein anderes Spiel von euch vieren?«

»Nein, Adrian, ich …«

»Ich weiß, dass du nicht hier sein willst, Romy«, unterbricht er mich mit einem Grinsen. »Aber du musst nicht gleich mit mir Schluss machen, nur weil du keine Lust auf die Schnitzeljagd hast. Das wird cool, wirklich.«

»Nein, Adrian, ich meine das ernst, ich …«

Er legt mir einen Finger auf den Mund, um mich zum Schweigen zu bringen. »Ich kenn dich doch, Romy. Ich weiß, was dir guttut. Du wirst nachher froh sein, dass du mitgekommen bist.«

Mit diesen Worten öffnet er die Tür und schiebt mich nach draußen in den Flur. »Es wird eine so coole Überraschung geben, das glaubst du gar nicht!«

Völlig überrumpelt von seiner Reaktion stehe ich kurz darauf neben den anderen Frauen in der Einfahrt.

»Können wir endlich los?«, fragt Olga.

Nathalie klatscht in die Hände. »Ich liebe solche Abenteuer!«

Lydia steckt sich einen Kaugummi in den Mund. »Will noch jemand?«

Ich lehne ab, mir ist immer noch übel. Darf man überhaupt Kaugummi kauen in der Schwangerschaft? Der Gedanke kommt mir selbst lächerlich vor, aber ich weiß einfach absolut gar nichts darüber, was man tun und lassen sollte, wenn man schwanger ist. Klar, ich werde mich jetzt nicht besaufen oder irgendwelche Tabletten einwerfen. Aber das war es auch schon mit meinen Kenntnissen.

Mein Magen dreht sich. Gibt es Morgenübelkeit am Nachmittag? Oder ist das einfach mein Körper, der aus dieser Situation herauswill? Der gerade versucht, die Zeit zurückzudrehen zu Freitagmorgen, als ich auf der Arbeit saß und alles in Ordnung war?

Adrian stellt sich bedeutungsvoll vor uns auf und zieht einen lavendelfarbenen Umschlag aus seinem Jutebeutel, den er Olga mit einer kleinen Verbeugung überreicht. »Hier drin steckt euer erster Hinweis.«

Kasper schnüffelt dem Briefumschlag aufgeregt entgegen,

aber Olga hält ihn über seinen Kopf und zupft ihn mit einem Fingernagel auf. Darin befindet sich ein einfach gefaltetes Papier in einem etwas helleren Fliederton. Olga liest vor, was darauf steht: »Den nächsten Hinweis findet ihr im grünen Wasser des Hafenkontors.«

Für einen Moment herrscht nachdenkliche Stille. »Okay, wir sollen uns betrinken«, stellt Olga fest.

»Und zwar am Hafen«, füge ich hinzu.

»Ja!«, ruft Lydia aufgeregt. »Ich hab dort gestern eine Bar gesehen, die *Le Comptoir* hieß, heißt das nicht so was wie Kontor?«

Olga nickt. »Das wird es sein«, sagt sie und marschiert mit großen Schritten los in Richtung Dorf.

»Wie bitte?«, ruft Adrian ihr hinterher. »Das sollte ein Rätsel sein. Wie könnt ihr das jetzt schon gelöst haben?«

Olga grinst. »Da hättet ihr euch wohl schwerere Rätsel einfallen lassen müssen.«

Wir folgen ihr durch die Senke der Einfahrt hoch zur Landstraße.

»Geht schon mal vor!«, ruft Adrian uns hinterher. »Ich komme gleich.« Einen Moment bleibe ich unschlüssig stehen und höre, wie Adrian mit Chris telefoniert. Er klingt angespannt. Und zum ersten Mal kommt mir der Gedanke, dass das hier vielleicht mehr ist als eine ganz gewöhnliche Schnitzeljagd.

***

Lydia hatte recht. Am Hafen von Port Grimaud gibt es tatsächlich eine Bar namens *Le Comptoir,* das Kontor. Der Tag ist hell, die Luft vibriert von dem Brummen der Bootsmotoren und dem Geschnatter der Touristen, die sich gegenseitig vor den bunten Häusern der Promenade fotografieren und über die schmalen

Brücken drängen. Vollbepackt mit Souvenirs kommen sie aus den Läden, auf fast jeder Tüte steht »Port Grimaud – the Venice of France!«

»Das muss es sein, oder?«, fragt Olga und deutet auf eine erhöhte Terrasse, von der aus man in die sandige Bucht schauen kann. Palmen wachsen bis hinauf zum Geländer der Terrasse und bewegen ihre Blätter in der sanften Brise, die vom Meer ins Land weht. Ich kann nicht glauben, dass wir tatsächlich gerade eine Schnitzeljagd machen, die uns am helllichten Tag in eine Bar führt. Müssen wir jetzt wirklich etwas trinken? Und mit welcher Begründung kann ich ablehnen, ohne dass es den anderen verdächtig vorkommt? Wir betreten das Lokal durch eine schwarze Flügeltür. Innen ist das Licht gedimmt, Adrian hält uns den Vorhang auf, der in den Gastraum führt. Dahinter erstreckt sich eine Bar über die gesamte Breite des Raumes. In die Wand und in die Decke sind überall Leuchtelemente eingearbeitet, die ständig ihre Farbe wechseln. Sie erinnern mich an die Aquarienbeleuchtung in Walters Zoofachgeschäft. Aber ich merke auch, dass ich mich an die Aquarien an sich gar nicht mehr so richtig erinnern kann, es ist so lange her. Die Bar ist leer, nur auf der Terrasse draußen sitzen Leute in der Mittagshitze. Hinter der Bar steht ein Mann um die vierzig, der gerade ein paar Gläser poliert.

»Olga!«, ruft er, als wir hereinkommen, als würde er alte Freundinnen begrüßen. »Lydie, Romy, Nathalie! *Bienvenue, Mesdames!*«

Mit hochgezogenen Augenbrauen treten wir an die Bar heran. »Salut«, sagt Olga mit ihrem viel zu artikulierten Französisch. Und dann irgendeinen Satz, von dem ich kein Wort verstehe. Sie winkt mit dem lilafarbenen Umschlag.

»Können wir vielleicht auf Englisch reden?«, fragt Nathalie dazwischen.

»Of course«, sagt der Barkeeper, »kein Problem. Ich bin übrigens Sébastian.«

Wir nicken ihm zu.

»Ihr seid also die Frauen, die Chris angekündigt hat?«, fährt er fort, und wieder nicken wir. »Macht es euch doch erst mal bequem«, sagt er. »Dann bekommt ihr auch eure erste Challenge.«

»Was für eine Challenge?«, fragt Lydia. »Ich dachte, hier geht es um Rätsel.«

»Das Rätsel war der Brief«, schaltet sich Adrian dazwischen. »Und jetzt kommt der nächste Teil.«

»Ach so«, sage ich. »Na dann, her mit der Challenge.« Adrian lächelt mir dankbar zu. Ich finde es süß, wie sehr er Chris bei seiner Schnitzeljagd unterstützt. So ist Adrian eben, stets hilfsbereit, stets sorgt er sich um andere. Er streicht mir mit der Hand über den Rücken, und wieder steigt eine Welle der Übelkeit in mir auf.

Sébastian verschwindet durch einen Vorhang in einen abgetrennten Personalbereich der Bar und kommt im nächsten Moment mit einem langen Brett wieder hervor, auf dem mehrere Shotgläser in dafür vorgesehenen Kerben stehen. Er setzt das Brett vor uns ab und beginnt die Gläser zu füllen. »Erst wenn der letzte Tropfen raus ist, kriegt ihr euren Hinweis.«

Olga hebt die Augenbrauen. »Danach sind wir sturzbesoffen.«

Adrian zuckt die Schultern. »Dann ist der Schwierigkeitsgrad der Rätsel vielleicht angemessener.«

Ich muss grinsen, aber dann fällt mir wieder ein, dass ich auf keinen Fall mittrinken kann. Oh, Mist.

»Ich hasse dieses Zeug«, sagt Olga und schnuppert an einem Glas.

»Ich bin definitiv raus, Leute, ich trinke keinen Alkohol mehr«, sagt Lydia. »Aber was ist das?«

»Irgendein räudiger Pfefferminzlikör«, antwortet Olga.

»Ich dachte, du magst so was?«, frage ich. »Als Jugendliche war das jedenfalls deine erste Wahl.«

»Als Jugendliche habe ich auch freiwillig Skinny Jeans getragen«, entgegnet Olga. »Ja, dann nichts wie runter mit dem Zeug.«

Nathalie nimmt sich ein Shotglas und hält mir ebenfalls eins hin. Ich schüttele den Kopf. »Nein danke, mir ist nicht so gut.«

Sie verdreht die Augen. »Du willst Olga und mich das wirklich alleine kippen lassen?«

»Man könnte fast denken, du bist schwanger«, äfft Lydia uns vom Abend unserer Ankunft nach.

Ich schlucke. »Vielleicht bin ich das ja.«

»Lass sie doch in Ruhe, Lydia«, sagt Olga auf einmal. »Und du rede keinen Quatsch, Romy.«

»Ich habe eine Idee«, füge ich schnell hinzu. »Die Challenge besagt doch nur, dass die Gläser leer sein müssen, nicht, dass wir sie leer trinken müssen, oder?«

Nathalie verdreht die Augen und nimmt einen Schluck aus ihrem Glas. »Sind wir echt schon so alt, dass wir uns darum drücken, ein paar Shots zu trinken?«

Olga und ich gucken uns mit hochgezogenen Augenbrauen an, dann müssen wir lachen.

»Sind wir«, sage ich.

»Definitiv«, entgegnet Olga. »Aber einen pack ich.« Sie legt ihren Kopf in den Nacken und leert das Glas in einem Zug, dann wischt sie sich den Mund ab. »*Pardon, Monsieur,* aber das Zeug ist widerlich.«

VOR FÜNFZEHN JAHREN

Ich hatte keine Ahnung, was die Partys von Fabio Ventura so besonders machte. Früher, als ich noch nicht eingeladen war, hatte ich mir immer vorgestellt, dass eine gewisse Droge im Spiel sein musste oder dass Mads' Bruder irgendwelche magischen Sprüche auf Lager hatte, mit denen er alle Anwesenden in seinen Bann zog. Absolut jeder wollte auf eine Party von Fabio Ventura eingeladen werden, aber es gab nur einen kleinen Zirkel an Menschen, die dieses Privileg genossen und auch andere Leute dorthin mitbringen durften. Als ich kurz mit Serkan zusammen gewesen war, waren meine Freundinnen und ich gleich zweimal in den Genuss gekommen, auch wenn ich den ersten Abend eigentlich komplett damit zugebracht hatte, herauszufinden, was dieser spezielle Genuss war. Es lag einfach etwas in der Luft. Und während der nächsten Party, auf der das Gerücht entstanden war, dass Lydia Lars mit ihrer spitzen Nase beim Knutschen ein Auge ausgepickt hätte, lag ich mit einer fiebrigen Erkältung im Bett.

Also war ich erst zum zweiten Mal hier, als Mads mich und meine Freundinnen widerstrebend auf die Party einlud. Ich war gespannt, wie Mads sich in diesem Kontext verhalten würde. Er schlängelte sich wie ein Gespenst zwischen den Partygästen hindurch und schien mit der Tapete zu verschwimmen. Nun war mir klar, warum ich ihn das letzte Mal, als ich hier gewesen war, nicht einmal bemerkt hatte. Aber das mochte auch an Serkan gelegen haben, der seine Zunge bei jeder Gelegenheit in meinen Hals gesteckt hatte.

Ich hatte gedacht, dass Mads Menschen vielleicht einfach nicht mochte und dass es daran liegen musste, dass er diesen Partys nichts abgewinnen konnte. Ich dachte, er wäre einfach einer dieser Träumer, die lieber allein zu Hause saßen und ein Buch lasen, das war er zumindest in meiner Vorstellung. Denn wenn ich ehrlich war, hatte ich keine Ahnung. Ich hatte Mads noch nie außerhalb von Walters Zoofachhandel oder der Schule getroffen. Ich wusste nicht, was für ein Mensch er außerhalb dieser zwei sehr spezifischen Universen war, in der jeder eine klare Rolle innehatte.

Aber im Verlauf des Abends erkannte ich, dass er überhaupt nichts gegen Partys hatte, sondern nur etwas gegen Partys bei ihm zu Hause. Er konnte es nicht ausstehen, wenn fremde Menschen seine Sachen betatschten – oder irgendetwas anderes in seinem Zuhause. Er zeigte mir sein Zimmer, das vollgestopft war mit Büchern; ein elektrisches Piano klemmte zwischen Bett und Schreibtisch. Aber wir gingen direkt wieder nach unten, als von dort das Geräusch von zersplitterndem Glas zu hören war. Fabio hatte Sofa und Couchtisch aus dem geräumigen Wohnzimmer entfernt und dort eine Art Tanzfläche eingerichtet, die nur durch ein paar Säulen von der ebenfalls ausladenden Küche getrennt war. Ich folgte Mads durch die Menge von Betrunkenen und Tanzenden, wobei man oft nicht mehr feststellen konnte, wer zu welcher Gruppe gehörte oder wo sie sich überschnitten. Aus dem Gedränge griff eine Hand nach mir und zog mich in die

Küche. Es war Olga, die sich mit Nathalie und Lydia in die Ecke zwischen Kühlschrank und Mikrowelle zurückgezogen hatte, um dort Pfefferminzlikör zu trinken. Sie hielt mir ein Shotglas voll mit dieser grünen Plörre hin, aber ich winkte ab.

»Ich verstehe gar nicht, was ihr habt«, brüllte Olga über die laute Musik hinweg. Gerade lief *SOS* von Rihanna. »Los, Romy, probier doch mal.«

Ich tat ihr den Gefallen, legte meinen Kopf in den Nacken und verzog dann das Gesicht. »Widerlich«, lautete mein Urteil.

Olga zuckte die Achseln und kippte schon den nächsten. »Ich glaube, aus mir wird nie eine Weintrinkerin werden. Das erinnert mich leider viel zu sehr an das Abendmahl. Ich bleibe beim Schnaps.«

Lydia kicherte.

»Es gibt auch etwas anderes als Pfefferminzlikör und Wein«, merkte Nathalie an, aber Olga hörte ihr schon nicht mehr zu. Sie griff wieder meine Hand und zog mich aus der Küche heraus auf die Tanzfläche. Ich sah mich nach Mads um, konnte ihn im Getümmel aber nicht entdecken. Also tanzten wir. Zunächst sah ich noch Olgas Gesicht, ihre vor Freude aufgerissenen Augen, Nathalies Körper, der sich rhythmisch bewegte, und Lydias wallende Haare, die wie Papierdrachen durch die Luft segelten. Über uns an der Zimmerdecke war eine improvisierte Discokugel befestigt, die buntes Licht durch den Raum sprenkelte und alle Silhouetten verwischte. Irgendwann konnte ich nicht mehr auseinanderhalten, was Schatten, was Körper, was Gesichter und was Hände waren, ich bewegte mich einfach mit ihnen, bis mein Atem schneller ging und mir ganz heiß wurde. Auf einmal zog mich jemand zu sich heran und küsste mich. Ich spürte heiße Lippen auf meinen, aber ich sah immer noch nicht viel mehr als tanzende Lichter. Natürlich dachte ich zuerst, es wäre Mads, aber dann merkte ich, dass es Olga war, die mich küsste. Sie hatte die

Arme um meine Taille geschlungen und küsste mich, als hätten wir das schon immer so gemacht. Es fühlte sich nicht schlecht an, ungewohnt höchstens, sie schmeckte nach Pfefferminzlikör und süßem Kaugummi. Dann prallte ich rückwärts gegen eine der Säulen, die die Decke des Wohnzimmers stützten. Olga löste sich von mir und verschwand, ohne mich noch einmal anzusehen, in der Menge. Für einen Moment sah ich noch ihren dunklen Haarschweif das violette Licht einfangen, dann war sie in der Masse untergegangen. Ich hob meine Finger an die Lippen und fragte mich, ob das wirklich gerade passiert war.

JETZT

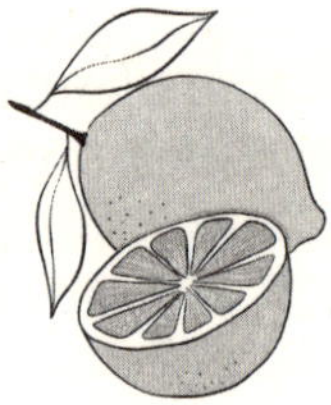

Letzten Endes erklärt sich Sébastian, der Barkeeper, bereit, unsere Shots zu trinken, und händigt uns dann mit etwas schwitzigen Fingern den nächsten lilafarbenen Umschlag aus. Adrian scheint mit der Lösung unserer Aufgabe nicht ganz glücklich zu sein, aber er lässt uns gewähren. Schließlich soll das alles Spaß machen, oder nicht?

Diesmal öffnet Nathalie den Brief und hält ihn ins bunte Licht, um ihn vorlesen zu können. »Na, könnt ihr noch gerade gehen? Keine Sorge, die kleine Meerjungfrau hilft euch.« Nachdenklich lässt sie den Brief sinken und dreht sich zu Adrian um. »Sag uns bitte nicht, dass wir tauchen müssen, oder so was.«

Adrian zuckt die Achseln. »Das müsst ihr schon selbst rausfinden.«

»Ich wette, es geht um ein Boot, das so heißt«, sagt Olga.

Adrian runzelt die Stirn. »Hat Chris dich eingeweiht, oder so was?«

»Also hab ich recht!«, ruft sie begeistert.

»Natürlich hast du recht«, brummt Adrian ungehalten zurück. »Es ist ein Boot, ja.«

Olga reckt triumphierend eine Faust in den Himmel, wahrscheinlich tut sie das auch, wenn sie mal wieder einen ihrer wichtigen Gerichtsprozesse gewonnen hat. »Mach nicht so ein Gesicht, Adrian«, besänftigt sie ihn. »Ich kenne meinen Chris halt.«

Ohne dass ich es verhindern kann, springen meine Augen zu Lydias Gesicht. Sie erwidert meinen Blick stumm, ohne eine Miene zu verziehen. Die Haare in meinem Nacken stellen sich auf. Weiß sie Bescheid? Hat sie Mads und mich vielleicht doch bemerkt? Warum zur Hölle sagt sie dann nichts!

»Also los, lasst uns das Boot suchen!«, schlage ich vor.

»Wenn es ein Ruderboot ist, bringe ich Chris um«, verkündet Olga.

Es ist glücklicherweise kein Ruderboot, sondern ein luxuriöses Motorboot mit Steuerkabine, Liegefläche und einem kleinen Pavillon. Der Kapitän steht schon am Steuerrad bereit, auch wenn seine Uniform ziemlich zerknittert ist und aussieht wie aus einem Karnevalsshop, das Polyester glänzt in der Sonne. Unter einem kleinen Vordach stehen Getränke, es gibt gepolsterte Sitzgelegenheiten mit Kissen, die halbmondförmig um das Heck des Bootes angeordnet sind. Dort steht sogar eine kleine Palme

in einem im Boden verankerten Topf. »Meine Güte, wie viel muss das wohl kosten«, sagt Nathalie, als wir das Boot betreten.

»Bestimmt ungefähr so viel wie dein Wellnessnachmittag gestern«, gibt Olga zurück.

»Sind wir tatsächlich schon in dem Alter, in dem wir uns gegenseitig mit Geld beeindrucken müssen?«, frage ich.

Meine Freundinnen drehen sich zu mir um. »Jetzt entspann dich einfach mal«, sagt Nathalie und verdreht schon wieder die Augen, als wäre das ihr Lieblingsgesichtsausdruck. »Jetzt genießen wir einfach mal diese geile Jacht und diesen geilen Sonntag, für den wir keinen Finger rühren mussten.«

»Also, ich bin mir nicht ganz sicher, aber ich glaube nicht, dass das hier tatsächlich eine Jacht ist«, wirft Lydia von der Seite ein. Wir drehen uns mit hochgezogenen Augenbrauen zu ihr um. »Na ja«, führt sie aus, »ein Boot ist erst ab zehn Metern eine Jacht, und wenn ich das so mit dem Auge abschätze, sind das hier keine zehn Meter.«

Noch einmal verdreht Nathalie die Augen. »Könnt ihr alle bitte mal kurz aufhören, ihr selbst zu sein, und diesen unglaublichen Luxusmoment genießen?«

»Ist ja gut«, sage ich und muss lachen.

»Wir hätten vielleicht doch die Shots trinken sollen«, stellt Nathalie fest.

Der Einzige, der Nathalies Wünschen mit Eifer nachkommt, ist Kasper, der sich sofort auf dem Liegebereich des Bootes ausstreckt, den Bauch der Sonne entgegen. »Na, geht doch«, kommentiert Nathalie und zieht ihre Sonnenbrille von der Stirn auf die Nase.

Der Kapitän lenkt die *Arielle* hinaus aufs Meer. Die Stimmen der Touristen und das Hupen der Autos verschwinden im Geräusch der Wellen, die gegen die Seiten des Bootes krachen. Je weiter wir nach draußen fahren, desto besser kann ich die ganze

Bucht überblicken. »Das dahinten ist Saint-Tropez!«, sagt Olga und deutet auf die Ansammlung von Häusern, die fast aussieht wie Port Grimaud, nur bedeutend größer.

»Fahren wir etwa dorthin?«, fragt Nathalie begeistert, aber Adrian schüttelt den Kopf. »Da muss ich euch enttäuschen.« Das Boot wird langsamer, und wir lehnen uns zurück, mein Kopf ruht auf Adrians Brust, meine Hand wandert automatisch auf meinen Bauch zurück, als wollte ich den Zellhaufen darin vor der Sonne schützen. Lydia bringt uns ein paar Getränke und spannt ein Sonnensegel über unseren Köpfen auf. Sie reicht mir ein Glas, in dem die Eiswürfel aneinanderklirren.

»Da ist kein Alkohol drin, oder?«, frage ich so beiläufig wie möglich.

Lydia sieht mich irritiert an. »Nein, ist dir immer noch schlecht?«

»Ein bisschen«, lüge ich und werfe Adrian einen kurzen Blick zu. Aber dieser hat die Augen geschlossen und streckt sein Gesicht in die Sonne. Ich spüre einen Stich ins Herz, als ich ihn so betrachte. Er hat mich hierhergebracht … und keine Ahnung, dass er damit den ganzen Staub aus meiner Vergangenheit wieder aufgewirbelt hat, den ich doch über die letzten Jahre so schön platt getreten hatte.

Ich nehme einen Schluck von dem Getränk, die Eiswürfel klirren gegen meine Schneidezähne und jagen einen kalten Blitz durch meinen Körper. Adrian döst weiter vor sich hin, also ziehe ich mein Handy aus der Hosentasche und öffne den leeren WhatsApp-Chat mit Mads.

Hi, schreibe ich. Dann lösche ich es wieder. Was will ich ihm überhaupt sagen? Soll ich mich für den Kuss im Schrank entschuldigen? Oder gleich dafür, dass er mich jemals kennenlernen musste?

»Ich geh ’ne Runde schwimmen!« Nathalie steht am Heck

des Schiffes, direkt neben der französischen Flagge, und beginnt, sich aus ihrem Sommerkleid zu schälen. Das Boot schaukelt an Ort und Stelle sanft vor sich hin. Nathalie grinst mir zu, und dieses Grinsen weckt etwas in mir, das ich lange nicht mehr verspürt habe. Ich springe auf. »Warte, ich komme mit.« Kurzerhand steige ich aus unserer Sitzbucht zu Nathalie hinter, ziehe, so schnell ich kann, meine Hose und mein T-Shirt aus und dann meinen BH und meine Unterhose. Kichernd tut es mir Nathalie gleich. Wir nehmen uns an der Hand.

»Bereit?«, fragt sie mich, und ihre Augen blitzen.

»Aber ist das Wasser nicht viel zu kalt so weit draußen?«, fragt Lydia von hinten besorgt dazwischen. »Und ist das überhaupt erlaubt?«

Über die Schulter blicke ich mich zu den anderen um. Adrian ist mittlerweile aufgestanden und steht im Schatten des Sonnensegels, die Hände in den Hosentaschen, und sieht mich an. Schatten liegen über seinem Gesicht, sodass ich den Ausdruck darin nicht erkennen kann.

»Bereit!«, rufe ich.

»Eins, zwei, drei!«, schreit Nathalie – und dann springen wir.

Für einen Moment schwebe ich in der Luft, die einzige Verbindung zur Welt ist meine Hand, die Nathalies hält. Dann umfängt mich das eiskalte Wasser, ich presse die Augen zu und denke daran, wo Mads jetzt wohl gerade ist.

***

Nathalie und ich sitzen immer noch in unsere Handtücher gewickelt an Deck, als wir in die kleine Privatbucht schippern. Ein

steinerner Quai mündet in einen kleinen Zedernwald, in den unregelmäßige Stufen hineinführen. Weiter oben blitzen die rot getäfelten Dächer einer Villa durch die Bäume. »Da geht's hin?«, staunt Lydia.

Adrian nickt. »Aber zuerst müsst ihr das nächste Rätsel lösen.«

»Ich glaube, wir sollten öfter mal einen Nachmittag lang verschwinden und Chris die Planung überlassen«, sagt Olga und schnalzt mit der Zunge.

»Ich glaube eher, wir sollten alle dringend mehr über Chris' Geschäftsmodell erfahren, wenn er für einen Sonntagnachmittag einfach mal so viel hinblättert«, erwidert Nathalie.

Olga schlägt ihr spielerisch auf die Hand. Ist sie etwa ein bisschen geschmeichelt? Lydia und ich wechseln erneut Blicke, aber ich lese nur darin, dass sie von Nathalies Kommentar genervt scheint, sonst nichts. Vor meinem inneren Auge zucken noch einmal die Bilder von gestern Nacht vorbei, Lydia und

Chris so fest ineinander verschlungen, so vertraut, als würden sie das nicht zum ersten Mal machen.

»Mads verpasst ganz schön was«, seufzt Nathalie. Ich spüre, wie ich rot werde, einfach nur weil sein Name fällt. »Ich hoffe nur, seiner Tochter geht's gut.«

»Alles okay«, sage ich schnell und beiße mir auf die Zunge, als mir bewusst wird, dass ich lieber nichts hätte sagen sollen.

Lydia runzelt die Augenbrauen. »Woher weißt du das denn?«

»Er ... er hat's mir geschrieben.«

Am liebsten würde ich meinen Freundinnen einfach den Brief zeigen, den Mads mir hinterlassen hat. Aber gleichzeitig fühlt sich der Gedanke daran an, als würde etwas in seinen Worten mich verraten. Und ich muss jetzt verdammt vorsichtig sein. Adrian legt mir eine warme Hand auf die Schulter. »Wollt ihr euch noch schnell anziehen?«

Nathalie und ich schlüpfen wieder in unsere Klamotten, während die anderen schon vom Boot gehen. Der Kapitän kommt kurz nach hinten, um etwas mit Adrian zu besprechen, aber als er uns halb nackt an Deck sieht, dreht er auf dem Absatz um und geht zurück in seinen Bereich.

»Was ist eigentlich mit Lydia und Olga los?«, fragt Nathalie mich.

»Was meinst du?«, frage ich, und mein Herz pocht sofort wieder höher im Hals, als würde es hier die ganze Zeit um mein Geheimnis gehen. Ich beobachte Olga und Lydia, wie sie sich über irgendetwas unterhalten, was ich aus der Entfernung nicht verstehen kann.

»Wann sind die denn Besties geworden?«, flüstert Nathalie.

Ich lege den Kopf schief. »In den letzten fünf Jahren sind einige Dinge passiert.«

Nathalie gibt mir einen spielerischen Klaps auf den Hintern. »Bist du eifersüchtig, oder was?«

Als wir vom Boot steigen, strahlt uns die Nachmittagssonne geradewegs ins Gesicht und taucht den Quai in Blutorange. Die Zeit ist viel schneller vergangen, als es mir vorkam. Ob Mads mittlerweile schon wieder zu Hause ist?

Wir müssen bald mit den Vorbereitungen fürs Abendessen beginnen, wenn wir damit rechtzeitig fertig werden wollen. Aber Chris hat offensichtlich andere Pläne. Adrian händigt uns einen neuen, leicht zerknickten lilafarbenen Umschlag aus. Diesmal darf ich ihn öffnen, ziehe das etwas hellere Blatt Papier hervor und beginne zu lesen: »Der Clown weiß mehr, als man glauben mag.« Ich lasse den Zettel sinken.

Adrian kratzt sich am Hinterkopf. »Okay, das ist das Schwierigste.«

»Wir sollen Kasper folgen?«, fragt Olga wie aus der Pistole geschossen. Der Hund blickt mit wedelndem Schwanz und heraushängender Zunge zu Olga hoch. »Habt ihr irgendwo ein Stück Fleisch an einen Baum gebunden, oder so was?«, fragt sie weiter.

»Oh, Mann.« Adrian fährt sich mit den Händen übers Gesicht. »Chris war es wichtig, dass ihr die Rätsel lösen könnt, aber ich glaube, er hat sich mit dem Schwierigkeitsgrad etwas verkalkuliert.«

»Offensichtlich traut er uns nicht besonders viel zu«, kontert Olga und zuckt die Achseln. Sie geht in die Knie und streicht Kasper über die Schnauze. »Ja, los, mein Kleiner, ja, los!« Kasper dreht sich vor Freude im Kreis. »Ja, los«, wiederholt Olga, »such!« – und dann springt Kasper davon, so schnell, dass wir ihm kaum folgen können.

Zunächst läuft er einfach die ersten unregelmäßigen Steinstufen hinauf, aber dann biegt er links ab ins Dickicht. Wir folgen ihm, unter tief hängenden Zedernästen hindurch, vorbei an alten knorrigen Stämmen und durch kurzes borstiges Gras. Es riecht nach Sonne und Meerwasser, nach Steinen, Erde und ein bisschen süßlich, als würden zwischen den Halmen versteckt ein paar heruntergefallene Früchte gären. Im Gänsemarsch laufen wir durch das unregelmäßige Gelände. Ich weiß, wir befinden uns auf dem ausladenden Grundstück irgendeines sündhaft teuren Anwesens, aber ich komme mir vor, als würden wir durch die Wildnis marschieren, vielleicht auf der Flucht, vielleicht aber auch auf dem Weg zu einem Ziel, das Erfüllung verheißt. Aber erst, wenn wir den Punkt erreicht haben, werden wir sehen, ob uns dort Schutz erwartet oder die eigentliche Katastrophe.

VOR FÜNFZEHN JAHREN

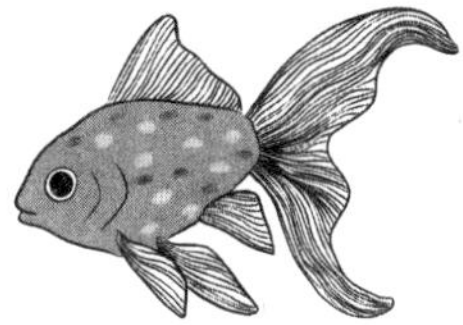

Ich erinnerte mich schon nicht mehr daran, wer zuerst was gesagt oder getan hatte, als ich auf einmal hinter dem Sessel im Wohnzimmer kauerte und die Schritte meines Vaters näher kommen hörte. Es war sinnlos, sich überhaupt zu verstecken, er kannte längst jeden meiner Geheimplätze, hatte mich tausendmal an den Haaren daraus hervorgezerrt. Diesmal entdeckte ich allerdings Momo, die unter dem Sessel schlief, die Nachbarskatze, die mein Vater einmal vom Dach gerettet hatte und die seitdem zur Hälfte bei uns wohnte. Sie gab ein gurrendes Geräusch von sich, als ich sie hervorzog und auf den Arm nahm, dann schmatzte sie, und ihre Kehle schnurrte gegen meine Brust. Momo konnte überall schlafen, sie spürte die Gefahr nicht, die in der Luft lag. In meiner Panik hoffte ich, dass Momo mich vielleicht beschützen könnte, weil mein Vater einer Katze niemals auch nur ein Schnurrbarthaar krümmen würde. Aber das Gegenteil trat ein. Als er den Sessel mit

einer einzigen Bewegung umwarf und mich dahinter erblickte, brach ein wütender Schrei aus ihm heraus. Vor Schreck ließ ich Momo fallen, der ein überraschtes Miauen entwich, was meinen Vater nur noch rasender machte. Er beschimpfte mich als Miststück, während ich versuchte, an ihm vorbeizuhechten. Er erwischte mich an den Haaren und riss mir eine Handvoll aus, als ich um ihn herum sprang und den Flur hinunterrannte.

»Komm zurück!«, brüllte mein Vater. »Komm auf der Stelle zurück, Romy!« Aber ich dachte gar nicht daran. Ich stürzte über den Flur und in das kleine Klo, das am anderen Ende des Flurs neben der Haustür lag, und verschloss mit zitternden Fingern die Tür hinter mir. Den Schlüssel für mein eigenes Zimmer hatte mein Vater längst einkassiert, sodass er zu jeder Tages- und Nachtzeit zu mir hereinspazieren konnte. Vielleicht war das der Grund, warum ich zu Hause so schlecht schlief. Ich klappte den Klodeckel runter, während mein Vater mit den Fäusten gegen die Tür hämmerte. Dann drückte ich das gekippte Fenster zu, riss den Griff herum, wofür ich meine ganze Kraft benötigte, weil es ziemlich klemmte, und öffnete es komplett. Ich hoffte, dass mein Vater nicht hören konnte, was ich da tat. Auf der Hecke vor dem Fenster lag eine frische dicke Schneeschicht, die in der Abenddämmerung hell leuchtete. Als ich mich gerade auf das schmale Fenstersims ziehen wollte, bemerkte ich im Augenwinkel, dass sich im Schatten vor der Hecke etwas bewegte. Mads starrte mich mit großen Augen an, sein Blick sprang von der roten Schwellung auf meiner linken Wange zu meinen tränennassen Augen und meinen zitternden Fingern. Ich hatte völlig ausgeblendet, dass wir fürs Kino verabredet waren.

»Romy, ich …«

Aber ich handelte wie in Trance und schlug das Fenster mit voller Wucht zu. Ein Beben ging durchs ganze Haus.

»Romy, soll ich die Polizei rufen?«, rief er durch die geschlossene Scheibe, die mit einer Milchglasfolie überzogen war. Sein Umriss war nur noch schemenhaft zu erkennen.

»Bitte nicht«, flüsterte ich mit zitternder Stimme, aber ich wusste nicht, ob er mich gehört hatte. »Bitte nicht«, wiederholte ich ein kleines bisschen lauter. »Bitte geh einfach.«

»Aber …«

»Bitte geh einfach, Mads«, rief ich nun. Vor der Klotür war es still. Ich kauerte mich auf dem hinuntergeklappten Klodeckel zusammen und legte den Kopf gegen die eiskalten Fliesen der Wand. Für einen Moment hörte ich knarzende Schritte im Schnee, dann war alles ruhig.

Ich atmete tief ein und aus. Ich wusste, dass mein Vater mich erwarten würde, wenn ich herauskam, egal wie lange ich hier drinnen ausharrte. Ich stand auf und betrachtete mein Gesicht im Spiegel. Die weit aufgerissenen Augen, von denen die zusammengeklebten Wimpern abstanden wie winzige Speerspitzen. Mein Gesicht, weiß und rot zugleich, gefleckt und aufgequollen. Meine rostroten Haare, die in alle Richtungen abstanden, die gerötete Kopfhaut an der Schläfe, wo ein Strähne fehlte. Ich zitterte am ganzen Körper.

»Romy?«, drang plötzlich wieder die Stimme meines Vaters durch die Tür und ließ mich zusammenzucken. Aber ich kannte diese Stimme. Leise und scheinbar wieder völlig ruhig würde er jetzt auf mich einreden, aber wenn ich nur einen Schritt auf ihn zumachte, würde er mich dafür, dass ich vor ihm geflohen war, in Grund und Boden stampfen. »Romy?«, flüsterte er jetzt, seine Stimme klang beinahe schon weinerlich. »Romy, hast du etwa Angst vor deinem eigenen Vater?« Ich vergrub mein Gesicht in den Händen und überlegte, wie lange ich in diesen Raum eingesperrt überleben könnte. »Romy, ich weiß doch auch nicht, was manchmal mit mir durchgeht«, flüsterte mein Vater jetzt. »Ich wollte das nicht, wirklich. Ich war nur so wütend, weißt du, mein Kind?« Ich presste die Zähne aufeinander. »Ich bin so ein schlechter Vater.« Vor der Tür brach er nun tatsächlich in Tränen aus.

»Du bist kein schlechter Vater«, hörte ich die Stimme meiner Mutter draußen im Flur.

»Meinst du?«, fragte er.

Ich hörte die Angst in der Stimme meiner Mutter, aber das machte mich nur noch wütender. Ich zwang mich, ruhig zu atmen. Was hatte Mads mitbekommen? Hatte er meinen Vater brüllen hören? War ihm aufgefallen, dass an meiner Schläfe ein Büschel Haare fehlte? O mein Gott, was sollte ich jetzt nur tun? Ich würde unsere Familie zerstören.

Für einen Moment fror alles ein. Ich im Gästeklo vor dem Spiegel, mein Vater, der draußen vor der Tür lauerte, und meine Mutter, die schon wieder in die Küche zurückgegangen war, um das Geschirr zu spülen. Und dann erklangen auf einmal Sirenen in der Ferne, die von Sekunde zu Sekunde näher kamen.

JETZT

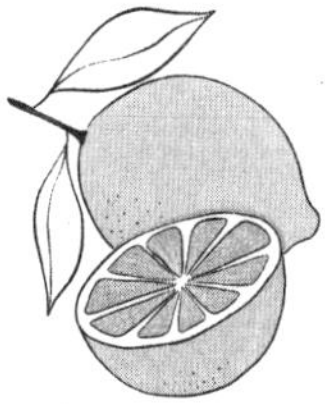

Wir finden Kasper, die Pfoten gegen die Rinde eines Baums gestemmt, der sich in knorrigen Windungen in den Himmel streckt. Es ist eine alte Pinie, deren Blätterkrone sich vor dem blaugrauen Frühabendhimmel abhebt wie bei einem Schattenspiel.

Wir bleiben unter dem Baum stehen und blicken nach oben.

»Da oben hängt was!«, ruft Lydia.

Ich neige meinen Kopf ein bisschen hin und her, und dann sehe ich es auch. Ein dunkles Bündel, das ziemlich weit oben hängt, von Blättern halb verdeckt. »Und wie kommen wir da jetzt hoch?«, fragt Lydia und kratzt sich am Hals.

Ich reiche ihr meine Handtasche. »Halt mal.«

»Du willst da hochklettern?«, fragt sie. »Die Äste sehen nicht sonderlich stabil aus.«

»Na ja«, entgegne ich, »Chris muss das Ding ja auch irgendwie da hochgekriegt haben.«

»Soll ich nicht lieber raufklettern?«, bietet sich Adrian an. Ich werfe ihm einen erstaunten Blick zu. »Wenn ich mich recht entsinne, ist das ziemlich gegen die Regeln.«

»Dann stell ich mich wenigstens so unter den Baum, dass ich dich auffangen kann, wenn du runterfällst.«

Ich unterdrücke ein Grinsen, aber ich widerspreche nicht. »Okay«, sage ich.

»Komm, lass mich hochklettern«, bietet sich Olga jetzt an, aber ihrer Stimme ist deutlich anzuhören, dass sie hofft, dass ich ihr Angebot ablehne. Sie wirkt, als habe sie angesichts dieser Aufgabe ein schlechtes Gewissen, als müsste sie Verantwortung für Chris' Entscheidungen übernehmen, nur weil er ihr Freund ist.

»Quatsch«, sage ich. »Ich gehe zu Hause jede Woche bouldern, das wird ein Kinderspiel.«

Ich weiß nicht genau, warum ich so darauf bestehe, auf den Baum zu klettern. Wir könnten ja auch erst einmal am Stamm rütteln und gucken, ob das Bündel herunterfällt. Oder wir könnten einfach gar nichts machen, schließlich war diese ganze Schnitzeljagd Chris' Idee, und wenn mich mein Zeitgefühl nicht völlig im Stich lässt, durchkreuzt sie jetzt schon unsere Abendpläne. Ich frage mich, ob sich auch in den anderen schon diese Anspannung breitmacht oder nur in mir. Hat Olga wirklich vor, unseren Pakt zu erfüllen und sich von Chris zu trennen? Gestern hat sie mir noch mit dem Druckmittel gedroht, aber ich habe schließlich auch eines gegen sie in der Hand. Dann denke ich wieder an unser Gespräch im Badezimmer vorhin, den Moment, in dem sich alles wieder so vertraut angefühlt hat wie früher. Ich denke an Lydia und Chris und daran, dass auch Olga es nicht verdient hat, so hintergangen zu werden. Sollte ich doch mit ihr sprechen? Ich habe keine Ahnung, was uns heute Abend noch bevorstehen wird. Bei dem Gedanken daran wird mir schon wieder schlecht.

Ich blicke rüber zu Lydia, und in diesem Moment sieht sie tatsächlich etwas nervös aus, tritt von einem Fuß auf den anderen. Aber vielleicht macht sie sich auch einfach Sorgen um mich, weil ich gleich auf einen ziemlich morsch aussehenden Baum klettere. Vielleicht sollte ich erst einmal vom Guten in anderen Menschen ausgehen, bevor ich auf dunkle Gedanken komme.

Ich binde meine Locken zu einem Zopf zusammen und verschränke meine Finger ineinander, um sie zu dehnen. Dann greife ich nach dem Ast, der über meinem Kopf hängt, und schwinge mich daran den dicken Stamm empor. Ich erreiche die erste Astgabelung noch mühelos. Der Baum zittert unter meinem Gewicht, Blätter rauschen gegeneinander.

»Die erste Stufe ist geschafft!«, ruft Lydia, als hätte ich eine Wundertat vollbracht.

»Immer drei sichere Punkte suchen!«, erinnert mich Adrian, als wüsste ich das nicht selber. Aber ich weiß, dass er das sagt, um mich zu beruhigen. Und vielleicht auch sich selbst. Trotzdem löst diese Ermahnung in mir Übermut aus, sie erinnert mich an die Worte meiner Mutter, die immer und überall Sicherheitsvorkehrungen für alles getroffen hat. Nicht nur eine Regenjacke mitnehmen, sondern auch noch einen Schirm, die Wohnungstür nicht nur abschließen, sondern auch das Kettchen vorhängen. Meine Mutter glaubte nicht daran, dass das Schicksal ihr wohlgesinnt war. Sie war sich ganz sicher: Wenn sie sich verletzlich zeigte, dann würde das Universum zuschlagen, und zwar mit voller Wucht. Als hätte sie nie erkannt, dass die größte Gefahr für uns alle auf der anderen Seite des Esstischs lauerte.

Meine Finger und Zehen kribbeln, als ich den Baum weiter nach oben klettere. Ich ziehe mich hoch, suche mit meinen Schuhen sicheren Halt auf den knorrigen Ästen. Als Kind durfte ich nie klettern, das war ein unnötiges Risiko, das meine Mutter mir verbot. Vielleicht liebe ich es deswegen so sehr. Ich spüre den Blick meiner Mutter auf mir, wie sie nervös die Augenbrauen hebt und sich mit fahrigen Fingern übers Gesicht streicht –

und dann sehe ich meinen Vater, der auf das Geländer unseres Balkons gestiegen ist, um die Nachbarskatze vom Dach zu retten. Ohne Sicherung balancierte er kurz darauf über die Ziegel. Er hatte die Flasche nur kurz abgestellt, aber in diesem Augenblick war sein ganzer Körper komplett ruhig, seine Finger zitterten nicht mehr, nicht vor Wut und auch nicht vom Alkohol. Mit vollkommener Ruhe rettete er die Katze vom Dach, setzte sie im Wohnzimmer auf seinen Schoß und kraulte sie ausgiebig hinter den Ohren. Als Kind hätte ich meinem Vater ewig dabei zusehen können, wie er Katzen kraulte. Als hätte er sich in diesem Moment in einen völlig anderen Menschen verwandelt. Alle Katzen liebten meinen Vater, sie sprangen auf seinen Schoß und rollten sich dort zusammen. Damals wurde ich geradezu hypnotisiert von dem Anblick, wie er mit seinen starken festen Händen über ihren Rücken strich, wieder und immer wieder. Es erinnerte mich an die Waschstraße, zu der mein Vater mich als Kind manchmal mitgenommen hatte, aber diese Zeiten waren schon lange vorbei.

»Vorsicht, Romy!« Mit seinem Ruf reißt Adrian mich so plötzlich aus den Gedanken, dass ich fast das Gleichgewicht verliere.

Der Ast unter meinen Füßen fühlt sich biegsam an, aber noch nicht gefährlich. »Alles gut«, rufe ich zurück, »ich hab's gleich!«

Vorsichtig balanciere ich den Ast entlang, der sich zunehmend verjüngt und unter dem Gewicht meines Körpers wippt.

»Romy!«, ruft Adrian wieder, um mich zur Vorsicht zu ermahnen, und reißt mich damit erneut aus meiner Konzentration. Wie mein Vater, als er die Katze vom Dach rettete, rutsche ich Zentimeter für Zentimeter vorwärts. Kurz kommt mir der Gedanke, dass Chris vielleicht überhaupt nicht auf diesen Baum geklettert ist, dass er das undefinierbare Bündel einfach nur mit seinem Baseballarm in die Luft geschleudert hat und es hier oben hängen geblieben ist. Ich strecke mich, so weit ich kann, verlagere das Gewicht auf meine Zehenspitzen und hebe die Fersen vom Ast. Alles in meinem Körper wird in die Länge gezogen, meine Muskeln sind bis zum Zerreißen gespannt – und dann schwirrt mir eine Hummel ins Gesicht. Ich puste sie weg und drehe dabei den Kopf. Durch das unregelmäßige Nadeldach kann ich von diesem Baum über die anderen hinwegblicken. Die Sandsteinvilla erhebt sich kantig aus den Wipfeln empor und mündet in eine Terrasse, um die sich eine steinerne Brüstung zieht. Darauf steht eine lange Tafel bereit, alles ist festlich geschmückt. Ich kneife die Augen zusammen. Ist das für uns? Was hat Chris vor?

Dann spüre ich, wie der Ast unter mir nachgibt. Ein Schrei entweicht meiner Lunge, dann kneife ich die Augen zu. Blätter gleiten nutzlos durch meine Finger, ich spüre, dass ich falle. Und finde plötzlich wieder Halt, die knorrige Oberfläche eines Asts drückt sich in meine Handflächen. Das ganze Gewicht meines Sturzes zieht in meine Schultergelenke, meine Arme, meine Finger. Ich öffne die Augen und sehe die Gesichter meiner Freundinnen, Lydia hat die Hand vor den Mund geschlagen. Jetzt umgreift mich Adrian von hinten, und ich kann loslassen. Sanft setzt er mich ins borstige Gras unter dem Baum, ich lehne mich an den Stamm und atme tief durch. Alles ging viel zu schnell, als dass ich richtig kapiert hätte, was gerade geschehen ist.

»Was war das denn?«, fragt Nathalie leise.

Ich zucke die Achseln. »Ich hab den Halt verloren, tut mir leid.«

»Du hättest dich wirklich übel verletzen können«, fährt Adrian von der Seite dazwischen. »Wieso hast du das gemacht, Romy?«

Ich hebe die Hände wie zur Verteidigung. »Ich wollte nicht …« In seinen Augen sehe ich Verärgerung, aber nicht nur das, ich sehe auch Angst. »Komm schon, Adrian, ich habe das doch nicht absichtlich getan.« Suchend blicke ich durch die Gesichter, die sich zu mir herabbeugen. »Leute, keine Sorge, ich wollte nicht in den Tod springen. Nicht, so kurz bevor wir unseren Preis für die Schnitzeljagd absahnen.« Ich grinse, aber mein Witz zieht nicht.

»Ich bin einfach nur froh, dass dir nichts passiert ist, Schatz«, sagt Adrian und zieht mir einen Zweig aus den Haaren. Ich werfe einen Blick nach oben. Das Bündel hängt nicht mehr im Baum, ich muss es bei meinem Sturz aus den Zweigen gerissen haben. Nathalie bückt sich und zieht hinter sich eine Art Seesack aus schwarzem Stoff aus dem Gras.

»Ich hoffe, dass das hier nicht unser Preis ist.« Sie kichert.

»Was ist denn drin?«, fragt Lydia.

Mit ungeduldigen Bewegungen knüpft Nathalie den Seesack auf und zieht mehrere zusammengefaltete Stoffstücke hervor. »Ich glaube, das ist Kleidung.«

»Sind das etwa Outfits für uns?«, fragt Olga. »Lass mal sehen.« Nathalie hält ihr den Inhalt des Seesacks entgegen, und Olga schnalzt mit der Zunge. »Das ist das Kleid, das ich getragen habe, als ich Chris kennengelernt habe. Das war auf dem Empfang seines Chefs, den meine Firma in einem Gerichtsverfahren vertreten hat. Erfolgreich, muss ich hinzufügen.« Dabei reckt sie grinsend den Zeigefinger in die Höhe.

»Oh«, sagt Lydia, »und die anderen Teile?«

Olga faltet das nächste Stoffstück auf. Es ist ein Kleid in der Farbe von Rosé-Champagner, oder besser gesagt, es hat die gleiche Farbe wie die Mauern der Villa, die in der Abendsonne leuchten.

»Da hängt ein Zettel mit einem Namen dran!«, ruft Nathalie und greift nach dem kleinen Papieranhänger an dem langen fliederfarbenen Kleid. »Das ist ja für mich!«

»Was ist das denn für eine seltsame Schnitzeljagd?«, murmelt Lydia.

»Für dich ist auch so eins dabei, Lydie.« Olga reicht ihr das Kleid. »Und für dich auch, Ro.«

Nathalie wendet sich an Adrian. »Und was sollen wir jetzt machen? Die Kleider anziehen, oder was?«

Adrian nickt. Er wirkt noch immer etwas durch den Wind von meinem Sturz. »Ich dreh mich um, keine Sorge.«

Nathalie grinst. »Lass mal gut sein. Immerhin bin ich vor ein paar Minuten noch nackt vom Boot gesprungen.«

Adrian lächelt schief zurück und dreht sich trotzdem um. Ich fahre mir durch die Haare, in denen immer noch ein paar Nadeln und kleine Zweige hängen. Mein Ellenbogen juckt, und als ich meinen Arm drehe, sehe ich, dass die Stelle aufgeschürft ist und blutet. Ich spucke etwas Speichel auf meine Finger und reibe damit über meinen Ellenbogen. Erst brennt es mehr, aber dann beruhigt sich die gereizte Haut ein bisschen.

»Ja dann, nichts wie los!«, sagt Nathalie. Ich höre die Abenteuerlust in ihrer Stimme und frage mich, ob sie Mads schon wieder vergessen hat und er ihr tatsächlich egal ist, solange sie selbst Spaß hat. Ich ziehe meine Jeansshorts und das T-Shirt aus und muss auch den salbeigrünen BH fallen lassen, da die Spaghettiträger des fliederfarbenen Kleids nicht dazupassen. Dann blicke ich hinab auf meine verdreckten weißen Turnschuhe und ziehe sie mir kurzerhand von den Füßen. Olga reicht den Seesack herum, und wir stopfen alle unsere Klamotten hinein, bis auf Lydia, die sie sorgsam faltet. Dann betrachten wir uns gegenseitig, zupfen einander die Träger der Kleider zurecht, Nathalie zieht mir ein letztes Blatt aus den Haaren, so wie früher.

»Warum hast du eigentlich ein anderes Kleid als wir?«, fragt Lydia irgendwann Olga.

Diese zuckt die Achseln. »Keine Ahnung, vielleicht gab's nur drei davon?« Unsere Blicke treffen sich kurz, und sie wendet den Blick ab, als wüsste sie ganz genau, dass das eine Lüge ist.

»Was Chris wohl vorhat?«, fragt Nathalie jetzt. »Glaubst du, er lädt uns auf einen Ball ein?«

»Das wird dann aber ein kurzer Ball«, entgegnet Lydia und grinst uns verschwörerisch an, »schließlich haben wir heute Abend noch große Pläne.«

»Bringen wir es besser hinter uns«, sagt Olga. »Wo geht's lang, Käpt'n?«

***

Adrian führt uns zurück auf die Steinstufen, die hinauf zur Villa führen. »Ich will ja nicht neugierig sein«, flüstert Nathalie Olga zu, »aber mich würde wirklich interessieren, woher Chris die ganze Asche hat.« Olga grinst, aber ich sehe die Nervosität, die sie damit zu unterdrücken versucht. Der Steinboden ist von der Sonne aufgewärmt, und die kleinen Kiesel kitzeln meine nackten Füße.

»Das ist die letzte Station der Schnitzeljagd, oder?«, frage ich Adrian, und der nickt. »Definitiv. Und die hat es in sich.«

Bei dieser Antwort zieht sich mein Magen zusammen. Alle Anzeichen verdichten sich, es fühlt sich an wie die Ruhe vor dem Sturm. Als würde es schon nach Regen riechen, und als würden die Vögel tief fliegen, ja, als würde sich schon der Himmel verdunkeln und in der Ferne ein Donnergrollen ertönen – und ich versuche mir immer noch einzureden, dass es kein Unwetter geben wird. Ich warte lieber, ob es nicht doch vorbeizieht, bevor ich Alarm schlage. Denn ich weiß einfach nicht, was ich tun soll.

Klassische Musik dringt aus den geöffneten Flügeltüren der Villa zu uns herab. Bitte nicht auch noch Livemusik, denke ich,

ich traue Chris wirklich alles zu. Adrian führt uns durch die mit dunkelroten Teppichen ausgelegte Eingangshalle, unter einem verboten großen Kronleuchter hindurch und wiederum ein paar Stufen hinauf, bis sich die nächste Flügeltür zur Terrasse hin öffnet. Und dort steht er, Chris, unser Schnitzel, das wir den ganzen Nachmittag gejagt haben, in schwarzer Hose, weißem Hemd und einem strahlenden Lächeln. Er hat die Hände hinter dem Rücken verschränkt und erwartet uns mit geschwollener Brust. Mir wird mit jedem Schritt, den wir uns ihm nähern, übler. Ich gehöre hier nicht dazu. Ich bin nicht die Frau, die gleich überrascht wird und in Tränen ausbricht. Ich will es auch nicht sein – und genauso wenig möchte ich diesen Moment hier miterleben.

Als ich Olga von der Seite angucke, wie sie mit schnellen Schritten und strahlendem Gesicht auf Chris zuläuft, dreht sich mir der Magen um. Hinter dem steinernen Geländer der Terrasse glitzert das Meer pink und rot in der Abendsonne und erinnert mich an die bunte Aquariumsbeleuchtung in Walters Tierladen.

»Olga«, flüstere ich, aber sie hört mich nicht. Kurz hebe ich die Hand, um sie an der Schulter zurückzuhalten, aber da ist sie schon an mir vorbei und bleibt wenige Schritte vor Chris stehen.

Er breitet die Arme aus. »Willkommen.« Chris nickt Adrian zu, der sich in den Hintergrund verdrückt. Wir sind nicht allein auf der Terrasse, zwei Männer in schwarzen Fracks stehen an einer langen, weiß gedeckten Tafel bereit. Gläser und Silberbesteck fangen das rote Licht der untergehenden Sonne auf. Es wird Abend an der Côte d'Azur zwischen Port Grimaud und Saint-Tropez.

»Chris, was ist das hier?«, fragt Olga, aber er schmunzelt sie nur an.

»Hattet ihr einen schönen Nachmittag?«

Olga nickt. »Chris, was …?« Sie unterbricht sich selbst, als

Chris tief Luft holt. Ich versuche zu erkennen, was in Olga vor sich geht, aber sie dreht mir noch immer den Rücken zu.

»Ich freue mich, dass ihr gekommen seid, dass du gekommen bist, Olga. Ich habe seit Jahren auf diesen Moment gewartet.«

Mir stellt es die Haare im Nacken auf, ich will raus aus diesem bescheuerten fliederfarbenen Kleid, das Chris uns ausgesucht hat, als wären wir Schauspielerinnen in seinem Theaterstück. Aber Chris, der Regisseur, weiß nicht, dass ich sein Geheimnis kenne. Und Olga, die trotz allem immer noch meine beste Freundin ist, weiß auch nichts davon. Sie weiß es nicht, weil ich zu feige war, ihr etwas zu sagen. Weil ich den frisch geschlossenen Frieden nicht zerstören wollte.

Ich bin kurz davor, den Mund zu öffnen, da fährt Chris fort. »Ehrlich gesagt, warte ich auf diesen Moment, seit ich dich zum ersten Mal gesehen habe, Olga, damals, im Festsaal des Hofbräuhauses.« Irritiert sehe ich, wie eine ebenfalls in Schwarz gekleidete Frau um uns herumläuft, mit einer Kamera in der Hand. Ich glaube, sie dreht ein verdammtes Verlobungsvideo.

»Olga, ich hoffe, ich konnte dich an diesem Nachmittag an ein paar schöne Momente aus unserer Beziehung erinnern. Unsere erste gemeinsame Nacht, die in einer ganz ähnlichen Bar begann. Der Kurzurlaub auf der Jacht meines Chefs, der Tag, an dem Kasper auf den Apfelbaum meiner Eltern geklettert ist, sich nicht mehr runtergetraut hat und wir ihn retten mussten.« Olga nickt langsam und lacht leise. »Erinnerst du dich?«, fragt Chris und nimmt ihre Hände.

»Ja, natürlich erinnere ich mich«, haucht sie. »Aber jetzt verstehe ich das alles erst.«

Ich glaube, ich kotze gleich. Ich muss mir eine Hand auf den Hals legen, als könnte ich damit meinen Mageninhalt hinunterdrücken. Adrian wirft mir einen bedeutungsschwangeren Blick zu, und ich weiß, dass er genau das hier auch will, unbedingt. Ich verstehe auf einmal, dass er Chris nur geholfen hat, diesen perfekten Moment zu schaffen, damit ich merke, wie wunderbar so ein Heiratsantrag sein kann. Ich schlucke und versuche damit alle Gefühle herunterzuschlucken, die sich in mir anbahnen. Die letzten vier Jahre mit Adrian, voller Wärme, voller Routinen, voller … Langeweile? Nein, das meine ich nicht. Ich versuche den Gedanken aus meinem Kopf zu vertreiben. Voller Liebe, meinte ich natürlich. *Voller Liebe.* Adrian ist schließlich der netteste Mensch, den ich kenne. Der einzige Mensch, mit dem ich noch nie Schluss machen wollte. Der einzige Mensch, den ich noch nicht aus meinem Leben fortgeträumt habe … bis jetzt. Was? Nein!

Unweigerlich schüttele ich den Kopf. Ich sehe zu Lydia, die direkt neben mir steht. Sie lächelt steinern. Macht ihr das Ganze hier wirklich nichts aus? Betrügt sie ihre Freundin für einen Mann, der ihr völlig egal ist? Oder ist sie nur die beste Lügnerin von uns allen?

»Olga«, sagt Chris jetzt feierlich. »Ich halte diese Frage zurück, seit wir uns das erste Mal getroffen habe. Aber nun kann ich einfach nicht länger warten.«

Ich traue meinen Augen kaum. Sind das etwa Tränen auf Olgas Wangen?

Sie schlägt die Hand vor den Mund, als Chris mit einem Mal auf ein Knie geht und ein kleines samtenes Kästchen aus seiner Tasche zieht. »Olga Elwira Makarowa«, sagt er feierlich ihren vollständigen Namen. Ich weiß, dass sie ihren zweiten Namen hasst, und bemerke, wie sie ein winziges bisschen zusammenzuckt, aber es könnte, wenn ich ganz ehrlich bin, auch vor Rührung gewesen sein. Wo zum Teufel bin ich hier gelandet? Ich weiß nicht, wen ich in diesem Moment mehr hasse, Chris, Lydia oder mich selbst.

Dann springen meine Gedanken wieder zu Adrian. Ich blicke

mich zu ihm um, aber er ist von der Szenerie ganz gebannt. Adrian, warum hast du das alles hier nicht verhindert? Ich spüre, wie eine ungerechte Wut in mir hochkocht, eine Wut, die sich eigentlich gegen mich selbst richtet. Denn schließlich bin ich es, die weiß, dass der schöne Schein hier ganz gewaltig trügt.

Ruhig atmen, denke ich. Und nachdenken. Was zur Hölle machst du jetzt, Romy?

»Willst du mich heiraten?«

Für einen Moment hängen Chris' Worte in der Luft, die Zeit scheint stillzustehen. Und dann passieren mehrere Dinge gleichzeitig.

Lydia entfährt ein Schnauben. »Das ist nicht dein verdammter Ernst, oder?«

Ich springe einen Schritt nach vorne, bevor ich mich zurückhalten kann. »Tu das nicht, Olga! Er betrügt dich mit Lydia!«

»Ja! Ja, ich will!«, sagt Olga mit tränenerstickter Stimme. Und im nächsten Moment: »Was?«

Chris' Augen werden groß, er springt auf und blickt zwischen Lydia und mir hin und her. »Hast du ihr davon erzählt?«, fährt er Lydia an. »Wir haben doch darüber geredet!«

»Du hast nie darüber geredet, dass du Olga heiraten willst«, zischt Lydia zurück. »Außerdem hätte sie heute Abend ohnehin Schluss mit dir gemacht, und dann wäre alles okay gewesen. Dann hätten *wir* zusammen sein können, Chris!« Ihre Stimme zittert, aber ich kann nicht sagen, ob vor Wut oder vor Schmerz. »Aber du musstest hier so ein Ding mit Geigenmusik und einer verdammten Villa draus machen!«

»Wie, sie hätte ohnehin mit mir Schluss gemacht?« Chris dreht sich fragend wieder zu seiner Freundin um.

Olga ist ganz blass um die Nase geworden. »Was ist hier los?«, fragt sie mit gefährlich leiser Stimme. »Was zur Hölle ist hier los?«

Für einen Augenblick herrscht Stille, Chris und Lydia wirken wie versteinert.

Zu meinem Entsetzen wendet sich Olga also nach einer Erklärung suchend zu mir um. »Du wusstest davon?«, fragt sie. »Du wusstest davon und hast nichts gesagt?«

»Erst seit gestern Nacht«, entgegne ich schnell, auch wenn ich weiß, dass das keine Entschuldigung ist.

»Seit gestern Nacht?« Olga fasst sich mit beiden Händen an den Kopf. »Du hast mir also heute Mittag in die Augen gesehen und nichts gesagt? Du hast mir dein Herz ausgeschüttet und nichts gesagt?«

Ich stelle mit einem Stich fest, dass Olga mich immer noch nicht verrät, nicht einmal jetzt. Sie behält mein tiefstes Geheimnis für sich, obwohl ich in ihrem Blick sehe, dass sie mir wehtun will.

»Ich … es gab einfach nicht den richtigen Moment …«

»Nicht den richtigen Moment, um mir zu sagen, dass mein Freund mich mit meiner besten Freundin betrügt? Wie lange wolltest du denn damit warten?«

Ich weiß nicht, was mich in diesem Augenblick mehr verletzt. Die Tatsache, dass Olga vollkommen recht hat, oder die, dass sie Lydia als ihre beste Freundin bezeichnet. Was hast du denn gedacht, Romy? Dass du fünf Jahre untertauchen kannst und es dann weitergeht, als wäre nichts passiert?

»Es … es tut mir leid, Olga, wirklich!«

Aber sie sieht mich schon nicht mehr an. »Wie kannst du es wagen?«, herrscht sie Chris an. »Was hast du ihr erzählt? Dass du eigentlich sie liebst? Hast du sie nachts in Hotelzimmern getroffen, wenn du angeblich auf Geschäftsreise warst?«

»Olga, du musst mir glauben …«

»Ich muss dir überhaupt nichts glauben! Und wie zum Teufel kommst du dann auch noch auf die Idee, mir einen gottverdammten Heiratsantrag zu machen?« Nun laufen Tränen über ihre Wangen. »Einen Heiratsantrag, Chris!«

Die Verlobungsfotografin lässt ihre Kamera sinken und tippt panisch auf den Knöpfen herum, und aus den versteckten Lautsprechern der Villa dringt immer noch liebliche Streichmusik.

»Wie kannst du es wagen! Hättest du nicht irgendjemand anderen aussuchen können? Wie kannst du es wagen, ausgerechnet Lydia zu nehmen!«

»Olga, du verstehst nicht«, mischt sich Lydia jetzt ein. Ihr Haar hat sich aus ihrem Dutt gelöst und hängt strähnig um ihr blasses Gesicht. »Ich wollte es auch! Ich liebe Chris, er hat nicht …«

Olga bringt sie mit einem einzigen Blick zum Schweigen. Sie macht ein paar langsame Schritte auf sie zu. »Hat er dir gesagt, dass du seine große Liebe bist? Hat er dir beim Sex tief in die Augen gesehen?«

Lydias Lippe zittert, die Tränen schießen ihr aus den Augen und bleiben an ihrer spitzen Nase hängen. »Olga, es tut mir leid …«

»Tut es das?« Olga legt den Kopf schief. »Dir tut es also leid. Du hast doch nur auf den Moment gewartet, bis er für dich frei ist.« Sie lacht bitter auf. »Und ich dachte, dir geht es tatsächlich um den verdammten Pakt, als du unbedingt hierherfahren wolltest. Ich dachte, du wärst die Einzige, die noch daran denkt, was wir damals wollten. Freundschaft, Zusammenhalt, Familie – dabei hast du das einfach nur ausgenutzt, um an Chris ranzukommmen.« Olga bleibt direkt vor Lydia stehen.

Mir fällt plötzlich auf, wie viel größer sie ist. Mit einem eiskalten Blick starrt sie auf Lydia hinab, ich sehe, wie sich ihre Brust mit jedem Atemzug hebt und senkt. Ich habe Angst vor dem, was als Nächstes passiert. Wird Olga Lydia die Nase brechen? Sie über die Brüstung stoßen?

Aber dann hebt Olga ihre zitternden Finger und legt Lydia eine Hand auf die Wange, ganz zärtlich, so wie sie es früher immer bei mir gemacht hat. »Er ist es nicht wert, Lydie. Er ist es wirklich nicht wert. Lass das nicht unser Schicksal sein.«

»Was … was meinst du damit?«, stottert Lydia.

Olga antwortet nicht und dreht sich stattdessen wieder Chris zu. »Lydia hat recht, weißt du? Ich hätte heute sowieso mit dir Schluss gemacht. Wir sind hier, um unsere Beziehungen zu beenden. Das ist der ganze Sinn dieses verdammten Wochenendes!«

»Was?«, fragt Adrian jetzt von der Seite, und mir sinkt das Herz in die Hose.

»Denkt ihr wirklich immer noch, wir alle wollten uns hier wiedersehen?«, fragt Olga. Sie dreht sich einmal im Halbkreis, um uns alle miteinzuschließen. »Deswegen hat sich Romy doch auch so davor gedrückt. Hat sich seit Jahren bei keiner von uns mehr gemeldet.« Sie stößt zischend den Atem aus. »Dabei war das alles mal ihre Idee gewesen.«

»Moment mal, das war also kein Witz mit diesem Schlussmachpakt?«, fragt Adrian und blickt mich mit offenem Mund an.

Olga hebt die Augenbrauen. »Sie hat dir also davon erzählt?«

»Vorhin, bevor wir losgelaufen sind, aber …«

»Lass dich nicht täuschen, Adrian, sie wusste, seit ihr zusammengekommen seid, dass euch dieser Tag irgendwann bevorstehen würde.«

»Ich …«, setze ich an, aber in meinem Kopf dreht sich alles. Ich habe keine Ahnung, was ich sagen könnte, was ich überhaupt sagen will.

»Oder hast du den Schlussmachpakt damals nur erfunden, damit du dich leichter von Mads trennen konntest?«, fragt Nathalie jetzt und legt den Kopf schief. Sie sieht mich prüfend an wie ein Insekt, das in ihr zugleich Faszination und Ekel auslöst.

»Ist doch völlig egal«, fährt Lydia dazwischen und stellt sich mit in die Seiten gestemmten Armen vor mir auf. »Woher wusstest du das mit Chris und mir?«

Ich schlucke. Meine Finger sind schweißnass, überall um mich herum wütende Augenpaare. »Mads und ich … wir … ich hab euch gesehen, gestern Nacht.«

Olga wirft Chris einen vernichtenden Blick zu. »Gestern Nacht? Als du behauptet hast, es ginge dir nicht so gut und du würdest noch kurz frische Luft schnappen?« Dann fixiert sie mich. »Und warum bist du nicht direkt zu mir gekommen? Warst du zu beschäftigt, mit Mads rumzuknutschen?«

»Nein, ich …« Ich taumele einen Schritt zurück.

»Romy, warum hast du mir nicht erzählt, dass du mal mit ihm zusammen warst?«, fragt Adrian jetzt. Ich drehe mich zu ihm, aber ich kann ihm nicht in die Augen gucken. »Das wäre doch kein Problem für mich gewesen, Romy. Vertraust du mir so wenig?« Ich schüttele nur den Kopf, aber es kommt kein Wort über meine Lippen. Also redet er weiter. »Und das mit dem Wochenende wusstest du die ganze Zeit? Ich dachte, dass du dich nicht wohlfühlst, weil du dich mit deinen Freundinnen gestritten hast! Aber du konntest mir natürlich nicht erzählen, was los war. Bitte sag mir nicht, dass du es wirklich durchgezogen hättest.« Er blickt fassungslos ins Leere.

»Adrian, nein, ich …«

Ich mache einen Schritt auf ihn zu, aber er weicht zurück und hebt abwehrend die Hände. »Ich brauche jetzt erst mal einen Moment«, sagt er, macht auf dem Absatz kehrt und verschwindet durch die Flügeltüren ins Innere der Villa.

»Adrian, warte!« Ich laufe ihm hinterher, zurück durch die Eingangshalle der Villa und auf den Vorplatz, von dem die unregelmäßige Steintreppe zur Anlegestelle hinabführt. Aber ich sehe, dass er in eine andere Richtung abbiegt, er tippt auf seinem

Handy herum, dann hält er es sich ans Ohr. »Adrian!«, rufe ich, aber er dreht sich nicht um. »Adrian, warte!«

An der schmalen Straße hole ich ihn ein, aber in diesem Moment hält ein schwarzer Wagen, auf dessen Dach ein Taxi-Schild befestigt ist. Er ignoriert mich und steigt in den Wagen, also springe ich spontan um das Heck herum, reiße die andere Tür auf und setze mich neben ihn. Der Wagen fährt los, bevor Adrian irgendetwas sagen oder mich aus dem Auto werfen kann.

»Was ...?«, setzt er an, aber dann schweigt er, die Faust vor dem Mund, als wollte er sie lieber fressen, anstatt mit mir zu reden. Der Taxifahrer beobachtet uns durch den Rückspiegel. Aus den Lautsprechern dringt leise Popmusik, es riecht ein bisschen nach Lavendel-Duftbaum und nach abgestandenem Zigarettenrauch.

Ich öffne meinen Mund, um etwas zu sagen, da kommt mir Adrian zuvor. »Ich hab doch gesagt, ich brauch eine Minute.«

Ich klappe meinen Mund wieder zu und beginne stattdessen, von sechzig rückwärtszuzählen. Draußen vor dem Fenster fliegen Bäume und Häuser entlang, Abzweigungen in kurvige Straßen, von denen ich keine Ahnung habe, wo sie hinführen. Ich bemerke, dass ich nur das Kleid trage, das Chris in dem Seesack für uns hinterlegt hatte, keine Schuhe, keinen BH, nichts. Und ich weiß nicht, wohin wir unterwegs sind. Aber ich traue mich auch nicht zu fragen, bevor die Minute vorbei ist.

»Ich habe gedacht, dass wir einander vertrauen«, sagt Adrian leise, als ich gerade bei Sekunde dreizehn angekommen bin.

»Das tun wir ja auch, oder?«, bekräftige ich.

Adrian seufzt. »Und warum hast du mir dann nichts davon erzählt?«

»Ich wollte mit der Vergangenheit abschließen, Adrian. Ich wollte einfach nichts mehr damit zu tun haben.«

»Das hättest du mir sagen können, Romy. Du hättest einfach

mit mir reden können, mit mir, deinem Partner. Stattdessen machst du mit diesem Mads im Schrank rum, als wärt ihr noch immer sechzehn.«

Ich schließe die Augen, weil ich spüre, dass Tränen daraus hervorquellen. Ich will nicht meine Finger heben und sie mir wegwischen, weil er dann sieht, dass ich weine. »Woher weißt du davon?«, frage ich leise.

Adrian sieht mich nicht an, er blickt aus dem Fenster. »Ich hab euch gesehen. Dachtest du wirklich, dass ich es nicht gecheckt hätte, als ich euch dort gefunden habe? Dass ich nicht bemerkt hätte, wie eure Köpfe auseinandergefahren sind, in dem Moment, als ich die Schranktür geöffnet habe?« Seine Stimme bricht.

»Aber warum hast du dann nichts gesagt?«

Jetzt dreht er sich mir zu, und ich sehe all den Frust und den Schmerz in seinem Gesicht. »Weil ich wollte, dass *du* mir davon erzählst, Romy. Ich wollte, dass es von dir kommt, dass du ein einziges verdammtes Mal ehrlich mit mir bist.«

»Ich hab dich während unser gesamten Beziehung nicht betrogen, Adrian, wirklich.«

Er lacht auf. »Willst du dafür eine Auszeichnung oder so was? Es geht mir doch nicht darum, mit wem du was gemacht hast oder auch nicht, es geht mir darum, wie du damit umgehst. Mir ist es egal, ob du mit diesem Mads zusammen warst, es wäre mir sogar egal gewesen, dass du ihn geküsst hast – wenn du mit mir darüber gesprochen und dich entschuldigt hättest. Aber nicht mal das kriegst du auf die Reihe, verdammt.«

»Ich wollte dir das alles sagen, Adrian. Ich wusste nur nicht, wann.« Ich muss schlucken. »Es ist alles so viel gerade und so verwirrend. Ich komme gar nicht hinterher.«

Er schüttelt vehement den Kopf. »Das stimmt nicht, Romy, und das weißt du ganz genau. Das Problem ist, dass es überhaupt nicht dein erster Impuls ist, mit mir über alles zu reden. Dein erster Impuls ist es, alles runterzuschlucken und so zu tun, als wäre nie irgendwas passiert. Langsam frage ich mich wirklich, ob du dich selbst genauso belügst wie die Menschen in deinem Umfeld.«

Ich beiße mir auf die Lippe, weil ich nicht weiß, was ich antworten kann, ohne zu lügen. »Ich hatte einfach Angst, dass etwas Schlimmes passiert, wenn wir hierherkommen.«

Für einen Moment herrscht Stille im Auto, nur das Geräusch des Motors und der nächste Popsong füllen leise die Luft zwischen uns.

»Und wovor genau hattest du Angst?« Er sieht mich mit hochgezogenen Augenbrauen an. »Dass ich diesen Teil von dir kennenlerne? Deine Freundinnen? Deine Vergangenheit? Oder dass du dich von mir trennst, weil das einfach zu eurem bescheuerten Pakt dazugehört?«

Wieder presse ich die Augen aufeinander, um die nächste Welle der Tränen zu unterdrücken. »Nein«, flüstere ich, »sondern dass du erfährst, wie ich wirklich bin.«

»Und wie bist du wirklich?«

»So«, flüstere ich. »Genau so. Ich verberge Dinge vor dir, weil ich sogar versuche, sie vor mir selbst zu verbergen.«

Ohne etwas zu erwidern, blickt Adrian wieder aus dem Fenster. Ich erkenne die Straßen jetzt, wir sind gerade am Supermarché vorbeigefahren, es ist nicht mehr weit bis zu unserem Ferienhaus.

»Und jetzt?«, frage ich leise, obwohl ich die Antwort bereits kenne.

Adrian zuckt die Achseln. »Jetzt ist es aus.«

Die Endgültigkeit seiner Worte macht mich sprachlos. »Machst du gerade Schluss mit mir?«, würge ich irgendwann hervor.

Da sieht Adrian mir direkt in die Augen. »Ich tue das, was du bereits vor Jahren hättest tun sollen.«

Dann hält das Taxi vor dem Ferienhaus, Adrian bezahlt, steigt aus und zieht den Schlüssel unter der Fußmatte hervor. Adrian steigt die steile Treppe nach oben, während ich unten im halbdunklen Flur stehen bleibe, regungslos. Seine Schritte verschwinden im Obergeschoss, und für einen Moment ist es ganz ruhig im Ferienhaus, als wäre ich allein hier drin, nein, als wäre ich Teil davon. Ich betrachte die gemalten Szenen in den unzähligen Rahmen an den Wänden. Eine Familie um den Esstisch, ein Kind auf der Schaukel, eine Gruppe Erwachsener, die im Garten unter den Apfelbäumen tanzt. Das alte Ferienhaus ächzt und knarzt um mich herum, als wäre es gerade dabei, ein neues Bild anzufertigen, von einer Gruppe Fremder, die zusammenfanden, Freunde wurden und dann auseinanderbrachen, als die Wahrheit ans Licht kam. Und es ist nicht die Wahrheit über dieses Wochenende, die Wahrheit über die letzten fünf Jahre oder die Wahrheit über das, was zwischen Mads und mir im Schrank zwischen den Laken passiert ist. Sondern es ist die Wahrheit über mich, über Romy Schuster, die ihr eigenes Leben sabotiert. Dann höre ich die Dielen wieder knarzen, Adrian kommt mit seiner Reisetasche in der Hand die Treppen runter.

Er sieht mich an, wie er mich noch nie angesehen hat: mit einer so überwältigenden Traurigkeit, dass ich mich nicht vom Fleck rühren kann.

»Wir hätten nicht herkommen sollen«, flüstere ich.

»Doch, es war gut, dass wir hergekommen sind«, sagt er, nickt mir noch einmal zu und verlässt das Haus.

Die Tür bleibt offen stehen, und ich sehe, wie er seine Tasche ins Auto wirft und einsteigt. Im nächsten Moment flammen die Lichter auf, Kies spritzt unter seinen Reifen.

Ich habe so oft darüber nachgedacht, wie ich mit Adrian

Schluss machen würde, aber ich bin nie zu einem Ergebnis gekommen. Meine Schlussmachfloskeln würden bei ihm nicht funktionieren, das hatte ich immer schon gespürt. Aber vielleicht wusste ich auch ganz tief in mir drin, dass ich letzten Endes nicht den Mut dazu haben würde. Sondern dass er es würde tun müssen. Und wie ich jetzt hier stehe, irgendwo in einem Ferienhaus in Südfrankreich, merke ich, dass ich ihm sogar ein kleines bisschen dankbar dafür bin.

VOR FÜNFZEHN JAHREN

Meine drei Freundinnen sahen mich an, ihre Milchshakes blieben unangetastet. Die Stelle an meiner Schläfe, an der mein Vater mir die Haare ausgerissen hatte, pochte immer noch schmerzhaft.

»Ich hab eine Idee«, sagte ich.

»Das haben wir verstanden«, entgegnete Olga, »aber was denn nun für eine Idee?«

Ich zögerte, weil ich immer noch nicht genau wusste, wie ich es formulieren sollte. »Lasst uns einen Pakt schließen.«

»Was für einen Pakt?«, fragte Nathalie.

Ich seufzte. »Wir haben doch alle die Nase voll, oder?«

Olga schnaubte. »Bei mir reicht es für mehrere Nasen.«

»Wovon?«, fragte Lydia.

Ich zuckte die Achseln. »Na, davon, dass unsere Leben fremdbestimmt werden.« Ich wandte mich an Nathalie. »Reicht es dir nicht langsam mit den ewigen Idioten deiner Mutter?«

Nathalie nickte. »Und wie.«

»Und wie ist es bei dir, Olga? Deine Mutter hat ihr Leben Jesus geopfert, um dich zu beschützen?«

Olga verdrehte die Augen. »*Beschützen,* genau. Sie verbietet mir alles, was Spaß macht.«

»Und Lydie, sagt deine Mutter immer noch manchmal, dass sie gar keine Kinder wollte?«

Lydia hob die Augenbrauen. »Ja, sie wollte Reisejournalistin werden.«

»Und jetzt hat sie sechs«, erwiderte ich.

»Mein Vater wollte so unbedingt welche.«

»Warum ist *er* dann nicht zu Hause geblieben und hat auf sie aufgepasst?«

Lydia hob die Schultern. »Ich ... ich weiß nicht.«

»Versteht ihr, was ich meine? Wenn wir uns so wie unsere Mütter an Männer binden, landen wir da irgendwann auch. In Situationen, aus denen wir nicht mehr rauskommen.«

Olga legte den Kopf schief. »Was ist los bei dir, Romy?«

Ich merkte, dass sie mich durchschaute. Natürlich tat sie das. Nicht all meine blauen Flecken ließen sich durch meine Tollpatschigkeit erklären. Der Polizeieinsatz bei uns zu Hause hatte garantiert auch schon die Runde gemacht. Ich schluckte. »Meine Eltern sollten sich trennen«, flüsterte ich. »Tun sie aber nicht. Und ich will einfach nicht in dieselbe Situation geraten. Ich will ein besseres Leben.«

Olga legte ihre Hand auf den Tisch, und ich legte meine darauf, Nathalie und Lydia taten es mir gleich.

»Wir müssen selbst auf uns aufpassen«, sagte ich, »sonst wird es niemand tun.«

»Was schlägst du vor?«, fragte Olga.

Ich räusperte mich. »Ich schlage vor, dass wir einen Pakt schließen. Egal, wie sehr uns irgendein Typ um den Finger wickelt. Alle fünf Jahre kommen wir zusammen und beenden das. Alle fünf Jahre befreien wir uns von den Männern, die uns früher oder später sowieso nur unglücklich machen würden. Aber nicht mit uns. Wir haben uns, und wir passen aufeinander auf. Wir bestimmen selbst über unsere Leben.«

Für einen Moment herrschte Stille, aus den Lautsprechern des Bowlingcafés sang Elvis schon wieder *Love Me Tender*.

»Aber was, wenn wir in einer glücklichen Beziehung sind?«, fragte Lydia leise.

»Du hast zu viele Filme gesehen«, flüsterte Nathalie. »Egal wie sehr man sich liebt, irgendwann passiert das einfach. Denkst du etwa, unsere Mütter haben sich freiwillig in solche Abhängigkeiten begeben? Die waren alle mal glücklich, und dann, irgendwann merkt man gar nicht mehr, wie das eigene Leben den Bach runtergeht.«

Olgas Gesicht verdüsterte sich. »Ich bin dabei«, sagte sie.

Nathalie holte tief Luft. »Ich auch.«

»Kann ich es mir überlegen?«, fragte Lydia.

Wir sahen sie streng an. »Nein, entweder du machst mit, oder du bist raus, Lydie«, beschloss Olga.

»Verstehst du, was dieser Pakt bedeutet, Lydia?«, fragte ich. »Dass wir unsere Familie sind, wir vier. Wir passen aufeinander auf. Wir lassen uns nicht durch irgendwelche Männer kaputt machen. Niemals.«

»Okay«, sagte Lydia nun leise. »Dann bin ich auch dabei.«

Wir drückten unsere Hände, die immer noch auf dem Tisch lagen.

»Ich bin irgendwie aufgeregt«, kicherte Nathalie dann, und die Anspannung löste sich.

»Ich habe eine Idee«, verkündete Olga überschwänglich. »Wir machen ein Ritual daraus, eine richtige Zeremonie. Ein Abendessen.«

»Und beim Hauptgang machen wir Schluss!«, rief ich.

»Und den Nachtisch essen wir allein, nur wir vier«, ergänzte Nathalie begeistert.

»Aber es gibt noch eine Sache«, merkte Lydia zögerlich an und versetzte unserer Euphorie einen Dämpfer. Wir drehten uns mit angestrengten Blicken zu ihr. »Was machen wir, wenn eine von uns nicht mehr mitmachen will?«, fragte sie zögerlich.

Es herrschte Stille, ich dachte angestrengt nach.

»Wir brauchen ein Druckmittel«, sagte Olga langsam.

»Was?«, fragte Nathalie entsetzt und verschränkte die Arme. »Was für ein Druckmittel? Sollen wir gemeinsam jemanden umbringen, oder so was?«

Lydia warf einen Blick über die Schulter. »Nicht so laut, Holger könnte uns hören.«

»Nein, natürlich nicht.« Olga lachte kurz auf, bevor sie sich wieder mit ernster Miene über den Tisch beugte. »Ich meine, unser tiefstes Geheimnis.«

Ich sah, wie Lydia rot anlief. »Aber dann wäre es ja kein Geheimnis mehr.«

Nathalie schüttelte den Kopf. »Nein, jede steuert einen Beweis für ihr größtes Geheimnis bei. Und dann packen wir alle Geheimnisse in eine Box und schwören, sie nicht zu öffnen, bis es hart auf hart kommt.«

»Okay«, sagte Olga. »Ich besorg die Box.«

»Ich weiß nicht, Leute. Sollen wir darüber nicht noch ein bisschen nachdenken?«, fragte Lydia.

Ich stemmt die Fäuste auf den Tisch. »Nein, genau so machen wir das, Lydia. Glaub mir, das ist genau der richtige Weg. Und ich werde es euch beweisen.«

»Und wie?«, fragte Lydia.

»Indem ich mit Mads Schluss machen werde«, sagte ich.

JETZT

Ich bleibe im dunklen Ferienhaus zurück, als Adrians Rücklichter zwischen den Zedern verschwinden und das Motorengeräusch in der Ferne verklingt. Meine Finger wandern zu meinem Bauch, der immer noch so flach ist wie vor ein paar Tagen. Noch ist nichts von dem Baby zu spüren. Wenn es überhaupt echt ist, denke ich sofort. Und in diesem Moment weiß ich, dass Adrian recht hat. Mit allem. Er hat mich gesehen, wie ich wirklich bin, und das hat ihm nicht gefallen. Ich weiß, dass er recht hat, weil ich ihm nicht einmal in diesem Moment sagen konnte, dass unser Baby in mir wächst.

Ein kalter Windhauch fegt vom Wasser zu mir herein, reißt mich aus meiner Starre. Die anderen werden bestimmt bald hier sein, früher oder später müssen sie zum Ferienhaus zurückkommen, um ihre Sachen zu holen. Und wenn es so weit ist, dann will ich definitiv nicht mehr hier sein. In plötzlicher Hektik springe ich die Treppen hinauf, im Halbdunkel laufe ich über den Flur zu Olgas und Chris' Zimmer. Unter dem Bett, im Nachtschränkchen, selbst unter den Kissen suche ich nach der kleinen blauen Schatulle, ich entdecke sie schließlich ganz hinten auf dem alten Kleiderschrank in der Zimmerecke. Ich starre zu dem Kästchen hinauf, an einigen Stellen ist der Lack über die Jahre abgeblättert, wie bei einer längst vergessenen Schatzkiste. Zum ersten Mal frage ich mich, ob Olga ihr Versprechen überhaupt gehalten und tatsächlich nie in die Box reingeguckt hat. Das gelb-schwarze Stück Klebeband, das wir damals als Siegel über die Öffnung der Kiste geklebt haben, sieht immer noch unberührt aus. Auch ich werde die Geheimnisse meiner Freundinnen nicht lüften, ich werde nur schnell hineingreifen und meinen USB-Stick herausholen. Ich stelle mich auf die Zehenspitzen und strecke mich, bis ich mit den Fingern eine Ecke der Schatulle erreiche, an der ich sie nach vorne ziehen kann. Als sie fast an der Kante vorn ist, gebe ich ihr einen kleinen Schubs, doch offensichtlich mit zu viel Schwung. Das blaue Kästchen fliegt mir entgegen und landet auf den Holzdielen zwischen meinen Füßen, bevor ich es zu fassen kriege. Der Deckel der Schatulle springt auf, und ihr Inhalt rollt auf den Boden.

»Scheiße.« Das sind die Geheimnisse meiner Freundinnen, ein bisschen vergilbt und angestaubt nach fünfzehn Jahren. Die Geheimnisse, die wir einander zum Verwahren gegeben haben, damit sich keine unserem Pakt entziehen kann. Geheimnisse, so schlimm und schwer, dass sie niemals das Tageslicht erblicken sollen. Geheimnisse, die auch ich nicht sehen sollte. Ich gehe in die Hocke und versuche alles wieder einzuräumen, ohne hinzusehen. Meine Finger ertasten einen filigranen Armreifen und mehrere zusammengefaltete Blätter, die ich in die Schatulle zurücklege, ohne sie anzusehen. Dann öffne ich die Augen vorsichtig und

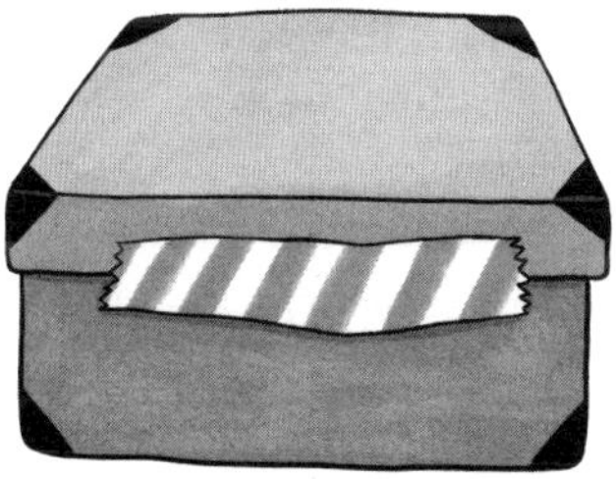

suche den Boden nach meinem USB-Stick ab. Er ist weg. Erst als ich mich flach auf den Boden lege, entdecke ich, dass er unter den Schrank gerutscht ist. Ich strecke meinen Arm aus und angele ihn aus dem Staub. Als ich mich aufsetze, fällt mir das Stück Papier auf dem Teppich auf, das ich beim Einräumen offensichtlich übersehen habe. Bevor ich meine Augen schließen kann, habe ich bereits erkannt, dass es sich um ein Ultraschallbild handelt. Es zeigt einen Fötus, winzig und kaum erkennbar in schwarz-weißen Wellen. »Meyer, Lydia«, steht oben in der Ecke. Ein Kloß bildet sich in meinem Hals, das Atmen fällt mir auf einmal schwer. Mit zitternden Fingern lege ich das Ultraschallbild in die Schatulle zurück, verschließe sie wieder und stelle sie mühsam auf den Schrank zurück. Dann verlasse ich das Zimmer, doch auf dem Flur bleibe ich schon wieder stehen. Die Tür zum Zimmer von Nathalie und Mads ist einen Spaltbreit geöffnet. Ich trete in den Türrahmen und taste nach dem Lichtschalter. Das Zimmer sieht genauso aus wie letztes Mal, als ich mich dort mit Mads im Schrank versteckt habe, nur dass seine Sachen fehlen. Ich muss an das Bild von ihm und seiner Tochter denken, das mir unter das Bett gerutscht ist. Ob er daran gedacht hat, es mitzunehmen? Ich gehe erst in die Hocke, dann lege ich mich flach auf den Boden und drücke mein Gesicht gegen die glatten Dielen. Es dauert einen Moment, bis sich meine Augen an die Dunkelheit gewöhnen, die unter dem Bett herrscht. Und dann sehe ich es. Ein dickes Stück Papier, dessen glatte Oberfläche im Licht der Zimmerlampe schimmert. Das Foto! Mads hat es im Trubel seines Aufbruchs vergessen. Ich strecke mich, so weit es geht, aber kann es trotzdem nicht erreichen. Ich plustere meine Backen voller Luft und puste das Foto, so stark ich kann, auf die andere Seite des Bettes. Im verzögerten Lufthauch schwebt es für einen Moment in der Luft und segelt dann über die Dielen an die andere Seite des Zimmers. Ich springe auf, ganz so, als könnte es im nächsten Moment aus dem Raum fliegen und ich müsste mich beeilen, es einzufangen. Aber da liegt es, zwischen Wand und Bett – und wartet auf mich. Ich betrachte das Foto im gelblichen Licht der Zimmerlampe. Mads und seine Tochter Lotta, die gleich geformten Nasenspitzen, die sich berühren, und der Leuchtturm im Hintergrund. Ich starre das Bild so lange an, bis die Linien und Farben vor meinen Augen verschmelzen. Erst, als ich es mir in die Hosentasche stecken will, merke ich, dass ich immer noch das furchtbare Kleid von Chris trage. Doch bevor ich das Zimmer von Mads und Nathalie verlasse, fällt mir noch ein weiteres Überbleibsel auf. Auf dem anderen Nachttisch liegt noch immer das illustrierte Buch über Leuchttürme, ein Post-it als Lesezeichen lugt daraus hervor. Ich schlage das Buch an der Stelle auf. »Der Leuchtturm von Cap Camarat«, steht in geschwungenen Lettern über der Zeichnung eines rechteckigen Turmes mit schwarzer Kuppel. Ich lege das Foto von Mads und Lotta zwischen die Seiten, schlage das Buch wieder zu und nehme es mit in mein Zimmer.

Ich ziehe mir Jeans und T-Shirt über, dann packe ich all meine verbliebenen Kleidungsstücke und Gegenstände ein und hole meinen Waschbeutel aus dem Badezimmer. Im Erdgeschoss laufe ich noch einmal in die Wohnküche, lasse meinen Blick über die Spielkarten gleiten, die immer noch auf dem Tisch liegen, über die abgewetzten Sofas und draußen, im Mondlicht, über den vom Blitz getroffenen Baumstumpf. Ohne bewusst darüber nachzudenken, trete ich vor die alte Kommode und greife hinter den Flachbildfernseher. Tatsächlich finden meine Finger recht schnell die kleine USB-Einkerbung. Also stecke ich meinen Stick dort hinein und schalte den Fernseher an. Es dauert eine Weile, bis ich den richtigen Kanal ausgewählt habe, um das Video auf dem Stick abzuspielen. Ich habe die Bilder seit fünfzehn Jahren nicht gesehen. Mein bleiches kindliches Gesicht erscheint, das die Kamera im Raum aufstellt, die Augen, die sich immer wieder ängstlich umsehen. Die altbackene Einrichtung im Haus meiner Eltern. Erst knistert der Ton nur, aber dann höre ich meinen Vater brüllen. Er flucht und grölt, und das Geräusch wird lauter. Mein sechzehnjähriges Ich sieht sich nach einem Versteck um, aber es gibt im ganzen Haus keines mehr, in dem er mich nicht schon einmal gefunden hätte: unter den Sofahussen, im dunklen Holzschrank meiner Urgroßeltern oder auf dem Balkon in die Ecke gekauert, unter dem Fensterbrett. Er hat mich jedes Mal gefunden. Und so ist es auch an diesem Tag. Ich sitze auf dem Sofa zusammengekauert, als er hereinkommt. Meine Mutter versucht gar nicht mehr, ihn davon abzuhalten, vielleicht liegt sie auch irgendwo in der Ecke, ich weiß es in diesem Moment damals nicht, vielleicht hat er ihr nun wirklich den Schädel eingeschlagen. Mein Vater reißt die Tür auf, sein Blick ist zunächst wirr und dann plötzlich ganz klar, auf mich fokussiert. Ich erinnere mich gar nicht mehr daran, was davor passiert ist, was diesmal der Auslöser für seinen Wutausbruch war. Es könnte alles gewesen sein. Zu lange gekochte Nudeln, eine Fünf in Mathe, vielleicht war auch einfach nur das Wetter schlecht, oder er hatte wieder mal nicht im Lotto gewonnen. Aber ich weiß noch genau, woran ich dachte, während er auf mich zustürmte, mich vom Sofa hochriss und zu Boden schleuderte, während er auf mich eintrat und mein Gesicht so lange in den Teppich drückte, dass ich keine Luft mehr bekam. Und plötzlich dachte ich an unseren letzten Besuch in der Waschstraße. An den Geruch von Schaum und Benzin und an den Moment, in dem die riesigen Bürsten sich von allen Seiten auf einen zubewegen und es mit einem Mal dunkel wird. An das Geräusch, wenn sie über einen hinwegdonnern.

Dann läuft ein kurzes Zucken über den Bildschirm, und es beginnt alles wieder von vorn. Ich richte die Kamera ein, sehe mich nach einem Versteck um, mein Vater stürmt herein. Ich blinzele, und er schlägt zu.

Als es zum dritten Mal beginnt, wende ich mich ab, aber ich lasse das Video einfach laufen.

***

Im Flur ziehe ich mir Olgas Extrapaar Gummistiefel über und verabschiede mich in Gedanken schon mal von meinen Turnschuhen, die immer noch in Chris' Seesack stecken. Bevor ich das Haus verlasse, blicke ich mich noch mal im Eingangsbereich um, fahre mit Blicken an den unzähligen verschieden großen Bilderrahmen entlang. Aus dem Wohnzimmer dringt das Knurren meines Vaters, das leise Knacken meiner Knochen, als er mir die Nase bricht.

Mein Blick bleibt an dem Bild über der Treppe hängen, auf dem eine Gruppe Menschen um den Gartentisch gezeichnet ist, scheinbar beim Frühstück. Vier Frauen, drei Männer, das könnten wir sein. Sie sehen fröhlich aus, aber ich kann nicht in die Welt hinter ihren schwarzen Knopfaugen blicken. Ich stelle mich auf Zehenspitzen, nehme das Bild von der Wand und stecke es in meine kleine Reisetasche. Ich ziehe die Tür zum Ferienhaus hinter mir zu und verstecke den Schlüssel wieder unter der Fußmatte. Als ich draußen im rauen Halbdunkel der Küste stehe und die Windböen durch die Zedern fahren, habe ich es mit einem Mal eilig. Ich will den anderen hier nicht mehr begegnen, wenn sie zurückkommen. Ich kann ihnen nicht ins Gesicht sehen, das ertrage ich einfach nicht. Und vor allem will ich nicht hier sein, wenn sie das Video sehen. Ich weiß, dass es keine Entschuldigung ist, nicht für mein Verhalten jetzt und nicht für mein Verhalten damals, aber ich kann nicht länger schweigen, diese Ehrlichkeit bin ich meinen Freundinnen schuldig.

Adrian hat mich auf eine Idee gebracht. Ich ergoogele mir die Nummer eines Taxiunternehmens und bestelle einen Wagen an die Kneipe, in der wir gestern Nachmittag nach dem Vorfall im Spa noch herumsaßen. Dann marschiere ich los, meine Reisetasche über der Schulter an der dunklen Landstraße entlang. Ich weiß nicht, ob es der Sprühregen ist oder die Gischt, die bis über die Felsen zu mir hochspritzt, aber nach kürzester Zeit kleben mir Strähnen an der Stirn. Völlig durchnässt komme ich eine Viertelstunde später an der Kneipe an, gerade als dort ein schwarzer Wagen hält.

»Mademoiselle?«, fragt der Fahrer, nachdem er sein Fenster ein paar Zentimeter heruntergelassen hat. Ich nicke und steige ein. *»Le phare de Cap Camarat, s'il vous plaît«,* bringe ich hervor, dann schweigen wir.

Die Scheibenwischer sind das einzige Geräusch, das uns durch die Nacht begleitet. Der Regen wird von Kilometer zu Kilometer stärker. »Sind Sie sicher, dass Sie da rauswollen?«, fragt mich der Taxifahrer irgendwann in gebrochenem Englisch. Ich nicke einfach und starre aus dem Fenster, auch wenn ich nur noch Regenschlieren sehen kann. Irgendwo in der Nähe muss Saint-Tropez sein, oder ist das gar nicht das Funkeln der Stadt, sondern nur das Glitzern des Mondlichts auf dem Meer, das sich immer mehr um uns ausbreitet? Rauscht es schon zu beiden Seiten des Autos entlang?

Irgendwann hält das Taxi an. »Wir sind da«, sagt der Fahrer und dreht sich zu mir um. »Sind Sie sicher, dass Sie hier aussteigen wollen, Mademoiselle? Es ist Nacht.«

Ich nicke. *»Oui, Monsieur«,* sage ich und bezahle die exorbitante Summe per Karte.

Dann stehe ich draußen im Regen, irgendwo an einer schlecht beleuchteten Straße, um mich herum nur Bäume und teure Villen, kein Mensch und kein Auto sind zu sehen. Ich habe keine

Regenjacke dabei und bin direkt komplett durchnässt. Vielleicht hätte ich dem Taxifahrer doch sagen sollen, dass er kurz warten möge, dass ich nur kurz etwas nachschauen muss, aber jetzt ist es schon zu spät, und das Auto ist im Regendunkel verschwunden. Ich lege den Kopf in den Nacken und blicke hoch zu dem Licht, das in regelmäßigem Abstand über mir im Nachthimmel pulsiert. Das ist er also, der Leuchtturm, den Mads unbedingt sehen wollte, ein Turm aus bleichem Stein mit einer schwarzen Kappe. Er hat mir das Buch hinterlassen, das Bild von sich und Lotta. Das kann kein Zufall sein. Oder hat er es in der Hektik tatsächlich einfach vergessen? In der Eile, mit der er so schnell wie möglich von mir wegwollte. Ein Zaun schirmt mich von dem geduckten gelben Häuschen ab, aus dem der Turm erwächst. Die hohen Streben des eindrucksvollen Tors werden links und rechts von steinernen Säulen gesäumt. Näher komme ich nicht heran, ich laufe den Zaun entlang, aber er mündet in unbegehbare Grundstücke. Hier stehe ich jetzt also, an einem verregneten Sommerabend an der Côte d'Azur, und habe mir das alles ziemlich anders vorgestellt. Ich drehe mich einmal im Kreis – und dann sehe ich ihn. Einen Mann im Regenmantel, den Kopf unter einer Kapuze in den Nacken gelegt, starrt er zu einem Baum hoch.

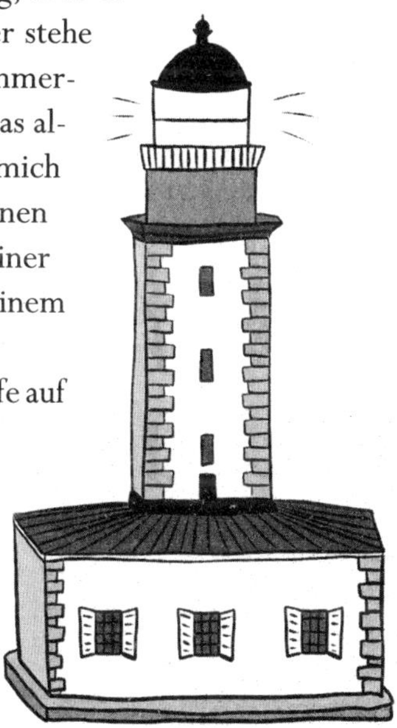

Mein Herz setzt einen Schlag aus. Ich laufe auf ihn zu. »Mads!«, rufe ich. »Mads!« Der Mann dreht sich um, und ich bleibe abrupt stehen. Das ist nicht Mads, sondern ein älterer Mann mit Schnurrbart und Hornbrille. *»Pardon«,* sage ich schnell.

Er lächelt mir zu. »Was machen Sie

denn bei diesem Wetter hier draußen?«, fragt er mich auf Englisch, offensichtlich war ein einziges französisches Wort genug, um mich als Nichtmuttersprachlerin zu entlarven.

»Ich suche jemanden«, sage ich.

Er schüttelt den Kopf. »Hier ist niemand außer uns. Ich bin auch nur rausgekommen, um meine Katze zu suchen.« Er deutet über sich auf einen Ast, von dem mir zwei glühende gelbe Augen entgegenblicken. »Komm runter, Lucy!« Die Katze miaut. »Komm schon«, wiederholt der Mann und streckt seine beiden Arme nach ihr aus. Erst zögert das Tier noch, dann springt es tatsächlich vom Ast herab auf seine Schulter. Der ältere Mann lacht vergnügt. »Geht doch«, sagt er. Dann öffnet er seine Jacke ein Stück weit, und die Katze schlüpft darunter, um sich vor dem Regen zu schützen. »Schönen Abend noch.« Er nickt mir zu, dann geht er mit seiner Katze die Straße entlang, bis er hinter der nächsten Kurve verschwindet.

Ich bleibe stehen, von den ausladenden Zweigen des Baums nur dürftig vor dem Regen geschützt. Sonst ist hier niemand mehr, die Straßen sind leer, und die Wolken verdunkeln das Mondlicht. Von Mads ist weit und breit nichts zu sehen.

Ich ziehe mein Handy aus der Hosentasche und wähle seine Nummer. Es klingelt einige Male, bevor es in der Leitung knistert. »Hallo?«

»Mads?«, frage ich. »Hier ist Romy.«

»Romy. Ist was passiert?«

Ich beiße mir auf die Lippe und presse die Lider zusammen. »Ich stehe hier an diesem Leuchtturm auf dem Cap Camarat und dachte aus irgendeinem absurden Grund, dass ich dich hier finden würde.«

»Du tust *was?* Ich höre dich kaum.«

»Ich stehe hier an diesem Leuchtturm auf dem Cap Camarat, und es regnet ziemlich«, sage ich.

»Moment mal kurz.« Wieder raschelt es in der Leitung, dann verstehe ich ihn auf einmal viel klarer. »Und was machst du da?«

»Na ja«, sage ich und komme mir auf einmal lächerlich vor, »ich dachte, du wärst hier.«

»Oh«, sagt er. »Bin ich leider nicht.«

»Das hab ich inzwischen auch gemerkt. Na ja. Eigentlich wollte ich dich nur anrufen und dir das sagen, damit ich nicht ganz umsonst hierhergefahren bin.« Ich muss auf einmal lachen, so absurd ist die ganze Situation. Ich suche schon nach einer Formulierung, mit der ich das Gespräch beenden kann, da fragt er weiter: »Du hast wirklich gedacht, dass ich am Leuchtturm bin?«

»Ich wollte dir das Foto geben, von deiner Tochter und dir. Das hast du vergessen, glaub ich. Also, weiß ich. Weil ich's gefunden habe.«

»Ach so, ja. Ich … ich bin gerade wieder zu Hause angekommen, Romy.«

»Natürlich, natürlich«, sage ich schnell, »alles andere wäre ja auch komplett verrückt.«

Wieder knackt es in der Leitung, es dauert einen Moment, bis Mads weiterspricht. »Ich kann nicht fassen, dass ich gerade nicht an diesem bescheuerten Leuchtturm bin.«

»Und ich kann nicht fassen, dass ich gerade im Regen an diesem bescheuerten Leuchtturm stehe.«

»Wart mal kurz«, sagt Mads. Ich höre ein Knacken, ein Knistern und ein Rauschen, dann klingt seine Stimme etwas weiter vom Gerät entfernt. »Du stehst gerade in der Route de Camarat, oder?«

Ich trete unter dem Blätterdach hervor, auf der Suche nach einem Straßenschild. Zu meiner Überraschung hat der Regen aufgehört, nur vom Baum tropft es noch, das regelmäßige Licht des Leuchtturms spiegelt sich in den Pfützen. »Keine Ahnung, ich sehe hier nirgendwo ein Schild.«

»Wenn du vor dem Leuchtturm stehst, dann müsste links von dir eine Straße abzweigen, vielleicht musst du dafür ein bisschen zurückgehen.«

Die Wolken lichten sich ein wenig und offenbaren eine bleiche Sichel, die die Straße genug erhellt, damit ich die Abzweigung finde. Jetzt, da es nicht mehr regnet, ist die Luft wieder wärmer, es ist schließlich immer noch Sommer in Südfrankreich. Ich krempele die Ärmel meines durchnässten Pullovers hoch.

»Und jetzt?«, frage ich.

»Jetzt folgst du dem Weg.«

Es ist keine befestigte Straße, sondern ein platt getretener Wanderweg, überall steht das Wasser in Pfützen. Vor mir höre ich das Meer rauschen, wie elektrisiert vom Regen tanzt es um die Landzunge herum. Zedern säumen meinen Weg, es geht hoch und wieder runter, während das Rauschen des Meeres immer lauter wird. Und dann erreiche ich auf einmal das Ende der Landzunge, und vor mir breitet sich der Ozean aus, rau und dunkel und riesengroß. Es kommt mir vor wie das Ende der Welt.

»Warst du schon mal hier?«, frage ich leise.

»Noch nicht, aber ich habe gehört, der Ausblick soll wunderschön sein.«

»Moment, ich mach dir ein Foto.« Ich nehme mein Telefon vom Ohr und versuche, den Anblick, der sich mir bietet, damit festzuhalten. Aber außer ein paar grauen Schatten und dem hellen Fleck des Mondes ist nicht viel zu erkennen. »Hast du's bekommen? Es kommt leider nicht halb so schön raus, wie es ist.«

»Ja, trotzdem danke. Ich hab mir tatsächlich noch überlegt, hier vorbeizufahren und ein Foto für Lotta zu machen, bevor ich abreise. Aber ich war viel zu schlecht gelaunt und die Zugverbindung nach Köln viel zu mies.«

»Das gibt mir immerhin das Gefühl, dass ich nicht komplett verrückt bin, weil ich dachte, du wärst hier.«

Er lacht leise.

Ich suche mir einen Platz auf den löchrigen Sandsteinen. Das ist einer dieser Orte, der tagsüber von Touristen überrannt wird und an dem sich nachts Jugendliche treffen, um zu trinken und Mutproben zu veranstalten. Aber der Regen hat sie alle vertrieben, und jetzt sitze stattdessen ich hier wie ein nasser Fisch, den die raue See ausgespuckt hat.

»Romy, was ist passiert, seit ich weg bin?«, fragt Mads auf einmal ganz ernst.

Sofort spüre ich, wie mir Tränen in die Augen schießen, wie alles, was seit heute Mittag passiert ist, wie eine Walze über mich hinwegrollt.

»Romy, bist du noch dran?«

»Ja«, bringe ich mit erstickter Stimme hervor. »Ja, ich …« Ich schließe die Augen, höre dem beruhigenden Rauschen der Wellen zu und atme einmal tief ein und aus. »Mads, ich bin schwanger.«

»Oh«, sagt er. »Freust du dich?« Ich kann seiner Stimme keine Emotionen entnehmen.

Die Worte stecken mir im Hals, ich würge sie mit aller Kraft hoch, die mir bleibt. »Ich weiß es nicht. Ich weiß es einfach nicht«, flüstere ich. Ein Schluchzen entweicht mir, ich schlage mir die Hand vor den Mund, aber es ist schon zu spät. »Mads, ich kann nicht wieder von vorne anfangen. Ich kann einfach nicht wieder von vorne anfangen.«

»Warum musst du das denn?«

»Es ist vorbei … zwischen Adrian und mir. Es ist vorbei.«

Schweigen am anderen Ende der Leitung. Ich sammle meine Gedanken. »Alles, was ich die letzten fünf Jahre gemacht habe … alles, was ich mir erarbeitet habe. Alles … alles in meinem Leben … ich glaube, es war alles eine Lüge.«

»Wieso?«, fragt er.

»Weil ich nicht ehrlich war. Nicht zu mir und nicht zu allen anderen. Ich wollte einfach alles aussperren, was mir wehtut, weißt du? Und dieses Wochenende ... hat alles wieder hervorgebracht. Alle Wunden aufgerissen.«

»Es tut mir leid, wenn ich daran einen Anteil hatte. Ich ...«

»Nein«, unterbreche ich ihn, »es ist gut, dass es passiert ist.« Ich schlucke. »Es tut nur einfach alles so furchtbar weh. Und ich habe keine Ahnung, was ich jetzt tun soll.«

»Musst du denn unbedingt wissen, was du tun sollst?«, fragt er.

»Was meinst du damit?«

»Ich meine ... du musst doch jetzt nichts entscheiden. Du kannst doch auch einfach noch ein bisschen am Meer sitzen.«

»Und mit dir reden?«

»Wenn du das willst.«

»Das fände ich schön.«

»Okay«, sagt er.

»Was machst du denn gerade?«, frage ich.

»Ich liege auf meinem Sofa, und du?«

»Ich sitze irgendwo an einem Leuchtturm an der Côte d'Azur«, sage ich und muss lachen. Ich wische mir die Tränen von den Wangen.

»Wusstest du, dass in diesem Leuchtturm mal ein ziemlich übler Typ gelebt hat?«, fragt er.

»Nein, aber ich habe es mir schon fast gedacht, wenn du dich so dafür interessierst.«

Er gluckst.

»Mads?«

»Ja?«

»Ich habe immer gedacht, dass du mich nur magst, weil du dich für böse Menschen interessierst. Ist es so?«

»Was?«

»Na ja, ich dachte, ich fasziniere dich, weil alles kaputtgeht, was ich anfasse.«

»Ernsthaft? Warum hast du mir das denn nie gesagt, Romy?«

Ich zucke die Achseln. »Weil ich die letzten fünfzehn Jahre nicht mit dir geredet habe.«

»Ach so, ja, daran könnte es liegen.« Ich höre schon wieder das Grinsen in seiner Stimme.

»Mads, ich muss dir noch was sagen.«

Ich höre, wie er auf seinem Sofa hin und her rutscht, um eine bequemere Position zu finden.

»Was denn?«

Ich beiße mir auf die Lippe, bis es wehtut, aber dann spreche ich es einfach aus. »Ich hab damals nicht wegen dem Pakt mit dir Schluss gemacht.«

Für einen Moment ist es still. »Sondern?«, fragt er irgendwann.

»Ich hab mit dir Schluss gemacht, weil du die Wahrheit über meine Familie kanntest und ich das nicht ertragen habe. Der Pakt war nur ein Weg, wie ich es vor den anderen rechtfertigen konnte, mit dir Schluss zu machen. Und vor mir selbst.« Wieder muss ich fest schlucken. »Du warst mir innerhalb von ein paar Wochen so wahnsinnig wichtig geworden, und das hat mir Angst gemacht. Bei der Vorstellung, jeden Tag jemandem in die Augen zu sehen, der dieses fürchterliche Geheimnis kennt, habe ich einfach Panik bekommen.«

Ich höre, wie Mads lang gezogen ausatmet. »Ich habe mich so bescheuert gefühlt damals«, sagt er dann. »Als hätte ich dir irgendetwas Schlimmes angetan, ohne es zu merken. Als wäre ich der schlimmste Typ der Welt.«

Wieder steigen mir Tränen in die Augen. »Das warst du nicht, das warst du ganz und gar nicht.«

»Warum gibt es den Pakt dann heute immer noch?«, fragt er leise.

Ich hebe die Schultern und ziehe die Nase hoch. »Weil ich meinen Freundinnen nie davon erzählen konnte. Weil ich dieses absurde Konstrukt damals erschaffen habe und nie mehr rausgekommen bin. Aber weißt du, was das Verrückteste ist?«

»Was?«

»Dass der Pakt sich heute tatsächlich wieder einmal erfüllt hat. Mit Adrian und mir ist es vorbei und mit Olga und Chris sowieso.«

»Hast du's ihr gesagt?«

Ich verziehe das Gesicht und drücke mir die freie Hand auf die Augen. »Als Chris ihr einen Antrag gemacht hat.«

»Autsch.«

»Ja, das kann man so sagen. Dieser Pakt sollte doch eigentlich nur dafür da sein, dass wir Freundinnen bleiben und auf uns aufpassen, weißt du? Aber ich habe das Gefühl, dass ich gar nicht mehr weiß, wie das ohne Pakt geht.«

»Das Schöne am Leben ist doch, dass man gar nicht alles wissen muss. Man kann nicht wissen, was passiert, und das bedeutet, dass man alle Möglichkeiten hat.«

»Alle?«, frage ich.

Für einen Moment ist es still in der Leitung. »Ich glaube schon.«

Ich wische mir über das nasse Gesicht und weiß in diesem Moment nicht, ob es Tränen sind oder ob es wieder angefangen hat zu regnen. »Mads?«, frage ich dann noch einmal. »Kannst du mir erzählen, was du die letzten fünfzehn Jahre gemacht hast?«

»Nur wenn du mir erzählst, was du gemacht hast. Ich will auch die hässlichen Details.«

Ich beiße die Zähne aufeinander. »Dann sollte ich wohl mit

dem letzten Pakt-Wochenende vor fünf Jahren anfangen. Aber erst mal du.«

»Okay«, sagt er – und dann beginnt Mads zu erzählen. Wie er nach der Schule um die Welt gereist ist und danach als Aushilfe in der Kinderpsychiatrie angefangen hat, die nicht weit von unserem Heimatort entfernt liegt. Wie er sich gegen das Studium und für eine Ausbildung dort entschieden hat. Wie er Beziehungen begann, sich wieder trennte. Wie er Lottas Mutter, Felicitas, in Asien kennenlernte, obwohl sie in einem Nachbarort von uns aufgewachsen war. Wie er Lotta bekam. Die Zeit vergeht, und ich vergesse irgendwann, dass ich Hunger habe, dass ich allein in Frankreich auf irgendeinem Felsen sitze, dass ich noch immer ein paar Entscheidungen treffen muss, die mein Leben bestimmen werden. Dass dieses Wochenende einfach alles auf den Kopf gestellt hat.

Doch es gibt eine Sache, die ich nicht vergesse. Als am dunklen Horizont langsam eine blassorange Linie ausfranst, stehe ich auf, schultere meine Reisetasche und marschiere den Weg zurück hinauf in die Route de Camarat. Ich laufe die Straße entlang, werfe immer wieder einen Blick auf mein Handy, dessen Akku langsam zur Neige geht, und irgendwann beginne ich, Mads von mir zu erzählen. Von Adrian und mir und von Olga, Lydia und Nathalie. Von dem Wochenende am Comer See, von Daniel und Raphael. Und allem, was davor und danach passiert ist. Etwa eine Stunde nachdem ich losgelaufen bin, schmerzen meine Füße in Olgas Gummistiefeln, aber ich laufe weiter, den Weg zurück, den der Taxifahrer mit mir gefahren ist. Irgendwann komme ich an einer Bushaltestelle vorbei und steige in den nächsten Bus, der mich weiter nach Port Grimaud bringt. Dann laufe ich wieder, den Hügel hinauf und den Bogen bis hinauf zur Route du Littoral und die unregelmäßige Straße entlang, von der die Einfahrt unseres Ferienhauses abgeht.

Ich bleibe in der Senke zwischen den Zedernbäumen stehen und betrachte das Haus, über dem langsam die Sonne aufgeht.

»Mads?«, frage ich irgendwann.

»Ja?« Seine Stimme klingt mittlerweile ganz rau vom vielen Reden in dieser Nacht.

Ich hole tief Luft. »Du, ich hab nachgedacht. Ich würde dir das Foto von dir und Lotta gern persönlich zurückgeben. Vielleicht können wir uns bald auf einen Kaffee treffen?«

»Das wäre schön.«

»Wirklich?«

»Ja, wirklich«, sagt er.

»Dann melde ich mich, sobald ich wieder in Deutschland bin.«

»Okay«, sagt er.

»Danke für heute Nacht.«

»Danke dir.«

Ich trete aus dem Schatten der Bäume hervor und mache ein paar vorsichtige Schritte auf das Haus zu.

»Und viel Glück«, sagt er, als wüsste er genau, was ich jetzt vorhabe.

»Danke«, sage ich. Dann legen wir auf. Ich stecke mein Handy in die Tasche.

Chris' SUV steht nicht mehr in der Einfahrt, Nathalies Bulli kommt mir fast ein bisschen verloren vor.

Als ich meine Hand hebe, um die Klingel zu drücken, sehe ich durch das Fenster in der Tür Olga, Lydia und Nathalie in der Wohnküche stehen und miteinander reden. Ich klingle, und meine Freundinnen drehen sich gleichzeitig zu mir um.

TRIGGERWARNUNG

(Achtung: Enthält Spoiler für das gesamte Buch)

In »Du, ich hab nachgedacht« kommen folgende Themen vor, die potenziell triggernd wirken können:

Häusliche Gewalt
Sexuelle Belästigung

Bitte lies dieses Buch nur, wenn du dich momentan dazu in der Lage fühlst. Falls es dir mit den genannten oder anderen Themen nicht gut geht, findest du unter der Nummer der Telefonseelsorge rund um die Uhr kostenlose und anonyme Hilfe.
0800/ 111 0 111
0800/ 111 0 222
www.telefonseelsorge.de

Lea Melcher
und der Piper Verlag

Mit Herz, Humor und Hund

*Cover- und Preisänderungen vorbehalten

Alexandra Potter

Lieber mit dem Kopf durch die Wand als gar kein Durchblick

Roman

Aus dem Englischen von
Karolin Viseneber
Piper, 480 Seiten
€ 15,00 [D], € 15,50 [A]*
ISBN 978-3-492-06227-5

Nach ihrer Scheidung braucht Liv dringend einen Tapetenwechsel, zieht in ein verschlafenes Dörfchen in Yorkshire und kauft ein viel zu renovierungsbedürftiges Cottage. Gegen die Einsamkeit will sie im Tierheim einen Welpen adoptieren. Doch als sie gerade dabei ist, die Papiere zu unterschreiben, fällt ihr Blick auf einen betagten Hund mit angegrauter Schnauze: Er sieht so verlassen aus, wie sie sich fühlt – sie sind füreinander bestimmt ...

PIPER

Leseproben, E-Books und mehr unter **www.piper.de**